徳間文庫

まぼろしのお好み焼きソース

松宮　宏

徳間書店

目次

登場人物

畠山喜久夫	青葉小学校校長
佐良田義郎	教頭
海野陽介	学年主任（体育教師）
中村ゆき	教師（三年生担任）
小野真智子	教師（二年目）
磯野祥子	新任教師
笹川はるか	生徒（六年生）
川本玲奈	娘（青葉小学校一年生）（甚三郎の孫娘）
間口寅男	間口ソース店亭主
間口シゲコ	妻（元掏り）（カオリの母）
澤村カオリ	お好み焼き屋「駒」女将（間口の娘）
澤村サヤ	娘（四歳）
川本甚三郎	川本組三代目親分（任俠）
川本芳子	奥さん（姐さん）
山崎進	若頭
藤井マサオ	若衆頭
原裕治	若衆
福富良男	若衆
山下みどり	若衆
上村民夫	上村組組長
丸岡	闇金

大城定吉	兵庫県警刑事部マル暴巡査部長
大野洋一	オリーブソース㈱社長
大野佐喜子	妻（副社長）
山中和彦	伍福㈱社長
山中道雄	会長
上田美奈	社長秘書
井野文禄	神戸安藤組　組長（山善組）
湊巧己	湊組組長
佐合	湊組若中
菊池	湊組組員（アンディアーモ・シェフ）
北条景勝	安藤組六代目組長（講道会）
山岡タケシ	郵便局員
武藤	郵便局課長

第四話

闇金に追われるソース工場と町の応援団

第一章　スタートピストルのない運動会

一

　神戸《こうべ》市立青葉《あおば》小学校の新任教師、磯野祥子《いそのしょうこ》が出勤初日に遅刻したのは、商店街にある「間口《まぐち》ソース店」に出会ったからであった。

　朝の八時。パン屋や豆腐屋など、朝に商《あきな》いの立つ店は開《あ》けて不思議はないが、ソース屋である。

　祥子の地元は静岡《しずおか》県富士宮《ふじのみや》市だ。「富士宮焼きそば」が二〇〇六年と二〇〇七年、二年連続でB級グルメ選手権（正式名称は「ご当地グルメでまちおこしの祭典！　B−1グランプリ」）で日本一になった。とはいえ、ソースだけを売るような専門店はない。

「さすが『粉《こな》もん』の本場だ」

祥子は店に吸い込まれ、それで遅刻してしまったのである。

青葉小学校は神戸市長田《ながた》区の海側に広がる、いにしえの時代に渡来人《とらいじん》が集落を形成した歴史にはじまる長駒《ながこま》にある。多文化ごちゃまぜの町だ。

お好み焼き屋には繁盛店《はんじょうてん》が多い。すじ肉や肉かすが日常的にあることも一因だ。雑多な文化を底辺とした生活の工夫から生まれた具が、ぜんぶお好み焼きに合う。それが家内工業で作る自家製ソースと合わさり、独自の「粉もん」文化が育った。

長田では焼きそばをそば焼きと呼ぶ。お好み焼きにそばを載せればモダン焼き、ご飯と切れ切れにしたそば麵を混ぜればそば飯だ。すべて長田が発祥《はっしょう》である。

祥子は地元静岡の教育大学に通いながら、焼きそば店でアルバイトをしていた。祥子の粉もんへの興味は、その店がB級グルメ選手権で優勝したことからはじまる。

富士宮の焼きそばは元来、簡単な腹ごしらえの飯である。母親がフライパンでささっと作り「ほら、焼きそばでも食っとけ」と出て来る、日常生活から自然発生的にできたような食べ物だ。振り返ってみれば、食料難の時代、製麵所の創業者がビーフンに似せた蒸し麵を作ったのがよかったとか、お好み焼きに使う天かすが不足した代わりに肉かすを使ったら評判を呼んだとか、味を進化させてきた理由はいくつかあるだろうが、ここまでブランド化した理由は、地域興しに躍起《やっき》になった自治体がひねり出した選手権で優勝したからである。

グランプリをきっかけに、他県からも客がやってくるようになった。ご当地キャラである「富士宮市さくやちゃん」は、もともとは頭のてっぺんに富士山とフジザクラを載せていたが、優勝以降、首に巻く焼きそばネックレスが追加された。

「ソースはソースマイスターが作った熟成《じゅくせい》ものです」

祥子が働いていた店の店主は優勝インタビューで答えた。たしかに、地元静岡に工場があるトリイソースは国産野菜百パーセント、こだわりの酢、木樽《きだる》の熟成である。そのソースを使ったレシピがB級選手権で評価されたのは確かだ。しかし静岡県内のソース工場はトリイソースただ一軒である。ソースにこだわる文化があるわけではない。

そんなとき祥子は、神戸の「どろソース」を知った。

「あんなのがあれば、今の味を超えられる」

祥子は大学の焼きそばサークルに入り（そんなのがあった）、バイトを続けながらソースの研究をした。そしてわかった。神戸は日本におけるソース製造のルーツで、最初に、盛んに作られ出した都市だったのである。

日本最初のソース会社と言われるのは、明治二十九年、医師である安井敬七郎《やすいけいしちろう》が神戸市兵庫《ひょうご》区に作った「安井舎密工業所（後の阪神ソース）」らしい。醸造《じょうぞう》の職人が作る伝統産業としての醤油とは違い、ソースの起源は、医師が滋養強壮《じようきょうそう》・健康食品として開発したものであった。香辛料は薬効成分と認識されていたのである。医師がベンチャービジネスとして製造をはじめられたのは、醤油のような醸造技術が要《い》らないからでもあった。材料を混ぜればできあがる。医薬の調合と同じだ。安井はベンチャービジネスを立ち上げ、できたソースを薬局へ卸《おろ》していた。

明治時代に兵庫ではじめて作られたソースがどんな味だったのか、果たして旨《うま》かったのか？　今では知るよしもないが、そのソースはひとの舌を通過するうち使用方法が変わり、平成の今に続く兵庫や長田にあるお好み焼き通りに並ぶお店の、主たる調味料となっていったのである。ソース生誕の地は、ソースを育てた町ともなったのだ。

迅速《じんそく》な物流がない時代、生鮮食料品であったソースの消費は製造工場の近辺に限られた。兵庫・長田はお好み焼き屋の数が多い。家庭でも食べる。多くの需要を満たすには多くの工場が必要だった。それがバリエーションを生み、地ソース文化につながった。

地域の人は地域を愛し、地域の味を育て熟成させる。それぞれのソース工場はオリジナルの味を開発し、それぞれの場所で愛されていった。

　この町のお好み焼き屋は人家に混じって商売をしている。どこも木造住宅の玄関を改造しただけの狭い店だ。鉄板一枚のまわりに丸椅子を並べ、近所のひとが通う。日中には昼食代わりの主婦、夕方には学校帰りの子供、夜は仕事帰りのサラリーマンや工員がビールを飲みにやって来る。そんな景色が、今の時代まで脈々と受け継がれてきたのが神戸なのである。

　祥子がソース研究にのめり込めば込むほど、本場である神戸は祥子のまだみぬ夢、あこがれの里になっていった。
しかし祥子は名古屋から西に行ったことさえなかった。縁者も友人もいない。
ところが縁は落ちていたのである。
地元の教職に空《あ》きがなく、臨時教員で空きを待つという選択肢を考えざるを得《え》ない現実の穴を埋めたのが、なんと、神戸市長田区での欠員募集だったのだ。来春の正式採用を前提とした補欠枠だった。

　祥子は迷うことなく、運命に飛び込んだ。

二

長田は阪神・淡路《あわじ》大震災《だいしんさい》で甚大《じんだい》な被害を受けた。火は木造の長屋を焼き払い、多くの人命と共に町を灰にした。立ちすくむしかない現実は悲惨だったが、人は動きを止めず、「できる人ができることをひとつずつ」を積み重《かさ》ね、再生させていった。

再開発の一環で、区は駅の南側に鉄人28号の巨大像を造った。同じ頃、東京の台場《だいば》にできたガンダムと比較されたが、どっちが大きいとか、金がかかっているとか、そういう議論は被災地の外にいるマスコミのものである。

住民の思いと共に作り上げた鉄人に、長田区は特別住民票を交付し、「鉄人さん」を住民として迎えた。鉄人が空に突き上げるたくましい腕は、被災を乗り越え、未来へ向かう意志の表明である。生きてるからこそおもろいことがある。人々は肩を寄せ合って大災害を乗り越え、乗り越えながら、さらに肩を寄せ合った。今も昔も長田は人肌の熱い町である。

三

間口ソース店は長田の本町《ほんまち》商店街にある。

五坪の広さに商品は全部ソースだ。

祥子はソースの博覧会に来た気分になった。イカリやカゴメ、オタフクといったメーカーものは静岡にもあるが、この店には見たことがないソースが大量に並んでいたのである。

なんという壮大な眺めであることか。

店先の平台には「地元もん」と黒マジックで書いた添え書きと共に、背の高さもばらばらな瓶が三列を成していた。

真ん中に鎮座《ちんざ》するのは兵庫県を代表するソースメーカー、オリバーソースである。

辛口、中辛、甘口、どろ、辛さ五倍どろ、秘伝激辛どろソースのラベルは赤と黒の地に「どろ」の毛筆白抜き文字。お好み焼き用、焼きそば用、たこ焼き用、とんかつ用。ひとつのメーカーだけでこんなにあるとは、なんというこだわりか。ラベルはどれも色彩豊かだ。

祥子は腰をかがめ、オリバーに続く銘柄もていねいに確認していった。

ドリームソース、タカラソース・メリーとんかつソース、七星ソース・マルマソース、オトヒメソース・フクスケソース・トキワキンシソース、ニッポンソース、ばらソース、ワンダフルソース、日の出ソース、サンライズソース、プリンセスソース、ミツバソース、メイジョーソース、ブラザーソース。知らない製造元だらけだ。どんな味の違いがあるのだろう。乙姫がブタの背中に乗るイラストが描かれた、オトヒメとんかつソースのラベルには笑いさえある。

ひととおり眺《なが》めおわり、腰を伸ばした。深呼吸し、左の棚に移った。

大阪ものが並んでいる。真ん中はイカリソースだ。辛口、中辛、甘口、どろ、と数種類ある。有名メーカーは全種類を取りそろえているのだ。ヒシ梅ソース、パロマソース、タカワソース、OKソース、ヘルメスソース、マルトミソース、金紋ソース、ムスメソース、三晃ソース、大黒ソース、ツヅミソース、ヨツバソース、ホシツルソース、星トンボソース、マルイソース。大阪も負けていない。

右側の棚は京都モノだ。

オジカソース、ヒロタソース、パパヤソース、ツバメソース、アジロソース、味と香りの蛇ノ目オリ・ソース。

数は少ないが、名も知らぬ銘柄ばかりだ。家内工場のメーカーだろう。祥子は思いを馳《は》せた。地産の材料を家伝のレシピで調合する。自宅を兼ねる工場で煮立てるから、居間でさえ年中ソースくさい。「どうしてわたしが手伝わなきゃならないの！」拗《す》ねる娘をなだめながら、家族総出で作り上げるソース。ソースは奇跡の文化だ。そして自分は奇跡の町にやって来た。

祥子の瞳から涙がひとしずく、頰《ほお》を伝って落ちた。

間口ソース店の主《あるじ》は間口寅男《とらお》である。五十年以上、店先で過ごしてきた。朝一番で店を開け、商品にはたきをかけ、掃除をして、店前に打ち水をする。七十四歳だが、頭もぼけず腰も曲《ま》がらず、声は大きい。

寅男は祥子のような客に慣れているのか、話しかけもしない。商店街に知り合いが通るたび「おはようさん」と声をかけていたのだが、祥子が涙を流したので、はたきを置いた。

寅男は背が低い。祥子に近寄り、見上げながら言った。

「ねえちゃん、なんか哀《かな》しいことでもあったんか？　大丈夫か」

「いえ」

祥子は手の甲で涙をぬぐった。

「ソースがいっぱいあって、感激して。思わず涙が」

「ソースで泣いたりしたら、ワタシなんか涙の海やがな」

寅男が笑ったので、祥子もつられた。祥子はハンカチを取り出し、目の縁《ふち》を拭《ぬぐ》った。

壁の時計が見えた。

九時ちょうどである。祥子は我に返った。

「やばい！　わ、わたし、行きます！」

祥子はハンカチを握ったまま店を飛び出した。しかし十メートル走ると急ブレーキをかけて反転し、店に戻ってきた。

「青葉小学校はどう行ったらいいですか！」

「小学校知らんのかいな」

「昨日越してきたばっかりなんです」

「そうかいな。今日は運動会やで。見にいくんやな」

「いや、わたし、今日から勤めるんです。新任の先生です」

寅男は言った。

「先生やて？　ほな、早《はよ》う行かな」

「行きます！　だから、道順教えてください」

祥子は五分間走り通し、息を切らしながら正門を駆け抜けた。

四

採用が決まった最終面接で教頭の佐良田義郎《さらだよしろう》が言った。

「高い競争率をよく突破しましたね。おめでとう。私たちもあなたのような元気で健康な先生が来てくれることは歓迎です。神戸の生活を楽しんでください」

佐良田はスケジュールを学校総務担当の中村《なかむら》ゆきと確認しながら言った。

「出勤初日はちょうど運動会です。事情があって、今年は十一月の最終日曜日になりました。その理由はともかく」

佐良田はいいことを思いだしたように目を輝かせた。

「磯野先生の最初の仕事は運動会のスタート担当です。新人先生の仕事と決まっているのです。スタート台に乗ってヨーイ・ドンね。皆さんに顔を覚えてもらえます。景気よくはじめましょう」

何が景気よくなのか不明だったが、教頭はニコニコしていた。

「はい、わかりました。誠心誠意がんばります」

と張り切って答えたものの、遅刻してしまった。着いたときはちょうど、開会式が終わったばかりだった。

校門を入ってすぐ入場門があった。朝イチの演目は一年生の徒競走だ。小さな生徒たちが入場をはじめ、先頭はスタート位置につこうとしていた。

「ああ、はじまってしまう！」

祥子は入場門から一直線に、スタート台へ向かって走った。

運動会運営責任者の体育教師、海野陽介《うんのようすけ》が教頭の顔を確認した。教頭は無表情の裏側に怒りを溜《た》めている。海野は声に出さずに言った。

俺の責任じゃない。今日はじめて来るような新人なんかを任命したのはあんたじゃないか。とはいえ、教頭にくってかかっても仕方がない。海野は佐良田の背後から神妙《しんみょう》に近づき、「はじめてよろしいですか？」とお伺《うかが》いを立てた。佐良田は首を回したが、何も言わなかった。微妙な目の色に「運営の責任者は君だよ」と書いてあったのである。自分で決めろ、ということである。

海野はアナウンスを担当する六年生で放送部、将来は女子アナ希望の生徒、笹川《ささがわ》はるかに開始のキューを送った。はるかはうなずくとスタンドマイクに向かいウグイスの声を出した。

「ご来賓《らいひん》、ご家族の皆様、本日最初の競技は一年生による徒競走です。最初の組はスタートラインへ進みましょう」

海野が二年目の教師、小野真智子《おのまちこ》を手招《てまね》いた。

「何ですか？」

「マチコ、スタート頼むよ」

「ええ！　わたしですか？　新人がやるって聞きましたけど」

「来《け》えへんねんから、誰かやらんとしゃあないやろ」

青葉小学校のスタート合図のやり方は、ちょっと妙なのである。はっきり言ってかっこ悪い。誰もやりたがらない。マチコは言った。

「遠慮します……実は昨日の夜、包丁で指を切ってしまって」

「指は関係ないとわかってるやろ。音は声でフォローしとけ」

「マジですか……」

真智子は唇をへの字に曲げたが、ラガーマンで体重百キロでボディビルダーの海野に言われたら仕方がない。以前酔いに任せて首を絞められ、死にそうになったことがある。

「ハイハイ、わかりましたよ。やらせていただきます」

「ハイは一回でいい」

真智子はスタート台へ向かった。ところがちょうどそこへ、

「す、すみません！　わたしがやります」

と運動場の反対側から、祥子が走り込んできたのである。

祥子は息を切らしたまま、スタート台の横まで来た。そして腰を曲げてあいさつをした。

「新人の磯野です。今日からお世話になります」

「あら、そうなんや。はじめまして。何とか間に合ったかな……せやけど」

祥子はタイトスカートに白いシャツ、紺色のジャケットを着ていた。

「着替える時間ないね」

一年生の最初の組は既《すで》にスタートラインに並んでいる。真智子は、

「いいわよ、これだけはわたしがやるから着替えてらっしゃい」

という言葉が喉《のど》まで出たが、声にしなかった。かっこ悪いスタートをやりたくない。

「ジャケット姿でスタート合図ね。オリンピックみたいでいいかも。着替えはあとで

いいわ」

真智子は自分の機転に自分でうれしがり、海野を遠目に見ながら「あかんべえ」をした。海野の口が「なんだこのやろう」と動いたが、真智子は台を下りた。真智子は祥子を促《うなが》した。

「さあ、上ってちょうだい」

真智子は言った。

「スタートの合図は声でいいから」

ウグイスの声が響《ひび》いた。

「小学生になってはじめての戦いです。第一組、スタート位置についてください」

祥子は台に立った。最初の生徒が四人並んだ。スタートの姿勢を取り、祥子に視線を合わせた。しかし祥子は、スタート用のピストルを持っていないことに気づいた。スタートピストルはどこ？　右へ左へ、首を振った。あ、そういえば、合図は声でいいって言った。

どういうこと？

そうか。先ほどの先生が、二〜三組走る間に用具室から取ってきてくれるのだ。競技を始めることが先決なのだ。しかしその時正面の観客席に、水鉄砲を持っている子供が見えたのである。格好だけでもつけておこう。

祥子は台を下り、観客席の前列に座る子供の水鉄砲を取った。

「ぼく、ちょっと貸して、すぐ返すから」

そして、台へ飛び乗った。

「さあ、一年生、はじめるよ。位置について、ヨーイ……」

と、水鉄砲を高々と上げた。

「あのアホ！　何しよんねん！」

海野が血相《けっそう》を変えて本部席を飛び出した。

そして筋肉バリバリのからだに加速をつけ、祥子に体当たりしたのである。

祥子はスタート台から地面へ吹っ飛び、そのまま動かなくなった。

祥子の手にあった水鉄砲も空中を飛んだ。

タックルを決めた海野が、すばやくスタートラインに落ちた水鉄砲を拾い上げると、ジャージーズボンの股ぐらへ押し込んだ。

観衆は息を呑み、いったい何事かと見守っていたが、海野は腰を曲げたまま、オネエのような姿勢で本部の後ろ側にある校舎へ消えた。

五

川本玲奈《かわもとれな》はゴールテープへまっすぐ視線を合わせ、スタートのポーズを取って合図を待っていた。

玲奈は走ることが好きな少女だ。おじいちゃんや、おじいちゃんの会社のおじさんたちも「将来はぜったいオリンピックやな」と会うたびに褒《ほ》める。

この日は待ちに待った小学校はじめての運動会だ。玲奈はいちばん初めに走る。そしていちばん初めにテープを切ると決めていた。

玲奈は集中した。体重を前のめりに、足の指に乗せた。スタートダッシュのカタチは、おじいちゃんの会社で、かけっこが何より得意だという、冬でもアロハシャツを着たおにいさんが、ヒケツを教えてくれたのだ。

ぜったい一等賞だ。

ゴールの向こうには玲奈の将来、オリンピックがある。

しかしそんなとき、大きなからだの先生がスタート台の先生に飛びつき、競技は止まってしまったのだ。

玲奈はスタート姿勢のまま待ったが、玲奈の前に水鉄砲が転がってきただけで、スタートの合図はなかったのである。先生たちはざわつき、教頭先生のまわりに集まってしまった。

どうしたの？　かけっこは？

スタートラインに並んでいた一年生は、みんなが体育座りをしている場所へ戻っていた。

台から落ちた女の先生は歩くこともできないのか、他の先生たちに抱《かか》えられ、運ばれて行った。

玲奈は顔を青空に向けた。玲奈のオリンピックがなくなった。

玲奈は靴の裏で地面をたたき、とびっきりの大声を出した。

「アホお！」

その声が合図となったように、観客席から黒いスーツ、黒いネクタイの男が二人飛び出し、玲奈にかけよった。

「お嬢さん、お気を確かに！」

男たちは玲奈の前で膝をついたが、玲奈は低い姿勢になった男の肩を突いた。

「悪いのはあんたらか！」

男たちは地元のやくざ、川本組の若衆たちである。観客たちの何人かはあわてて腰を浮かせ、何人かは弁当箱で顔を隠した。

しかしその時、来賓席《らいひんせき》に座っていた来賓のひとりが立ち上がり、黒服たちに一喝《いっかつ》したのである。

「お前ら、場をわきまえろ！」

川本組三代目組長の川本甚三郎《じんざぶろう》であった。ブルドッグと呼ばれる面構《つらがま》え。鼻の右半分が潰《つぶ》れているので、ブルドッグも畏《おそ》れると言われている。睨《にら》まれると背筋が凍《こお》るが、笑うともっとコワイ、とは冗談にならない冗談である。

甚三郎はスタートラインへ歩き、男ふたりの顔を一発ずつ張った。パチンという平手打ちの音は、何人かの客には拳銃をはじいたように聞こえたかもしれない。

甚三郎は言った。

「何しに出てきとんや」

「いや、その、お孫さんが……」

「お前ら、ほんまに、わかっとるんか？　堅気《かたぎ》のみなさんにご迷惑かけるなと、さんざん言うとるやろ」

頬《ほお》を朱《しゅ》に染めたのは若衆頭の藤井《ふじい》マサオである。マサオは四方の観衆にむかって

「申し訳ない」

　と腰を曲げた。

「それも、ええっちゅうに。もう帰れ。お前ら、おるだけで世間の迷惑や」

　マサオは親分の顔こそ世間の迷惑、と思ったが、もちろんそんなことは言わない。男ふたりは腰を曲げた低い姿勢のまま、退場ゲートへ走って行った。

　放送部の六年生、女子アナ志望のはるかがウグイス声を響《ひび》かせた。

「みなさま、ご迷惑をかけておりますが、すみやかに徒競走を再開いたします。予定通り進行いたしますのでご安心ください」

　甚三郎は放送席を見た。はるかは涼《すず》しい目を甚三郎に返した。大の大人たちが右往左往する中で「ご安心ください」と来たのだ。甚三郎は感心した。なんという落ち着きか。

　甚三郎のすぐ横には唇を尖《とが》らせたままの玲奈が立っていた。甚三郎は孫娘の髪を撫《な》でた。

「すぐはじめるそうや。玲奈はいちばん速いんやろ」

　速いと言われ、玲奈は顔をくいと上げた。

「うん、玲奈、ぜったい一等賞や」

玲奈は機嫌を直し、その場で膝の屈伸《くっしん》運動を始めた。真っ白な運動靴が光っている。

「おやまあ、いっちょうまえのアスリートやがな」

甚三郎は来賓席へ戻った。

甚三郎が戻ったとたん、来賓も先生も背筋を伸ばし、パイプ椅子に深く腰掛け直したが、甚三郎は座らず、隣に座る校長の畠山喜久夫《はたけやまきくお》に頭を下げた。

「見苦しいところをお見せして申し訳ない。やんちゃな孫娘を預かってもらっておるだけでも迷惑をかけておりますのに、若い衆の不手際《ふてぎわ》、面目《めんぼく》ないことでございます」

畠山は横目で左右を窺《うかが》った。案《あん》の定《じょう》、来賓たちがふたりの会話に耳をそばだてていた。

畠山は口を甚三郎に寄せた。接近していないようなしていないような間隔《かんかく》だ。

実はこの距離、絶妙なのである。話を聞かれたくないが、仲がよいと思われてもいけない。代々この学校の校長が引き継いできた絶妙な距離＝七十二センチメートルである。練習を重ね、動作として体得《たいとく》するのだ。

話す声の高さにも極意がある。四十デシベル＝昼間の静かな住宅街の音の大きさ、これも前任から引き継いだ「免許」となっている。畠山は言った。

「いえいえ、こちらこそ注意が行き届きませず、玲奈ちゃんを悲しませてしまいました。運動会はすぐ再開します。私も玲奈ちゃんを精一杯応援いたしますよ」

「ありがたいお言葉、痛み入ります。しかし、えこひいきは無用ですぞ。玲奈も子供とは言え、自分の未来は自分でつかまねばなりません。人と生まれ出《い》でた以上、そんな覚悟が必要ですからな」

「覚悟ですか。一年生にはまだチト早いですね。覚悟という言葉も習っていませんし」

「いえ、我々の業界は覚悟こそが命なのです。孫娘の習字にも、正月は『覚悟』の二文字を書かせております」

「書き初めに覚悟ですか。それは、まことにもって、何と申しますか」

「あ、いや」

甚三郎はペタ、と手のひらで自分の額を叩《たた》いた。

「これは失礼しました。そういうのこそ止《や》めていかねばならないことですな」

畠山はなんと答えて良いかわからず、黙った。

はるかの声が校庭に響いた。

「一年生の徒競走。再開します」

本部テント下の放送席。はるかが見ている進行表には赤鉛筆の但《ただ》し書きや、傍線《ぼうせん》、矢印などが隅々《すみずみ》まである。

「一年生第一組、もう一度スタートラインに並んでください」

「いい声ですな。小学生とは思えない」

「彼女は児童劇団に所属しておるんですよ」

「なるほど、それで声も通るわけだ」

甚三郎は言った。

「しかも、声に覚悟がある」

甚三郎は言ってすぐまた、額を手のひらで打った。

「これはかえすがえす、失礼しました」

川本組の若衆たちが去ったあと、運動会は清く正しい雰囲気に戻った。一年生の担任が集団をまとめなおし、気を取り直した玲奈もウグイス声に促されてスタートラインへ戻った。

海野はあたりを見渡した。スタート担当がいない。祥子は保健室へ運ばれてしまった。真智子を探したが、どこにもいない。

「あいつ、逃げたな」

仕方がない。自分でやるか。海野が巨体を台へ乗せようとした。

そのとき、

「やめてください。台が壊れます」

三年生の担任、中村ゆきである。

「壊れるはずないやろ」

「わたしがやりますよ」

「そうか。ほなら、頼むわ」

玲奈は大人たちの様子をうさんくさげにみていたが、話がついたと思ったのだろう。キリッとした目に戻って、スタートラインに立った。

やっと最初の組のスタートである。ゆきは微笑《ほほえ》みながら台に上がった。

「それでは行くよ」

ゆきが両手を広げた。

「位置について。ようい」

ゆきは手のひらを叩いた。

「ぱん」

玲奈は断然速かった。たった二十メートルの距離に二位を十メートル引き離してゴールしたのである。玲奈はウサイン・ボルトの弓矢ポーズで喜びを表した。

「玲奈ちゃん、応援も必要ないほど速いです」

畠山が四十デシベルで褒めた。甚三郎は言った。

「すばしっこいのは遺伝ですかな。わたしも刃物を持った連中によく追いかけられましたが、絶対つかまらなかった」

甚三郎は、「いかん」と言い、また額を手のひらで打った。

一年生の徒競走は、直線で二十メートルである。ゴールしたら次の組が並び、すぐにスタートする。スタート台のゆきは三十秒に一度の間隔で手を叩く。

「位置について、ようい、ぱん」

「ぱん」

「ぱん」

「ぱん」

甚三郎はその様子をじっと見ていた。甚三郎は言った。

「しかし校長先生、なんですな」

「は？」

「スタートはやっぱり、ピストルのパンッ、がないと気が抜けるというか、スカ屁《へ》をこいたような。いまいち迫力がないですな。ピストルも電子ピストルではなくて双発式がいい。火薬をふたつ詰めるほうです。パパンッて音がして白い煙が上がる。やっぱりあれでしょう」

「はあ」

徒競走は最後の組が走り終わり、一年生全員が退場ゲートへ向かった。

甚三郎はブルドッグが困ったような顔になって言った。

「事情はわかっておるのですがね」

畠山はあくまで四十デシベル、七十二センチを保《たも》って答えた。

「はあ、まあ、そうですね」

「校長先生、こういうことも、変えていきますか」

「いや、まあ」

「ご一緒に」

一緒にと言われ、畠山は答えようがなかったが、一緒にやらねばならない命題が、歴史の上に横たわっているのである。

実はこの小学校、敷地の一部が川本家の土地なのだ。校門周辺の校庭四百平方メートルは川本家の所有である。学校は川本組から土地を借りている。

さらに言えば、川本家も校門から五十メートルの距離にあり、そこへ続く道路も川本家の私道なのである。

　そんな縁《えん》もあり、学校の各種行事の折には、校門前に屋台が並ぶ。文教地区だが、自《みず》ら所有する土地に露天商がやって来る、という情況である。そしてこれは、昭和初期にはじまった恒例《こうれい》で、古くからの住民には馴染《なじ》んだ景色だ。

ただ、新しく住民となった人たちには、理解しがたい関係に映《うつ》っている。暴力団に賃料を払っている。どういうことか？

　運動会でピストルを使うことを止《や》めたのも、暴力団の抗争が引き金だった。八〇年代に安藤《あんどう》組の抗争が飛び火し、甚三郎を頼って逃げてきた安藤二次団体の組員が、町内で発砲事件を起こしたのだ。主婦のひとりは銃声を間近で聞いてしまい、恐怖がトラウマになった。それが使用中止のいきさつである。

　川本組は古い任侠《にんきょう》で、露天商のまとめを主な生業《なりわい》としてきた。反社会的組織ではない。とはいえ、祖父の川本総衛門《そうえもん》が安藤初代と兄弟の盃《さかずき》を交《か》わした縁もあり、世間的には「暴力団」と呼ばれる。最近、安藤組の分裂騒動が起こった。川本組には無縁の抗争なのだが、世間は無縁だとは思わない。

　甚三郎はしばしば起こってしまう不測の事態から来る誤解に対応するため、自らを含めた抜本的改革を決意していた。具体的な活動のひとつは、積極的な広報活動を開始することである。

六

一年生の無邪気《むじゃき》ながんばりに、見習い教師が水鉄砲を持ち出したような不手際はどうでもよくなった。

ウグイス嬢が会を進行させる。

「本日二番目の競技は三年生による玉入れです」

ゆきは一年生が退場していくのを見届けると、本部テントに入ってきた。

そして甚三郎に近づき、肩に手を置いた。

「玲奈ちゃん、めちゃ速いじゃないですか。将来はオリンピックかな」

甚三郎は首を回した。

「ゆきちゃん、ちょっと見んうちに、またきれいになったやないか」

「何を言ってんですか。肥満を体操服でごまかしていますよ」

「肥満やて？　どこが太いんや？　出るとこが出てるだけやろ」

「出てほしくないところが出ているんですよ」

「かまへん、かまへん、やせぎすよりええ」

「そうですかねえ」

甚三郎は言った。

「まだ独身やと聞いたが」

「はい」

「引く手あまたで、婿《むこ》選びがたいへんなんやな」

「何をおっしゃいますか。行き遅れで焦《あせ》りまくってますよ。毎年出雲《いずも》大社《たいしゃ》詣《もう》でしてますけど、御利益は他の人に行ってるみたいで」

ゆきは今年四十二歳である。新卒で青葉小学校に赴任《ふにん》し、二度の転勤を経《へ》て、昨年戻って来た。他校での勤務が評価され、今は三年生の学年主任と学校総務を兼任している。

そしてゆきは傍目《はため》も気にせず、極道《ごくどう》の親分と話すのである。

ゆきには四十デシベル、七十二センチの縛りはない。

さらにゆきは、川本組が組内部に発足させる広報部を手伝うことにもなっている。

教職に就《つ》く者として、かなりきわどいスタンスであるが、ゆきと川本組には特別な事情があり、校長も同僚も、そしてＰＴＡも、暗黙《あんもく》の了解で認めているのだ。

ゆきは川本組に命を救われた。青葉小に赴任してきた二十年前、阪神・淡路大震災が起こった時のことである。

七

ゆきの実家は淡路島の玉ねぎ農家である。昭和の初期まで中村家は漁師だったが、祖母の実家が農家で、しかもひとり娘だったため、祖父は祖母の実家の畑を引き受けることになったのだ。祖母の嫁入り条件だったという。

「土地は耕《たが》やさんと死んでまう。海はずっとそのままあるやろ」

漁師が陸に上がるのは人生の転機だ。食っていけるかどうか実感もなかったらしいが、祖父はゆきに何度か言った。

「最後はあんじょうなった」

淡路産玉ねぎがブランド化していく時期に重《かさ》なったこともあり、収入が漁師の時より安定したからだ。

ゆきは大地と共にのびのびと育った。のびのび育った上に、ゆきはなかなかの秀才だった。「鳶《とんび》が鷹《たか》を産んだ」と町内でもてはやされた。地元の公立高校から神戸大学の教育学部へ進んだ。

神戸大学は神戸市灘《なだ》区、六甲山《ろっこうさん》の麓《ふもと》にある。おしゃれな神戸でひとり暮らし、と田舎者《いなかもの》が都市生活に憧《あこが》れて不思議はなかったが、ゆきは四年間、淡路島から海を越えて通学したのである。津名《つな》から岩屋《いわや》まで路線バスに乗り、明石《あかし》海峡をたこフェリーで渡り、明石駅からは電車に乗り、六甲まで二時間かけて通学した。通学時間は長いが、毎日船に乗る暮らしが好きだった。ゆきがはじめて神戸で暮らしたのは、青葉小学校に勤務が決まってからである。

小学校の新人先生は忙しい。授業の準備、学校全体の活動、課外活動も多いし、二六時中小間使いだ。ひとり暮らしのアパートへ、夜の九時には帰れるが、寝る間を削《けず》って、仕事の延長戦をこなす日々であった。

緊張の一学期を終え、それほど休みが取れないと思い知った夏休みも過ぎ、行事の多い二学期をやり終え、なんとか最初の一年を終えられる、とゴールラインが見えてきた年明け、大災害に遭《あ》ったのである。

一月十七日、午前五時四十七分。

前の日、地元商店会主催のカラオケ大会があった。教職員の若手が参加するのが恒《こう》例《れい》だ。ゆきは若い女性だし、いちばん下《した》っ端《ぱ》だし、歌うのは業務命令みたいなものだった。

しかし参加してみれば、町の人たちは親切で楽しかったのである。マイクを握り、早い時間からビールを飲み、陽《ひ》も暮れぬうちから上機嫌になってしまった。年明けで残業を持ち帰ることもなかったので、十時前には布団にもぐった。酔いが気持ちよく、夢では自分自身が花畑の上空を舞う天使になっていた。

突然それは来た。

寒い朝、ぐらぐら、と一秒間揺れたあと、大爆発が起こった。シングルベッドはゆきを乗せたまま空中に跳《は》ねて、落下した。

電子レンジがキッチンからベッド横の壁まで飛んできた。レンジは壁に穴を開けたあと、ゆきの胸に墜落《ついらく》した。それで肋骨《ろっこつ》が折れたのだが、夜明け前の闇の中、ゆきは無我夢中でレンジの重量を振り払った。とにかく逃げないといけない、と感じたからだ。アパートは木造二階建て、昭和三十年代に建った古い長屋だ。いつ壊れるかわからない。外へ出よう。ところが玄関の扉が開かない。ゆきは気合い一発、蹴《け》った。火事場の馬鹿力か、扉は飛んだ。ゆきは廊下へ飛び出した。階段で一階へ下りようとした。そこに階段はなかった。しかしその時は、何が起こったのかわからなかった。夜明け前の町から光は消えていた。国道を車の走る音だけがあった。もわっとした土《つち》埃《ほこり》が立ち上っていた。ゆきは足下《あしもと》を窺うように歩いた。視界が薄い。部屋にメガネを置いてきた。車のヘッドライトの色が流れている。信号灯は全部消えているようだ。それでも車は走っている。危ない、事故になっちゃう。ゆきは裸足《はだし》だった。すごく寒い。とにかくメガネと履《は》き物を取りに戻ろう。上衣《うわぎ》もいる。貴重品を持ち出していいだろうか。余震が来たらどうしよう。ぼやけた視界でアパートへ戻ると、ゆきの部屋の玄関ドアが道路へ向かって開け放たれていた。二階が一階になっている。ゆきは気づいた。一階の住居が潰《つぶ》れ、二階が乗っかっていたのだ。パニックになりかけたが、とりあえずメガネ、とゆきは開いた玄関から一歩踏み込んだ。

そのとき、「ボン！」と爆発音がしたかと思うと、あっという間に木造住宅は炎に包まれたのである。

「ぎゃーっ！」

ゆきはきびすを返した。背中に熱が覆《おお》いかぶさってきたのがわかった。ゆきは飛ぶように逃げた。薄ぼんやりした視界。記憶を頼りに走ったが、別の爆発が起こり、ゆきは地面に投げ出された。近眼でも火の色は見える。膝と腰を打ったが、それどころじゃない。ゆきは立ち上がり、やみくもに走ったが、前後左右に火の手が上がった。

どうしたらいいかわからない。

そのとき、太い腕がゆきを捉《とら》えた。

地震の直後、誰よりも早く動いた川本組が、命からがら走る住民を見つけては確保し、救助していたのである。

組事務所に保護した住民たちを介抱《かいほう》していたのが甚三郎だった。恐怖と寒さに震《ふる》えるゆきにも毛布を掛け励ました。

ゆきは思い出す。あの太い腕がなかったら、自分は黒こげになっていた。ゆきにとって川本組は限りなく熱い存在として、永遠の記憶に刻み込まれたのである。

第二章　やくざ事務所の広報部

一

　昨日の運動会は出だしに騒動もあったが、あとは順次万全、終了した。

　これしきのハプニングは日常だ。人生にはもっと複雑怪奇な出来事もある。わざわざ黒服を着込み、運動場に出てきた子分にはお灸《きゅう》を据《す》えねばならないが、玲奈《れな》は一等賞を取った。それは喜ばしい。さっき家にやって来るや、若衆たちにさんざん褒《ほ》められ、上機嫌で帰っていった。孫娘の存在は、川本《かわもと》家の未来に爽《さわ》やかな光を当てる。

　とはいえ、ここ最近、甚三郎《じんざぶろう》の悩みは深かった。疲れていた。焼肉にスッポン料理、まむしの煎《せん》じモノまで飲んだりしたが、からだに力が出ない。自分の目が黒いうちにやりきろうとしているプロジェクトが、なかなかうまくいかないのである。

プロジェクトとは、川本組を堅気《かたぎ》にすることである。

川本組の主たるビジネスである不動産賃貸事業は堅気の正業だ。暴力行為などにはまったく関わらない。しかし世間はそう見ない。畏《おそ》れられ、距離を置かれる。ていねいな広報活動をはじめようとしているのは、そういった風評を払拭《ふっしょく》していきたいからだ。安藤《あんどう》初代と川本の祖父が義兄弟という事実はある。安藤組は日本最大のやくざである。甚三郎が堅気になりたい、と言って、なかなか信用してもらえない。

甚三郎のひとり息子である川本規甚《のりやす》はのっけから家を出て、大学を出た後はサラリーマンになった。「やくざはゴミ」と公言《こうげん》している。孫娘は無邪気だから組事務所に来て遊んでいるが、息子夫婦はいい顔をしない。甚三郎は三人掛けのソファの真ん中に座り、目を閉じていた。

山崎《やまざき》は話し出すタイミングを計《はか》っていた。丸岡《まるおか》が持ち込んで来た件を相談しなくてはならない。

最近の親分の悩みはよくわからない。シノギを真剣に考えない。山崎はそう感じていたが、丸岡の件を自分の一存で進めるわけにはいかない。山崎は甚三郎がちょっと尻を動かしたタイミングをとらえて言った。

「上村《うえむら》組で断られて、うちに来たようです。丸岡は言いませんでしたが、上村のアニキに直接問い合わせました。『そっちで好きなようにしてくれ』ということです。どうしますか。面倒なだけのシノギに見えますが」

上村組は安藤六代目三次団体の組だ。現組長である上村民夫《たみお》の父親である先代の上村定男《さだお》は亡くなったが、定男と甚三郎は兄弟の盃《さかずき》を交《か》わした仲である。民夫は甚三郎を親同然と奉《たてまつ》り、シノギを回してくるが、苦労が多いものばかりを持ち込んでくる。

上村組は最近、六代目とシノギで協業をはじめていた。仕事の規模が大きくなり、闇金《やみきん》がらみで個人商店を取り込むような話は敬遠《けいえん》するのである。しかし甚三郎は回ってきたシノギ話に文句を言うことはない。

「面倒なだけといっても、やり方はあるだろう」

親分は言ったが、口調にやる気のなさが感じられる。山崎は思ったが、そんなことを口に出すはずもない。山崎は、やれと言われたことをやるだけである。ただし、やくざのシノギは情報とタイミングがすべてだ。周辺情報を素早く集め、見切り方を決めた上で、気合いを込めて立ち向かわなければならない。

「夫婦ふたりで長年やってきたソース工場です。設備も三十年前のものでソースのにおいが染みこんでいるような機械です」

「さばけるのは土地と建物か」

「今日にでも権利書押さえて銀行に先《さき》んずればいくらかでも取れる。とにかく早く取り込んでくれ。丸岡はそう言います」

甚三郎は言った。

「オリーブソースの大野《おおの》さんとは古い付き合いだ」

「手を引きますか？」

「いや、請ける。上村からの話だし、うち以外のやくざが請けたら、すぐに身ぐるみ剝《は》がれる」

「え？」

山崎は訊《たず》ねた。

「身ぐるみ剝がずに追い込むんですか？　不動産以外売れる物ほとんどないです」

「ソースがあるやろう。いちばんの財産はオリーブソースそのものや」

「そうですけど、銀行に抵当《ていとう》押さえられたら、終わってしまいます」

「そこを何とかするのがわたしらだろう」

甚三郎が具体的な策《さく》を授けることはない。自分で考えるのだ。山崎の繰り返される日常である。

「わかりました。とにかくこのあと、オリーブソースへ行ってみます」

静かである。妻の芳子《よしこ》は出かけている。

そのとき「失礼します」と声がして、みどりが入ってきた。

「お母さんがいらっしゃらないので、お茶淹《い》れます」

「おお、気がつくね。お願いするよ」

山崎は立ち上がり、礼をして出て行こうとした。

「ちょうどいい。話がある。茶は三つだ」

甚三郎が目で山崎をソファへ誘導した。山崎が座るなり、甚三郎は言った。

「運動会のマサオと裕治《ゆうじ》、知ってるな」

「聞きました。たいへん申し訳ありません」

「これからの川本組に、ああいった振る舞いは厳禁だ」

今までも厳禁である。それを承知で甚三郎は言っている。

みどりは湯飲みをテーブルに置いた。

「お前も、座れ」

何の話がはじまるか山崎は予想できた。そしてその通り、甚三郎は言ったのである。

「川本組はどんな広報活動をすべきか、言ってみろ」

山崎は困った。難問過ぎるのだ。しかし言ってみろと言われ「わかりません」の返答は、この世界にない。

「ていねいに堅気の人たちと付き合っていくことです。祭りや寄り合いとか、どぶ掃除でもいいかもしれません。面倒で人の嫌がることに、あえて協力していくことかと」

「そんなん、これまでと変わらんやないか」

山崎は野暮《やぼ》を承知で言った。

「服装を改めるとか」

「おやまあ」

甚三郎は面白がった。

「ススム、できるか？　わたしは着替えてもええが、お前、黒服やめられるか？」

やくざが黒いスーツを着るのは、突発的な葬式が多いこともある。ネクタイをすればすぐに参列できるからだ。しかしそれよりも、自分は世の中と違うと見せていたい、そういう気持ちが強いのだ。突っ張っていることで、地べたに立っていられる、そんな生き方を選んだ。黒いスーツは象徴だ。オヤジだってそうじゃないか。

山崎には、堅気相手の広報活動案など、脳みそをひっくり返しても浮かばなかった。

甚三郎はみどりに目を向けた。

「みどりにも宿題を出しておいたな。意見を聞かせてくれ」

「はい」

みどりは山崎が先に答えるのを待っていたのだ。みどりは話しはじめた。

「川本組は任侠《にんきょう》であって暴力団ではない、という基本をぶれさせず、根気《こんき》よく伝え続けなければなりませんが、親分には安藤に兄弟分もいらっしゃる。まずは火の粉を被《かぶ》らないよう、細心の注意を払わねばなりません」

甚三郎は黙っている。

「わたしが考える方法は単純です。町を元気にすることです。わかりやすく言えば、町の人が儲《もう》かることです。利益が出る地域の名物を、今まで知らなかった外の人にもアピールし、さらに利益が出るようにすることです。一般住民の方々に向けて、川本組は反社会的勢力ではないと伝えたとして、支持をいただけるのは、住民にとって得になる場合だからこそだと思うのです。堅気の商売がうまく回るからこそ、わたしたちも利益をいただけます。商売が鳴かず飛ばずでは、何も成り立たないし、気持ちも後退します。地場《じば》産業の個性を再発掘し、もう一度磨《みが》き上げる。何のどこを磨き、どうやって活性化するか、まずは情報を集める。わたしたちの得意分野は情報です。表に出ない本音の情報さえ、わたしたちは探り当てることができます。地域活性化のヒントが、きっとそこにあると思っています」

そこまで一気に話したが、そこでみどりの声が少し震《ふる》えた。

「わたしは悔《くや》しいのです」

みどりは声の震えを断ち切るかのように首を振り、続けたのである。

「わたしは、わたし自身の不明だったとはいえ、我に返るたびぞっとするほどの残酷な記憶を抱《かか》えました。わたしは地獄しか見えませんでしたが、死ぬことだけは考えませんでした。わたしは自分の前にふたつの道を置きました。ひとつは、世間に埋もれ、自分を隠し、頼る者は自分ひとりと決めて生きることです。自分の影に隠れる覚悟と態度を決めれば、事務員でも店員でも水商売でもして食い扶持《ぶち》を稼ぎ、いっぱしの社会生活を営《いとな》み、いつか誰かの妻になる。そんなこともあるのかもしれない。しかし、その道を往《ゆ》くには、過去の汚物を一生抱えていく覚悟が必要です。汚物は決して消えない。汚物の端《はし》がちょっとでも見えたら、わたしはうそつき呼ばわりされ、世間や職場や、夫や、もしかしたら産んだ子供さえ、わたしを汚物扱いするかもしれません。処世《しょせい》の道はあるのかもしれない。多かれ少なかれ、人はそうやって生きているのかもしれない。でも行き着く先にあるのは孤独です。うそからはじまった孤独は心を殺し、わたしは孤独の中で死ぬのです。しかし幸いなことに、わたしはもうひとつの道を選びました。人のために生きる道です。人生に裸の心で向かい合う。寒風も熱波も真正面から受ける任俠の生き方です。わたしは出会ったこの道をまっとうしたい、こんなわたしでも人生に意味を見つけられるかもしれない、そう思うのです」

みどりはそこまで話し、黙ってしまった。

甚三郎は湯飲みを持ち上げた。口へ運ぶ前に手を止め、また湯飲みをテーブルへ戻した。

甚三郎は言った。

「お前が抱《かか》えた苦労は、男のわたしや山崎にはわからない。身も心も引き裂かれる思いだったろう。しかし、やくざな業界に引きずり込んだのはわたしの過ちだ。許してくれ」

甚三郎は頭を下げた。するとみどりはソファから床へ跳んだ。そして甚三郎の膝頭へ向けて顔を上げた。

「親分、やめてください！　どうして親分がわたしに頭を下げたりするんです。申し訳ないのはわたしです。こんな負け犬の話をしてしまって。わたしは親分のもと、任俠道を進むと心に決めたのです。決めた以上、弱音《よわね》を吐《は》くことなどはできないはずでした。情けないです」

　みどりは床に額を擦りつけた。

「頭を上げなさい」

　甚三郎は言った。

「お前は考え違いをしている」

　甚三郎のブルドッグ顔は業界でも畏れられる。しかしブルドッグも腹を満たした平和なとき、仏陀《ぶっだ》のように見えることがある。甚三郎はそんな顔をしていた。

「ソファに座りなさい」

　みどりは立ち、スカートの裾《すそ》を両手で引っ張ってまっすぐにしながら座った。

　甚三郎は愛《いと》しい娘を見るように言ったのである。

「そういう仕草は、たまらなく愛おしいのお」

　みどりは自分の何が愛おしいと言われたのかわからないまま、甚三郎を見つめた。

「そのまっすぐな目はやっぱりいい。お前には是非うちへ来てもらいたかったのだよ」

「わたしは親分の情けでここに置いていただいています」

「ではこのさい、はっきり言わせてもらいましょう。やくざな業界へ引きずり込んだとは言ったが……お前は川本組の組員ではない」

「え？」

「お前を子分にしたなんて、わたしはまったく思っていない」

「ええっ」

「だからわたしを親分と呼ぶのはやめなさい、やくざや極道《ごくどう》なんて言葉も使うべきじゃない」

「で、では、わたしは、何なのですか？」

甚三郎は言ったのである。

「正社員ですよ」

「は？　正社員……」

みどりは、目を見開いたまま思考をめぐらせた。みどりは言った。

「せ、正社員？」

「仕組みが整《ととの》っていないから現実感がないだろうけどね」

「仕組み？」

「そうです。給料に賞与、健康保険に厚生年金、住宅手当《てあて》に通勤手当、有給休暇制度も、順次仕組みにしていく」

親分は何を言い出すのか？　山崎にもさっぱりわからない。何が似つかわしくないと言って、やくざに有給休暇である。

みどりは食い下がった。

「正社員とは、フロント企業の舎弟ということですね。わかりました。今までどおり土地の賃貸とか、露天商さんの協賛金取りまとめとか」

「間違ってはいけない」

甚三郎は茶をすすり、ひと息入れた。

「祖父の代の川本組は極道組織だった。安藤と盃を交わしたし、上納金《じょうのうきん》も出していた。しかし今の川本組は完全な独立組織だ。どこともつながってはいない。反社会的シノギなんぞいっさいやっていない」

甚三郎は山崎に視線を一度合わせ、みどりに向き直った。そして、嚙《か》んで含めるように言った。

「これから川本組は株式会社川本となり、シノギを事業化し、すべて清廉潔白《せいれんけっぱく》、白日《はくじつ》の下《もと》に行う。自らの手で時代を変えるぞ。みどり、お前にはその象徴になってもらいたい」

甚三郎は言った。

「さあ」

山崎とみどりは、話の続きを待った。身を乗り出して構えた。

「ひとっ風呂浴びるわい。運動会で埃《ほこり》だらけだ」

甚三郎は立ち上がった。

「話は終わりですか！」

泣き出しそうな声である。みどりは甚三郎に迫《せま》った。

山崎もあわてた。

「親分、待ってください」

「なんや、お前ら、その顔は。悲しいことでもあるんか」

「親分、わたし……わかりません。どうしたらいいんですか」

「山崎と相談しろ」

「俺ですか！」

いきなりの振られ方に、山崎も声を上げてしまった。

みどりは心が抜け落ちたような目をしている。

「みどり、お前はさっき、いいことを言った。地元名物の活性化だ。利益こそがしあわせの元。早々に、具体的な話を聞かせてくれ」

山崎こそ、抜けた目をしていた。今日はソース屋を取り込む段取りの相談に来たのだ。山崎は言った。

「親分、今日はオリーブソース工場の権利書を確保に行くんですよ。その段取りを相談させてもらわないと」

甚三郎は、まだわかっていないのか、という目をした。

「いま自分たちで時代を変える、そう言った。聞いてなかったのか？」

時代を変える？　権利書を押さえに行くのだ。

「頭を使え」

頭？

「オリーブソースは地域の名物やろ。みどりの話と繋《つな》げてみたらどうだ」

「何を繋げるんですか」

「頭を使えってんだ」

山崎とみどりは、ただ立っている。

甚三郎はそんなふたりを興味深そうな目で見ていたが、思い出したように、

「そうそう、実はわたしも頭を使って、ひとつ面白いアイデアを思いついた。郵便屋さんがヒントをくれた」

と言った。

「あの郵便屋さん、アイデアマンだよ。自分ではわかってないみたいだがな」

甚三郎は風呂へ向かった。

最近の親分とは、謎の禅問答《ぜんもんどう》ばかりしている。時代を変える云々《うんぬん》……意味不明である。

とにかく、オリーブソースと丸岡を捌《さば》かないとならない。これはやくざの仕事である。

事務所へ下りた。若衆たちは出払っていた。

みどりは膝の力が抜けたように、ソファに座ってしまった。

みどりは山崎をまっすぐ見ていた。黒い瞳が艶《つや》やかに輝きはじめ、みどりは静かに泣き出した。

「わ、わたし、どうしたら……」

「おい、泣くな」

山崎は立ったまま、みどりの肩に手をかけたが、みどりは山崎の手を引いた。山崎は引っ張られ、みどりの隣に座った。

みどりは山崎にもたれかかった。内巻きカールの長い髪が山崎の胸に垂れた。濃密で湿った熱が、白いうなじから立ち上っている。タイトな紺のスーツが、からだの曲線をことさら強調していた。

みどりはふたりの前にある空間を、ぼんやりと見つめていた。みどりの目から涙はまだ流れていた。涙は頬《ほお》を伝い、顎《あご》へ流れ、山崎の胸に落ちた。

みどりは口を開いた。しかしそこから漏《も》れたのは言葉ではなく、熱い息だった。

山崎はみどりを両手で押して離し、背中を向けた。

「やめてくれ」

山崎は言ったが、みどりは山崎の背中に頭を預け、嗚咽《おえつ》のようなため息を山崎の背中に漏らした。

山崎の体温が急上昇した。

抱きしめてやりたい。でも、だめだ。

「山崎さん……」

みどりは言ったのである。

「正社員って、なんですか」

人生には答えのない質問もある。山崎はそんなことを考えた。

二

山崎は本町商店街へ向かった。アーケードの東端にオリーブソースの工場がある。事務所からも徒歩五分の距離だ。

できるだけ裏路地を抜けた。アーケードの下は最短距離を歩くように心がけている。黒いスーツのやくざが買い物客に混じって商店街にいることをはばかるのだ。

これも川本組のコンセプト、世間様への礼儀と心得ている。

先日やって来た丸岡とは、やくざとして話をした。追い込みの段取りも想像できた。早い者勝ちの整理話である。

人には人の人生がある。追い込まれることになったのは、それ相当の事情があるからである。さっさと整理するだけだ。銀行など、もっと血も涙もない。誰かがやるだけなのだ。

川本組は小さな組だが、維持《いじ》にはそれなりの金はかかる。シノギをえり好みする余裕もない。また、話を直接持ち込んだのは闇金の丸岡だが、上村組という親戚筋から流れてきた話でもあるのだ。

オヤジは結局、お前が考えろとしか言わない。

山崎は工場の前に立った。商店街に面した入口部分では小売もやっている。

「直販もいたします。オリーブソース謹製《きんせい》」

玄関に小さな張り紙がある。

山崎はドアを開《あ》けた。がらんとした空間。陳列棚《ちんれつだな》があるが、商品は並んでいない。営業に使うのだろう、古びたグレーのホンダ・カブが一台ある。

機械が回っているような、うねっているような音がしている。

店を抜け、奥の工場へ入ると、社長の大野洋一《よういち》がいた。季節は冬を迎えていたが、洋一は半袖《はんそで》のTシャツ姿にねじり鉢巻きだった。

「大野社長」

山崎は声をかけた。気づいた洋一は手を上げて「ちょっと待って」と言いながら機械の裏へ回った。しばらくすると機械は回転を止め、工場は静かになった。

山崎は言った。

「別に機械止めなくてもいいですよ」

「もうできあがりだからいいのよ。ちょっとしか作ってないし」

「景気はどうですか？」

「何とかやってるって感じだよ。きびしいね」

どの商店や工場でも返ってくる反応である。

ふたりが話していると、副社長でもある大野の夫人、佐喜子《さきこ》も出てきた。

「山崎さん、いらっしゃい」

佐喜子はスポーツジャージーの上下に割烹着《かっぽうぎ》のようなものを羽織《はお》っている。首には
タオルを巻いている。

「甚三郎親分はお元気？」

「はい、元気にしております」

「元気たって、もう無理は利《き》かない歳《とし》なんだから。心臓も、いっかいやったことだし。

からだいたわらないと」

「ありがとうございます。伝えておきます」

佐喜子の手は油で汚れていた。野菜を洗うためにあるのだろう、大きな洗い場がある。佐喜子はそこで水道の蛇口をひねった。半分くらいに小さくなった白い石鹸《せっけん》を使い、流れる水で手を洗った。

山崎は工場を見渡した。二十坪程度の敷地に、天井まであるタンクがひとつだけの家内工業である。

山崎は訊ねた。

「社長と奥さん、ふたりだけですか？　従業員は？」

「ふたりで必要充分ですよ。事業を大きくすることも考えてないし。ところがこいつが入院しただけで四苦八苦だ。ひとりでは無理だったね。わたしは腰をいっちゃって、ひと月休んだ。こいつの看病ができたからちょうど良かったかもしれない。神さんが休めと言ったんだよな。きっと」

洋一は笑みさえ浮かべたが、妻の高額医療のために闇金に手を出し、この危機につながったのだ。

洋一は頭に巻いた鉢巻きをはずし、首筋の汗を拭《ふ》き始めた。

「それで山崎さん、今日は何かご用かね」

「はい、それが」

こういう場合は正直に話すことである。

「丸岡に頼まれて来ました」

洋一の顔色が変わった。

「なんや、借金取りかいな」

洋一は言った。

「必ず返す。丸岡にもそう言うた。とにかくちょっと待ってくれ」

返すことができなくて、にっちもさっちもいかなくなったから、闇金でさえやくざに持ち込んできたのだ。言い訳を聞く時期は過ぎている。

普段なら、ここで凄《すご》む。やくざが本気であることを見せておくのだ。

しかし山崎は、ここへ来るまで、普段はしない思案を頭に駆け巡《めぐ》らせていたのである。追い込み以外の手がないか……カオリが「オリーブソースがなくなったら困る」と話していたことも思い出した。みどりが泣きながら訴え、ひねり出した「地元名物活性化」案も考えていた。

やる価値はあるかもしれない。茨《いばら》の道だが、関係者全員が協力すれば道は開けるかもしれない。山崎はそこまで考えたところで、ここへやって来たのだ。

まずは言うべきことを、最初に全部言ってしまうことだ。厳しい現実に目をそらすことなく立ち向かう必要がある。

底を打った場所からは、上しか見えない。

山崎はソースのタンクを見上げて言った。

「こんな古い設備は金にならないでしょう」

「工場を切り売りする気か？　土地建物、取る気なんやな」

「そこまで差し迫《せま》っているんですよ」

「先祖代々の家や。追い出されたら行くとこない。首くるしかなくなる」

「丸岡の様なところから借りたのは社長です。わかっています。奥さんの治療費用でしょう。しかしそれで奥さんは快復《かいふく》した」

「結局、首くることになったら一緒や。こいつかて、いっそあの時死んでたらよかったと思うわ」

洋一の言葉に佐喜子は涙を浮かべてしまった。

山崎はここへ来るまでに決めていたことを言った。

「土地家屋の権利書を渡してください」

洋一はいきり立った。

「この場所で金を生むのはソースだけや！　作り続けて、必ず返す。返済期限だけ延ばしてくれ。死ぬ気で働く」

「だからこそ、権利書を預からせてほしい、とお願いしてるんです」

洋一はちょっと黙った。そして言った。

「預かるとはどういうことや」

山崎はとりあえずその質問に答えず、訊ねた。

「丸岡以外で借りていませんか？」

「ない」

「丸岡からは六百万取り立ててくれと頼まれましたが、いくら借りたんです？」

「六百万やて？　借りたのは三百万や。そんな利子は違法や」

「わかっています。違法です。弁護士を立てて法定金利で収めさせることはできるでしょうが、時間がかかる。その前に抵当を持ってる銀行が差し押さえに来ます。会社は潰《つぶ》れます」

洋一はあらぬ方向を向いた。山崎は言った。

「元金の三百万なら返せますか？」

「今は無理や。ソースの材料仕入れる金もない」

それやったらソースも作れんやないか。山崎は思ったが、そういうのも全部ひっくるめて、策を見つけるしかないのだ。

「もし材料を今まで通り仕入れられて、ソースを今までと同じ量作り続けたら、三百万はいつ返せますか？」

洋一は即答した。

「三ヶ月で大丈夫や。ひと月百万ずつ、なんとか返す」

機械さえ回せば、ひと月に百万のキャッシュを生む、健全な事業なのだ。

「奥さんの健康は大丈夫ですか？　はっきりお訊きしますが、また金がかかることはないですか？」

佐喜子は目をつり上げた。

「からだは元通りです。もし再発したらその時は潔《いさぎよ》く死にます。この家に、一円も使わせずに逝《い》きます」

佐喜子はそう言って洋一を見た。洋一は黙って見返したが、夫婦はそろって笑顔さえ浮かべたのである。

山崎が確認したかったのは、この意志であった。死ぬ勇気のある人間はかならず這《は》い上がる。

「川本を信用して、土地家屋の権利書を預からせてください」

そこまで話を進め、山崎は言ったのである。

「こういう話は、最初にやくざに持ち込まれます。銀行や債権者はその後です。うちらの稼業は情報のスピードが命ですからね。丸岡も銀行が乗り込んできたら最後、債権取り立ての順番が後に回ることを知っている。損切り覚悟でうちに持って来たんです。丸岡は任せてください。抑えておきます。ただ、銀行と弁護士が来たらどうしようもない。だから権利書を隠します。社長は『やくざに持って行かれた』と言うだけでいい。銀行がうちに来るとしてもすぐじゃない。それ相当の準備をしてからになる。彼らも命は惜《お》しいですからね」

山崎は自分がやくざであることを認め、恐怖をちらつかせながら商売をしていることさえ認めた。洋一は山崎をじっと見ていた。そして言ったのである。

「権利書は預けましょう」

「ありがとうございます」

「なんであんたに礼を言われなあかんかな」

洋一は笑った。

「山崎さん、わかってるって。川本組はやくざやない。人がいちばんやりたくないところを何とかしてくれる任俠や」

「社長はとにかく製品を作って売ってください」

洋一はわずかに安堵の表情を浮かべたが、まだ何も解決していない。一次的な対応を決めただけである。

洋一が権利書を持って来た。山崎は拝《おが》むように受け取った。

あとは工場運営についての話をした。設備も見学した。釜はたったひとつで、少量を作る時には、二槽式の家庭用洗濯機を使う現状も見た。債権者がやって来たとして、換金できるものは土地家屋だけである。

カオリが言ったように、長田《ながた》のお好み焼き屋はオリーブソースを使っている。作れば売れる。最大の難問は、材料を仕入れる現金がないことである。

この情況で、手形取引してくれる食品卸や八百屋はない。

さて、これをオヤジにどう報告したものか。

思案はまとまらなかったが、間違ったことはしていないと確信していた。

山崎のケータイが鳴った。着信を見ると丸岡だった。

「山崎です」

丸岡はいきなり言った。

「追い込んでくれたか、どうなった？」

「丸岡さん。先般お話を伺ったばかりじゃないですか？」

「確認やがな」

「待ってください」

山崎は言った。

「あなたは川本組にこの件を依頼しました。依頼したなら待っていたらいい。何もはじまっていないのに、ガキを相手にするような催促《さいそく》は何ですか。なんなら自分で取り立てに行けばいい」

「居直《いなお》った素人ほど面倒なやつはおらん」

丸岡は自分の都合でしか喋《しゃべ》らない人間である。上塗《うわぬ》りするように言った。

「正直に言うわ。銀行が嗅《か》ぎつけた」

山崎はさすがに腹が立ってきた。

「正直に言うとはなんです。今までの話は正直ではないということですか。わたしらを何だと思っている」

丸岡はどこ吹く風である。

「言葉の綾《あや》やないか。あんた堅すぎるわ。せやが実際、正味のところ、銀行が来たら一巻の終わりや」

「それは丸岡さん、あなたの事情でしょう。銀行が抵当を押さえているのを知っていて貸した。ひょっとしてうちみたいなやくざに頼んだら、さっさと追い込んで金にしてくれる、と楽かましてたんですか」

「そんなことはない。頼りにしてるわいな」

山崎はあほらしくなった。

「どちらにしても、銀行が来て全部持っていったとしても、手数料の五十万はいただきますからね」

丸岡はすぐに言った。

「そしたら値上げするわ。百万払うから頼むわ。すぐやってくれ」

「ほう」

山崎は腹も立たなくなってきた。

「うちも軽く見られたもんですね。安値で頼んで、文句つけられたら値を上げる。やくざものなど何とでもなると思ってらっしゃる」

「ちがう、ちがう。土地だけでも一千万にはなるやろうが。一日仕事で百万。楽な仕事を回したつもりや。上村さんにも筋《すじ》は通してある」

「そうですか。筋ね」

やくざにはやくざを当てておけばいいとでも思っているのだろう。しかし上村は川本甚三郎の子にあたるのだ。丸岡の「筋」など屁《へ》でもない。

「とにかく」

山崎は凄《すご》んだ。

「黙って見ていてください。下手に手を出したら、倍のしっぺ返しがいきますよ。やくざを嘗《な》めたらいけません」

丸岡は「わかった、お願いする」と言った。しかし電話を切りしな「早くしてくれよ」とまた言った。

丸岡は社会の底辺にいる人間を食い物にする悪徳金融だ。人間として尊敬できない輩《やから》だが、情報入手の速さだけは群を抜いている。その一点に生きる術《すべ》を集中しているようでもある。丸岡が「銀行が来る」と言ったなら、それはまさしく、オリーブソースが瀬戸際《せとぎわ》に立ったことを示しているのだ。早く動かなければならない。

オヤジに相談するしかない。山崎は急ぎ足で事務所へ戻った。

三

「上村のアニキに、うちからもひと言あいさつしておいた方がいいと思うのですが」

「そんなことはしなくていい」

甚三郎のこういう発言の解釈はむずかしい。本当にしなくていいのか、したほうがいいのか。そんなのは自分で考えろ、という意味が暗に含まれているからだ。

「わかりました」

山崎はそう返答するしかない。山崎は言った。

「丸岡は百万に値上げしてきました」

「あいつの言いそうなことや。せこいからな。それが金貸しっちゅうもんなんやろうが、そんな話には乗らない」

「まさしくそうです。そこを親分に確認させていただきたい」

「お前の思うとおりやればいい」

「ただ丸岡からの依頼は追い込みです。うちが別の思惑《おもわく》で動き始めたとわかれば、丸岡は動くかもしれません。丸岡は待つことができない性格です。その時は親分に動いてもらうことがあるかもしれません」

「それは任せろ。とにかく大野社長を助けてやるんだ。それで、ソース屋の情況はどうなんだ」

「営業そのものは黒字です。取引先は長年続いているところばかりで、どこも納品を待っています。ソースを作りさえすれば売れます。ただ手持ち現金がない。奥さんの治療にありったけの金を使いました。足らない三百万を丸岡に借りた。丸岡さえ返済猶予《ゆうよ》を呑めば、高い利子でも大野社長は返していけるでしょう。億単位の金を借りた訳じゃない。ところが、闇金から金をつまんだことが銀行に漏れたようです。貸しはがし寸前《すんぜん》です。これは丸岡の情報ですが」

「ふむ」

甚三郎はなぜか楽しそうである。山崎はいぶかしがった。甚三郎は言った。

「要はソースを今まで通り作らせてやれば、元に戻っていく、と考えればいいんだな」

「そうですが、当座の現金をひねり出さないといけません」

「金、金、金、中小企業永遠の悩みだ。しかし、いいじゃないか。企業再生だよ。経営コンサルタント、堅気の仕事だ。権利書預かったのは、やくざ的機転だが、それは良しとしておこう」

「やくざ的機転？」

「やくざものはさすがに脳の瞬発力が違う、と褒めたんだよ」

「はあ、ありがとうございます」

山崎は何を褒められているのか、イマイチわからなかった。

とはいえ、助けるにしても、金を融通《ゆうずう》することはできない。しかし何とか原料を仕入れさせて、ソースを作ってもらわねばならない。商売というものはむずかしい。中小企業経営者の努力は並大抵ではない。やくざ稼業よりはるかに厳しい。山崎はしばしば思うのである。

「しかしなんだな」

甚三郎は言った。

「みどりの考えもそうだし、ソース屋の再生もそう。青葉《あおば》小学校の校長と話した件もそう。いろんな話がぜんぶ、ひとつの方向へまとまって行く。いい感じだ」

甚三郎は立ち上がった。

「わたしは出かける」

山崎も立った。

「お供しましょうか」

「いや、いい。コーヒーでも飲んで、昼飯は、『駒《こま》』のそば焼きを食ってくるわいな。町にお金を落とさないと」

甚三郎は晴れ晴れとした表情で、そんなことを言ったのである。

四

甚三郎は身長百六十センチ、ブルドッグ面《づら》の顔は大きい。四頭身である。怒るとブルドッグも畏れると言われるほどの悪相になるが、素人相手にそんな表情を見せることはない。

　街中においては逆に、不細工な顔だからこその愛嬌《あいきょう》で慕《した》われている。

　安売り紳士服の上下を十年以上着古す。伸び縮みする襟《えり》付きシャツにループタイを合わせる。靴は長田の地場産業であるケミカルシューズを履《は》き、茶色のフェルト帽を被《かぶ》り、商店街をのたりのたりと歩いている。

　稼業の義理事では貧乏くささが一掃される。京都の黒染め専門の生地屋《きじや》が染めた漆《しっ》黒《こく》の紋付きに桐《きり》の下駄を履く。腰の据《す》わり方は老練《ろうれん》の親分らしく泰然《たいぜん》としている。その姿を庶民が知ることはない。

　甚三郎はオリーブソース工場の前に着いた。帽子を脱いで額をガラスドアに当てた。中を覗《のぞ》いてみる。棚に商品はない。耳を澄ます。静かだ。

「営業停止中か」

　ドアは開けなかった。山崎が来てすぐ自分も来たら、さすがの社長もびっくりする。

　甚三郎はそのまま商店街を歩き、創業六十年になる喫茶店「思いつき」のドアを開けた。

「親分さん、いらっしゃい」

「おじゃましますよ」

白髪を青に染めたこの家の末娘、高子《たかこ》が迎えた。

「今日は高ちゃんだけか」

「お佐恵《さえ》姉ちゃんはもうすぐ来るよ。旦那さんの田舎《いなか》からリンゴ送ってきたとかでな、取りに行く言うて。おっきいお姉ちゃんたちは整骨院とデイサービスや」

甚三郎は窓際の席に腰を下ろした。ベンチ型の席で、胸の高さに小さなテーブルがある。船大工が内装を手がけたのだ。船室のような丸窓、テレビを載せる台は舳先《へさき》を象《かたど》ったような美しい楕円《だえん》と、洒落《しゃれ》た仕組みが随所《ずいしょ》にある。

とはいえ、六十年である。様々な客の背中や肘《ひじ》が当たり続けた壁はすり減り、窪《くぼ》んでさえいる。天井の一部は崩《くず》れ、至る所が剝《は》げている。

店ができたとき、末娘の高子は十歳だったが、彼女も今は七十歳、ひ孫がふたりいる。

「コーヒーをいただけますか?」

「はいはい」

「アイスクリームは要《い》らないからね」

この店は、飲み物を頼むと、もれなくアイスクリームが付く。

「和菓子の鮎《あゆ》があるよ。それとも、蒸しパン切りましょか」

とにかく、何かあるもの一品を付けようとする。もちろん無料である。コーヒーを飲み干《ほ》すと日本茶を淹れる。

「コーヒーだけでいいですよ。お気遣《きづか》いなく。あとで『駒』へ行くしね」

「じゃあ、姉が来たらリンゴ剝《む》くわ。福島《ふくしま》のおいしいリンゴね」

と言っているうちに佐恵が帰ってきた。

「あら、親分さん。お元気？　玲奈ちゃん、一等賞やったみたいね。自慢の孫や」

孫自慢したいのは山々であったが、甚三郎は我慢した。マーケティングをしなくてはいけない。

「最近、景気はどうですか？　聞くまでもないか。この店は永久不滅ですかな」

「そうねえ。うちはたかが一杯三百円のコーヒーやさかい、今までとあんまり変わらんけど、人通りは少ないね。商売人さんはたいへんやと思うわ」

どこの誰に訊いても、ほとんど同じ答えが返ってくる。

「やっぱり長田の元気は粉《こな》もんかいな」

「そうや。『駒』さんなんかは、大阪からもわざわざ食べに来てる。カオリちゃん、がんばってるし。昼時は客でいっぱいや。親分さんも予約しとかんと並ばなあかんで」

「時間ずらして行きますよ。みなさんに迷惑かけんように、こそっとね」

「親分さん、気い遣いやなあ」

「いえいえ、老《お》いぼれやさかい、ゆっくり食べたいだけです」

「何が老いぼれや」

佐恵が言った。

「わたしのほうが年上やないかい。こんなに元気」

佐恵は太った腹を叩《たた》いた。

「お腹《なか》の自慢かい。太いだけや」

みんな笑った。甚三郎は言った。

「『駒』のそば焼きは、使ってるソースがいいね。あれこそ長田の名物」

「それがね、親分さん」

佐恵は言った。

「オリーブさんが作るの止《や》めるって話なんや。長田のお好み焼き屋はだいたいローズソースとオリーブソースのブレンドや。ローズさんはウスターソースで、ピリピリした刺激を受けもってる。ドロドロしたソースはオリーブさんや。完熟《かんじゅく》のトマトやらリンゴやら、とにかく混ぜて作る。オリーブがなくなったら、味がぜんぜん変わってしまう」

「ほんまに止めるの？　奥さんが病気したせいか」

「たぶんな。お金いっぱい使ったと思うねん。社長は『みなさんに心配かけてすみません。大丈夫です』としか言わん。わたしらもそれ以上訊ねることはないし。けど、元気はないわね」

「そうですか」

「親分さん、なんとかならんかね」

佐恵は言ったが、すぐ言い直した。

「親分さんに、何とかしてもらうわけにはいかんわね」

甚三郎はちょっとくちびるをゆるめたが、答えることはなかった。

高子がリンゴを剝いてきた。

「福島の王林《おうりん》。食べてみて」

佐恵が言った。

「ちょっと形が悪いやろ。落下リンゴなんよ。農家は主人の遠縁なんやけど、先月、東北に豪雨来たやろ。あれでだいぶ落ちたらしい。知り合いだけでも引き取ってあげようってことになってね」

「それ、うちにも届きましたよ」

「そうでしたか。なんぼでもあるみたいやから、少しでも買《こ》うてやってください」

「こういうリンゴこそ、大事に食べないといけません。地球のためです」

「でもな、落下リンゴはおいしいねんで。完熟やから重とうて落ちたわけやからね」

「その通りです」

甚三郎は食べた。酸味のある口あたりの奥に完熟の甘みがある。

甚三郎は、その時、ふとひらめいた。

「佐恵ちゃん、オリーブソースは完熟リンゴ使うって言ったね。このリンゴええんとちゃうん。仕入れてあげたら農家も喜ぶ」

「そうかもね。でもオリーブさんがどのリンゴ使うか知らんし。それに、社長に話しかけるのもなんか、気が引けるんやけど、まあ、奥さんにこそっと訊ねてみるわ」

「そうですね。そうしてください。お願いしますよ」

佐恵は目を丸くした。

「親分さんがわたしらにお願いするんかいな。妙な話や」

三人は揃《そろ》って笑った。甚三郎は財布から千円札を一枚抜き、テーブルに置いた。

「それではごちそうさまでした。リンゴもおいしかった」

コーヒー一杯は三百円である。甚三郎は釣りは取らない。とはいえ、一万円札で「釣りはいらない」などとは言わない。千円札一枚は、ちょうどよいバランスである。

長年の習慣なので、お店も素直に受け取る。

「もっとゆっくりして行きいな」

「いえいえ、貧乏ヒマなしでね」

商店街を歩き出すと、丸与那《まるよな》精肉店の店主が呼びかけた。

「親分さん、玲奈ちゃん、一等賞やったね」

「どうも、ありがとう」

乾物屋の女将《おかみ》も呼びかけてきた。

「お孫さん、元気よろしいな」

この町の人は話題がないのか？　しかし、これに関してはいくら言われてもいい。

孫娘を褒められるのは無上の喜びである。

その後も目を合わす人に声をかけられながら、間口《まぐち》ソース店の前まで来た。

シゲコが店番をしていた。

甚三郎は帽子を脱ぎながら店に入った。

「お達者ですか。うちの若いもんがお世話をかけたそうで」

「お世話？　何の話や」

シゲコは座ったまま、上目遣《うわめづか》いで言った。はたきを肩にかついでいる。

「まあ、座り」

シゲコは丸椅子を目で示した。

甚三郎は脱いだ帽子を、ソースの一升瓶に被せた。座るとすぐに言った。

「郵便屋さんの探し物の件ですよ」

「ああ、マイナンバーか。妙な騒動ですな。マル暴のデカまで来よった。しかしわたしは別に何もしてへんで。見物してるだけ」

「それなら、いいですが」

シゲコははたきを逆さに持ち、孫の手のように背中へ突っ込んだ。

何の気どりもないふたりである。

それもそのはず、出会いはふたりが十代の頃まで遡《さかのぼ》るのである。

五

かれこれ五十数年前、湊山《みなとやま》神社の夏祭りである。甚三郎は若輩《じゃくはい》ながら、川本組の代表として境内《けいだい》の場所決めを仕切っていた。

祭りの間も神社に日参《にっさん》していたが、そこでシゲコの「業《わざ》」を目撃したのである。たまたま甚三郎の目の前で巾着《きんちゃく》が切られたのだ。

それと見ていなければ、まるでわからないような早業だった。そして早業を使ったのは、中学生くらいにしか見えない、短髪の美少女だったのである。

シゲコは冗談でよく言う。

「若い頃は岩下志麻《いわしたしま》に間違えられた」

娘のカオリなどはせせら笑うが、その時の境内で甚三郎は、本当にシゲコを岩下志麻だと思ったのである。しかしシゲコは女優ではなく掏《す》りだった。

川本組は博徒《ばくと》であり露天商を仕切る香具師《やし》であった。そして当時の香具師は、神社はもちろん警察とも共存していた。場を任された立場として犯罪は捨て置けない。

ところが甚三郎は、シゲコの早業に惚《ほ》れたのである。

甚三郎はシゲコの後をつけた。シゲコはそのあと十人から巾着を切った。誰ひとりとして気づかなかった。甚三郎はシゲコをまるで、宇宙から来た天女《てんにょ》のように思ってしまった。

シゲコは仕事を終えた後、境内のお焚《た》き場の裏で後処理をしていた。財布から現金を抜き、財布本体を神社のお焚き場に捨てるのである。月の明るい夜だった。シゲコは木塀の陰にからだを小さくたたんでいたが、時々見える美しい横顔は、月の光に白く輝いていた。

甚三郎はシゲコに何か言うべきか決められないまま近づいていった。するとシゲコはうつむいたまま言ったのである。

「見逃《みのが》してくれるんやろ。あんたもやくざやし」

予想外の反応だった。

「俺のこと知ってるんか」

「川本の甚三郎さんや」

シゲコは作業を続けながら言った。

「神社でやる仕事はな、どこの組が場を仕切ってるか調べる。担当の人間が、どのくらいできる人かも調べる。こっちも生活かかってる」

甚三郎は、ただ、シゲコを見ていたかっただけだった。だから後をつけた。しかしシゲコはプロフェッショナルの物言いで答えたのである。

シゲコが顔を上げた。黒い瞳には冬の冷たい水のような、切れ味鋭い知性のきらめきがあった。甚三郎は、夢を見ていると思った。

しかしその時、シゲコの顔が強い光に照らし出されたのである。

「そのまま動くな！」

太く強い声がしたかと思うと、刑事が甚三郎の後ろから現れた。シゲコは塀際に追い込まれた状態だった。出口を甚三郎が塞《ふさ》いでいたからだ。

刑事は地面にかがんでいたシゲコに近づき、そこにある財布をつまみ上げた。

「動かぬ証拠や」

シゲコは連行された。刑事は甚三郎に言った。

「川本さん、ご協力感謝します」

シゲコは保護観察処分になり、どこかへ消えてしまった。甚三郎には美少女の記憶だけが残った。

ところが一年後、シゲコは間口に縁づき、長田へやってきたのだ。時を同じくして、甚三郎も見合いをして所帯を持った。何の縁か、ふたりは、同じ町で暮らすことになったのである。

「あの祭りで、あんたがわたしを見てたのは気づいてた」

再会したとき、シゲコがそんなことを話したこともあった。

シゲコは縁づいてからしばらく、新開地演舞場で「掏り」の技術を生かした手品ショーなどをやった。美人マジシャンと、ちょっとだけ評判を取った。冗談のような話だ。

今は昔である。

六

甚三郎は今もシゲコに対し、ていねいな態度を崩さない。

親分が礼を尽くすので、子分もならう。ふたりに昔何があったのか誰も知らない。

シゲコの「名人掏り伝説」とも相まって、シゲコを「姐《ねえ》さん」と呼ぶ。

シゲコはそんな扱われ方を嫌がったが、今はそれも慣れてしまった。

シゲコは言った。

「今日は散歩か」

「『思いつき』でコーヒー飲んできた。あとでとなり行って、カオリちゃんのそば焼き食べるわ」

甚三郎はレジ横の床に六本並べて置かれた、オリーブソースの一升瓶を見ながら言った。

「それ一本、うちに配達してくれんか」

「これは予約済み。『駒』の商売分や」

「六本もいっぺんに使わんやろ。また注文したらええがな」

「それがな」

シゲコは言った。

「オリーブが入って来《け》えへんねん。これで在庫全部や。長田のお好みはこれがないとあかんさかい」

甚三郎は訊ねてみた。

「大野さんとこ、なんで作ってないねん」

シゲコは知っていることを話した。ほぼ、山崎が報告したことと同じである。甚三郎は言った。

「しかし、ここにはようさんソースがある。オリーブしかあかんのんか？」

「ほんまにオリーブがなくなったら考えるやろうが、ローズとオリーブ混ぜるのが長田の文化や。それにオリーブは町内に工場がある。作りたてソースなんか、めちゃくちゃうまいねんで。しかもオリーブは完熟の果物やトマト使うさかいな」

ローズソースも地域の特産だが、野菜や果物を使わない、スパイスの複雑な調合によるウスターなのである。地元のお好み焼き屋は、そのふたつのソースを店ごとのブレンド比率で辛め・甘めに整える。さらに辛いのが好きな客のためには、「どろ」や「辛さ五倍どろ」などを常備している。どちらにしても、長田のお好み焼きに必須のどろりとしたソースは、オリーブなのである。

シゲコは言った。

「それで何やねん。今日はソースの話をしに来たんか？」

甚三郎は答えなかった。

しかしシゲコは、甚三郎の心を読んだかのように言ったのである。

「いろいろと、訊ねて回ってるんやな。たしかに、やくざやからこそ、できることがあるのかもしれんな」

シゲコは鋭い。普段はぼんやりした振りをしているが、四方八方同時に目を配《くば》ることができる。そんな才能があったからこそ若くして名人と呼ばれたのだ。

しかし今日、シゲコの勘ぐりはちょっと違うと思った。甚三郎は変わろうとしているのだ。そこのところを、シゲコは知らない。

甚三郎のスマホが鳴った。シゲコが目を丸くした。

「やくざの親分が、そんなん持ってるんか。びっくりぽんや」

「カオリちゃんや。お客さん引いたから、もう来てええって」

「おやまあ、カオリと文通してるてか。これまたびっくりぽんやが、店は隣やないか。そんなん使わんと、直接行ったらええやろ」

「わたしらの稼業はね、タイミングに気を遣《つか》うんですよ。間の悪いときに行かないように、カオリちゃんも気いつこうてくれてます」

「それはそうかもな」

「それにね」

甚三郎は自慢げに真《ま》っ新《さら》なスマホをシゲコに見せた。

「歳とったといっても、まだ未来はあるんですよ。これしきのもん、使いこなさないと」

甚三郎は立ち上がり、帽子をかぶった。

七

甚三郎がのれんをくぐると、若い女性がひとりだけ、入口に近いカウンターの席にいた。甚三郎は無言でカオリと視線を交《まじ》わらせながら、テーブル席のひとつに座った。

女性客は鉄板にそば焼きをひと口分残し、ため息をついていた。

青春はいろいろある。甚三郎は勝手な感傷《かんしょう》を持ちながらも、好ましい思いで女性を眺《なが》めた。

「甚さん」

カオリが言った。カオリは甚三郎を普段は「親分さん」と呼ぶが、素人が同席するときはそう呼ぶのである。シゲコが躾《しつ》けた。

「新しいレシピを思案中なんよ。ぼっかけそば焼きかす二種入りと決めてんねんけど、ソースをグレードアップしようと思ってる。今から作るから食べてみてくれる？」

甚三郎は注文をしない。いつもカオリのオススメを食べるだけである。人気店のオススメである。間違いはない。

「もちろん、いただきますよ」

甚三郎は簡単に返事をしたが、カウンターにひとり残る女性客が目を丸くしていた。

「今いただいたのもぼっかけそば焼きですが、これとはまた違うんですか？」

カオリは女性客が怒ってしまったのかと思った。

「お客さんのは普段通りのメニュー、いつも通り、しっかり作りましたよ」

「あ、誤解です」

若い女性は手のひらを顔の前で振った。

「とってもおいしかったです。でも、これよりもっとおいしいのもある、って話なんですよね？　すみません。盗み聞きしたみたいで」

カオリは言った。

「B級グルメ選手権に出すメニューを考えてるの。よかったらそっちも食べてみる？　今から作るから」

「選手権に出るんですか！」

甚三郎は黙ってやりとりを見ていた。

明るい娘さんだ。若い娘の元気は気持ちがいい。しかし見かけない顔だ。話し方も標準語だ。この店のことを聞きつけて遠方からやって来たのだろうか。

甚三郎はそんなことを思ったのであるが、女性はやはり、この店のそば焼きを食べに来たようであった。

「わたしの地元にある焼きそば店が選手権で優勝したことがあります。学生時代にその店でバイトもしていたこともあるんです」

「へえ、そうなんや。地元ってどこ？」

カオリは何気なく訊ねたのであるが、女性は立ち上がった。

「はじめまして。わたくし、青葉小学校の新人教師で磯野祥子《いそのしょうこ》と申します。この町に引っ越してきたばかりです。地元は静岡県です。今後ともよろしくお願いします」

「小学校の先生なん？」

「はい、昨日からです」

「昨日って、運動会やないですか。わたしも行ってましたよ」

甚三郎が身を乗り出した。話しかけないつもりだったのだが、運動会と言えば孫娘である。からだが反応してしまったのである。カオリが説明した。

「お孫さんが青葉の一年生なんよ。かけっこで一等賞。いちばん初めに走って、いちばん初めにゴールした。最初の競技やったから、あなたも見てたでしょう」

「それが、わたし……午前中は何も見てません。実はスタートの仕方がわからなくて、ちょっと問題を起こしまして、医務室で気がつきました」

「医務室？　ケガでもしたの？」

甚三郎が手を打った。

「あれ、あんたか！　スタート台で水鉄砲持ってひっくり返った」

「すみませんでした。事情がわかりませんで」

「そうかい、そうかい」

他の町では起こりえない、特殊事情ならではのドタバタだ。

「それは面食《めんく》らったことでしょうな」

甚三郎は笑ってしまった。

が、笑ってばかりもいられないのである。特殊事情の発端《ほったん》は川本組に大いに関係している。そして昨日は、縁《えん》もゆかりもない他県出身の新任女性教師があおりを食った。

「こういうことも変えていきましょう」

校長と話したばかりでもある。

しかし祥子は、「反省します。次回からちゃんとやります」と頭をかき、

「この町はいろいろあるんですね。さすが本場です」

と言ったのである。

甚三郎は祥子の言った「本場」の意味がどこにあるのかと思ったが、訊ね返すこと

はしなかった。

祥子は甚三郎に訊ねた。

「おじいさんはご近所の方ですか?」

「わたしは古くからの住民ですよ。今の家には高祖父の代から住んでいます」

カオリは甚三郎と祥子ののんきな会話に口の端をゆるめた。いずれは川本組の親分と知るのだろうが、あえて言うこともない。カオリは材料を鉄板まわりに並べながら言った。

「祥子さん、長田へようこそ。これからもよろしくお願いします」

祥子は自己紹介を続けた。神戸《こうべ》市の教員採用に補欠を見つけ、運命に導かれるようにやって来たこと、昨日の遅刻の原因が、となりの間口ソース店だったことも話した。

「それうちの実家。わたし、間口ソースの娘です」

「ええ! そうだったんですか」

祥子のカオリを見る目が憧《あこが》れ色に染まり、瞳が潤《うる》みはじめた。目尻から一条の涙をこぼした。涙は重力のなすがまま、祥子の頰を伝い落ちた。

「なんで泣くん。こんなんはじめてや。甚さん、どうしよ」

甚三郎はブルドッグ顔をくしゃくしゃにしながら立ち上がり、祥子の背中をさすった。

「あなたは、いい人ですね」

「え、いい人ですか、どこが、くすん」

「妙な人や」

カオリも笑った。

「まあ、食べたら元気出るやろ。今日のそば焼きはスペシャルグルメそば焼きや。オリーブソースさんに選手権用の試作品を作ってもらったしな」

「スペシャルソースですか！」

カウンターにラベルのない一升瓶があった。カオリはひっくり返してソースポットに注《そそ》ぎ、スプーンですくって味見をした。

「高級な味や」

祥子は目を見開いたまま、息を詰めていた。カオリは新しいスプーンを一本、祥子に差し出した。

「祥子さんも味見してみる？」

「いいんですか！」

「大きい声はもうええって」

祥子はスプーンいっぱいソースをすくい、口に入れた。

「ええ？　これ、おいしい。こんなの食べたことないです。あ、あ、それから、後味が、すごく、フルーティーになっていく。ああ」

「あんた、グルメレポーターになれるわ」

「どれどれ」

甚三郎も味見に参加した。

「なるほど。グルメですね」

たしかに味わいは深い。ただ長田のお好み焼きに慣れた舌には甘い、と甚三郎は感じた。

カオリは甚三郎の反応を読んだような目をしていた。

カオリはもうひとつソースポットを並べた。そちらはローズソースのウスターである。ポットの間に、瀬戸物の丼鉢を置いた。片方のポットからオリーブの試作ソースを七割、もう一方からローズウスターを二割入れた。仕上げとしてどろソースを一割足《た》した。

混ぜ合わせたソースをスプーンで掬《すく》い、味見をした。甚三郎も続いた。

カオリと甚三郎、目を閉じ、ごく小さな音を立てながら、口の中でくちゃくちゃした。

祥子もソースをなめた。ブレンドしたことで、一気にB級グルメの味になっていた。

「ああ、なるほど。これはお好み焼きに合いますね」

祥子の感動をよそに、カオリは作りはじめた。

「お好みとそば焼き、両方作るわ」

お好み焼きはメリケン粉に自然薯《じねんじょ》の粉末《ふんまつ》、玉子を混ぜた下地だ。おたまで鉄板に丸く置く。細切《こまぎ》れにしたキャベツ、干しエビも入れる。豚バラ肉と二種類のかすを鉄板で炒《いた》め、すじこんを足す。

そば焼きは黄色い麵を鉄板にばらす。豚肉を鉄板の上に開き、かすと一緒にコテで炒める。そこへすじこん、干しエビ、キャベツを混ぜて炒め、最後にネギを加える。

祥子はまばたきを止めていた。何も見逃してはいけない。そんな祥子なのである。

カオリは言った。

「目が乾いてしまうよ。閉じときなさい」

お好みとそば焼き、三人前ずつ焼き上がった。

ブレンドしたばかりのソースを刷毛《はけ》でたっぷり塗った。

「はい、できあがりました。甚さんも、こっちに座って」

カオリがそれぞれのお好み焼きを、食べやすいサイズに切って、大コテでふたりの前に押し出した。自分のも切って、小皿に載せた。

三人ともはふはふはふしながら食べた。

「おいしい！」

祥子が声を上げた。

祥子はふた切れ目も口に入れて飲み込み、また、

「おいしい！」

と言った。

カオリと甚三郎は、ゆっくりとした動作で食べた。

それぞれをふた口食べ終わったところで、カオリは訊ねた。

「どう？」

カオリは甚三郎に訊ねたつもりだったが、祥子が飛びつくように言った。

「これが長田伝統の味なんですね。ぜったい優勝できます」

「ありがとう」

カオリは甚三郎を見ていた。甚三郎は黙って、三口目を口に入れた。カオリは言った。

「普段のと、そんなに差がないかな。確かにオリーブはおいしい。完熟トマトとリンゴが効いてる」

甚三郎は三口目を食べ終えてから言った。

「じゅうぶん旨いけどねえ」

「中途半端ちゃうかな」

カオリはそば焼きを見下ろしながら言った。

「具はこれでええと思う。オリーブの試作品は、たしかに味が一段階上がってる。でももっといいの作れるわ、きっと」

「これだけでもすごいのに、まだ先があるんですか？　夢のような話です。富士宮《ふじのみや》焼きそばもうかうかしていられない。ごちそうさまでした。わたし行かないと」

「今日は運動会の代休やろ。休み違うの？」

「学校じゃないんです。洗濯機買ったのが届くんです。これからしっかり生活していきます」

「いろいろと物入りやねえ。ウチで余ってるものあったらあげるよ。たいしたもんはないけどね」

「ありがとうございます。また来ます。おいくらですか」

「ぼっかけそば焼きは五百五十円」

「え、そんなに安いんですか？　それに二つ目はスペシャル焼きでした」

「そっちは試食やから無料」

「ありがとうございます」

祥子は財布から五百五十円ぴったりをカウンターに出し、ペコとおじぎをしてから出て行った。

「若さがうらやましいわ」

「親分さんも若い時代はあったでしょ」

カオリが呼び方を親分さんに変えた。甚三郎は言った。

「さっきシゲコさんが店におってな、オリーブソースの一升瓶六本、大事に抱えてた。一本売ってくれ言うたけど、駒の取り置きで、売ったらもうない、という話やった」

カオリはコテを置き、カウンターから出た。エプロンをはずし、甚三郎の横に座った。

「うちの分だけ確保してもあかんのよ。オリーブさんがなくなったら長田のお好み焼き屋ぜんぶ困る」

「スペシャルソース作ってくれたやないか」

「作ってくれた。でも大野社長、カラ元気でな」

カオリは甚三郎の目をまっすぐ見た。

「親分さん、知ってるんやろ。どうなるん？」

堅気の人間が想像するのは、やくざが恐怖を盾にした暴力的な取り立てだ。甚三郎のことを子供の頃から知っているカオリにしても、その先入観から離れることはない。

甚三郎は思う。こういう話こそ、広報活動のキモなのだ。川本組が目指す新しい任侠道は、世のために働く道なのだ。

「カオリさん、大野さんの難儀《なんぎ》についてはお任せください。手を尽くします」

「難儀って、やくざのせいでオリーブさんは死にかけてるんやないの？」

「闇金から金をつまんだのはやむにやまれぬ事情だったのでしょう。そしてたしかに、闇金のケツ持ちはやくざです」

甚三郎は言った。

「川本組はオリーブソースさんのために現金を作ります。山崎が動きます」

「ススムが？　現金を作るって、やっぱり怖いことするんやないの？」

「いえいえ、会社を立て直すお手伝いをするのですよ。信用してやってください。彼は正しいことが正しいとわかる男です」

「闇金まで関わってしまったなら、素人には手に負えんのやろうね」

カオリはふうと息を吐いた。

「わたしも間口ソース店も、オリーブさんが作り続けてくれんと困る。親分さん、お願いするわ」

八

甚三郎は自宅へ戻ると、すぐ山崎を呼んだ。

山崎は甚三郎の自宅玄関をノックし、姿勢を低くしながら入り、じゅうたんに正座した。先代、先々代の時代から受け継がれてきた、親分の自宅へ上がるときの手順である。

「そろそろ、そういうのも止《や》めていくか」

山崎は正座したまま、きょとんとした。甚三郎は言った。

「すぐ椅子に座れ、という話や」

「そういう訳《わけ》には」

「訳か。いつの時代の、何の訳やったかいの。忘れてしもうたわ。わたしが覚えてないことを続けることはないわ」

　山崎は正座を崩さなかった。

「その座り方、やくざみたいや」

　親の言うことは絶対である。普段は反論しない。しかし親分が何を言おうとしているのか、山崎にはまったくわからなかった。それで訊ねた。

「やくざみたいとは、やくざみたいじゃないほうが良いということですか？」

　甚三郎は答えた。

「やくざみたいじゃないほうが良いじゃなくて、やくざ的じゃないほうが良いということや」

　何を言っている。また訊ねた。

「やくざ的じゃないほうが良いとは、やくざみたいじゃない、ということですか？」

「やくざじゃないほうが良いと、言っておるやろうが。やくざ的は良くない」

「やくざ的が良くないとは、やくざでないのが良いということですか？」

「そうや、やくざでないのが良い。わかっとるやないか」

「はあ、わたし、わかっていますか」

　山崎は自分が何をわかっているのか、さっぱりわからなかった。しかし親が言うのだ。自分はわかっている。

「とにかく、ソファに座れ」

山崎は浅く座った。

「そういう座り方もなあ」

甚三郎は言いかけたが、山崎は背筋を伸ばし、訊ねた。

「それで親分、ご用の向きは」

「おお、そうよ。オリーブソースの件よ。やっぱりあれがないと、長田でお好み焼きは作れん。カオリさんも困っている。お好み焼き選手権に出るそうやないか」

「出るみたいです」

「さっき、選手権用のお好みとそば焼きを試食してきた。豚肉とかすとすじが具で、大野社長がこのために作った特製ソースがあった。なかなかのもんじゃ」

「はあ」

「ということは、どういうことかな」

「は？」

「自明の理じゃ。オリーブを追い込むなんぞもってのほか。作り続けてもらわねばならん。長田のお好み焼き、ひいては長田の文化のためにもオリーブが倒れてもらっては困るんや。みどりも地元の特産振興、と言っとっただろう」

「はあ」

長田のお好み焼き屋はまずまず流行《はや》っている。「駒」を含めた数軒の店は広範囲から客が来る。しかし町全体で見れば復興はうまくいっておらず、地元商店の廃業、工場閉鎖での失業は絶えない。オリーブソースも苦境だが、地元再生のためにも、外《はず》れてもらっては困るメンバーなのである。

「それで、どうなんや。試案はできたのか？」

大野社長に会ってみたばかりだ。しかし「まとまっていない」とは言えない。やくざは訊ねられたら指針を示すことが絶対だ。

「すぐ動きます」

追い込みをかけない、とわかったら、丸岡はねじ込んでくるだろう。上村組に泣きつくかもしれない。

智恵が必要だ。

甚三郎はあくびをしながら便所へ向かった。

山崎は後ろ姿に一礼して、下へおりた。

九

山崎は、カオリの選手権用そば焼きを食べてみた。

「これが五百円てか？」

本当に旨《うま》い。感心した。

「気合い入ってるやろ。味も値段もぜったい勝つで。せやけどこの値段でも、利幅は薄いけど、赤字やないんやで」

「ほんまかい」

「すじもかすも、元々は捨てるもんや。仕入れ値は安い」

「ソースが高級なんやろ。大野社長の特別製で」

「特別製やけど、町内の工場で作るからな、製造費以外のコストがかかってない。今日使ったソースは、工場のタンクから直接汲《く》んできた。容器代も運賃も無料や」

「無料でもこんなに香ばしいんや」

「それはちょっとちゃうな。無料やから香ばしくて旨いんやて」

「無料やから旨い？」

山崎は親分との禅問答を思い出したが、カオリは順序立てて説明した。

「ソース作って、瓶詰めして、ラベル貼って、倉庫に入れて、卸《おろ》して、運んで、小売店に並べて、お客さんが買って、やっと金になる。流通にはいちいち金がかかる。しかもなんやかんやで、消費者の口に入るまでひと月ほどかかる。とうてい作りたての味にかなわん。無料が旨いとはそういうことや」

禅問答ではないようだ。

「選手権はいつや」

「どの選手権よ」

「どのって、いろいろあるんかい」

「全国大会は夏やけど、五月に近畿大会があってな、その前に神戸予選がある。記念すべき第一回や。まずはそこで勝たんと上に行かれへん」

「それはいつや？」

「正月明けやないの。青葉小学校の校庭が会場になる、って昨日決まったやない」

「うちのシマやないか。それに正月明けって、ひと月しかないぞ」

「親分さんから聞いてないの？　昨晩の会合や」

山崎はこの日、甚三郎と顔を合わせていなかった。

朝早く丸岡から電話があり、喫茶店「思いつき」へ出向いていたのだ。予想通り「早く金にしてくれ」という催促であった。金に困っているのか、それとも生来のせかせかした性格なのか、両方だろうと思いながら、とりあえず丸岡の話を聞いてやった。工場をつぶさないと方針を決めた以上、返済を待ってもらわないといけないからだ。

じゅうぶん喋らせてから、返済猶予を持ち出した。すると丸岡は顔を赤らめ、わめきはじめた。それで山崎は言うしかなくなったのである。

「やくざに仕事を依頼した以上、やり方はまかせてもらう。まさか、川本組を信用できないと言うんやないでしょうね」

山崎は苦虫《にがむし》をかみつぶしながら、苦虫のような丸岡の顔を睨《ね》めつけた。四姉妹のうちのふたり、佐恵と高子がにらみ合う男たちを見ていた。

どちらにしても返済猶予を押し通した。しかしそのせいで心配も増えた。丸岡はやくざに取り込みを依頼するような闇金である。工場に放火して保険金からでも取ろうとするかもしれない。それほどの極悪なのだ。見張りが必要になる。寝る時間もなくなるだろう。

しかし堅気の仕事とは、何と手間のかかることなのか？

やくざより厳しいのではないか？　しばしば思うことである。

カオリが鉄板を拭きながら言った。

「そろそろ夜の仕込みするわ」

「ああ、すまん。もう行くけど、要するに」

山崎は言った。

「材料を仕入れたらソースを作れる、そういうことやな」

取り込み、というのは身ぐるみ剝ぐということだ。やられた会社はぺんぺん草も生《は》えない。丸岡は抑えた。銀行はやくざのように速攻の行動に出ない。とはいえ、猶予があるとしてひと月だろう。

取り込みなら優先順位を決め、すぐに行動する。しかし「やくざ的じゃない」やり方をするのである。逆に丸岡のような人間にはやくざの顔を向けておく必要もある。

複雑怪奇だ。

山崎はまた、ため息を口に溜《た》めた。

十

山崎は事務所へ戻り、正月明けの屋台出店について確認した。

毎年、年明けの松の内は青葉小学校前の私道に屋台を並べる。長年続く慣習だ。住民も当たり前の風景として、子供連れで縁日気分を楽しむ。それが今年は、松の内の後、二十の屋台を校庭に並べるという。

みどりが選手権に川本組がどう対応するかを説明した。山崎は神妙に耳を傾けたが、妙な気分でもあった。やくざ組織の上意下達は不文律である。命令は上から順に下りていく。自分からみどりに命令を下《くだ》していない。

甚三郎は山崎の目を愉《たの》しそうにのぞき込み、言った。

「やくざやないからな」

「やくざではない」

「会社や」

また禅問答か。

「今、広報部長が営業本部長と情報共有した。現代の組織はフラットがいい」

「フラット？」

「上下関係より役割分担、責任も分担、そういうことや。ＩＴ企業みたいに」

「はあ、ＩＴ企業ですか」

山崎はふぬけのような気持ちになった。尻の穴もゆるんでくるようだった。山崎は訊ねた。

「で、営業本部長というのは、どなたさんで？」

「何を言うとる。お前やろが」

「わたしですか」

「さしずめ、取締役営業本部長やな。現場の総責任者や」

総責任？　責任分担じゃないのか？

みどりは次の報告をしようと身構えていた。山崎の疑問をみどりは疑問とも思っていないようだ。こいつは新時代のやくざなのかもしれない。

みどりは不動産部門の担当者でもある。テキ屋としての場所割りも仕切る。そこに広報業務も加わった。みどりは言った。

「全国のＢ級グルメ選手権につながる予選会だということを、フライヤーやＳＮＳで伝えます。新聞やテレビにはプレスリリースを出します。小学校からも二名、広報活動に参加していただけることになりました。女性の先生たちです」

「そうよ」

甚三郎が身を乗り出した。

「中村《なかむら》ゆき先生と新人の先生もひとり手伝ってくれる。わたしとしては、放送部のウグイス嬢にも参加してもらいたいと思っておるぞ」

「ウグイス嬢とは」

「六年生のはるかちゃんという生徒やが、しっかりしておってな、放送部じゃ」

堅気と任侠と、学校までがひとつのチームで動く。

親分はほんとにこんなやり方を、やろうとしているのか。

営業本部長？　何をすればいいのかイメージが湧《わ》かない。しかし自分のできることをやるしかないのだろう。おそらく、間違いなく起こるトラブル処理が自分の仕事なのだ。

山崎は腹を据えた。このあたりは稼業を積み重ねた末に固まった、やくざならではの強さである。

甚三郎は山崎にうなずいた。甚三郎の目は、ちょっとやくざの目に戻っていた。甚三郎は言った。

「正味のところ、どうするのか決めて、大野社長に伝えてこい」

「承知しました」

山崎は言った。

十一

祥子は中村ゆき先生付きの補助教員になった。ゆきは三年生の学年主任であり、三年一組の担任でもあり、学校総務担当でもある。祥子は授業の補助もするが、新学期までは主に総務の仕事を手伝うことになった。要は雑用係である。

職員朝礼が終わった。祥子は廊下に出て、ゆきと一緒に三年一組へ向かおうとしたが、背中から教頭の佐良田《さらだ》に呼ばれた。

「磯野くん」

「行っていいですよ」

ゆきが言ったので、祥子は教頭に従った。すると向かったのは校長室だった。佐良田はドアをノックして、ドアを引いた。

佐良田に続いて祥子も入った。

「失礼します」

祥子は畠山《はたけやま》校長とは挨拶《あいさつ》をかわしただけだった。祥子はドアを閉めると背筋を伸ばし、言った。

「磯野祥子です。なにとぞ、よろしくお願いいたします」

祥子は訓示でもあるのかと思い、そのまま待った。が、校長が言ったのは、ためになる格言などではなかった。

「磯野くんは、B級グルメ選手権で優勝したお店で働いた経験があるんだね」

「は」

畠山は祥子にソファを勧《すす》めた。

「お茶でも出してあげよう。神戸の元町《もとまち》に放香堂《ほうこうどう》って茶葉の老舗《しにせ》があるんだよ。静岡は茶処《ちゃどころ》だろうけれど、これも美味《おい》しいよ」

タイミングを計ったようにドアが開き、学校事務の女性が入ってきて、湯気が立つ湯飲みを出した。

「あ、ありがとうございます。新人のわたしに分不相応《ぶんふそうおう》な待遇《たいぐう》で。いえ、それで、B級グルメですか？　はい、富士宮焼きそばのお店です。オーナーが選手権に出て一等賞になりました」

校長はさもありなん、というようにうなずき、次にはこんな質問をした。

「ちなみに、それは健全な大会だったのかね？」

「は？」

祥子は意味を計りかねた。

「健全とおっしゃいましたか？　健全とは、どういう」

「そうだね、たとえば、屋台が広場に並んでいて、やって来るのは老いも若きも、男も女も、小さい子供を連れた家族も元気があったか、とか、笑顔の絶えないイベントだったか、というような質問をしたわけだ」

ますます謎である。畠山は言った。

「もめ事はなかったか、という訊ね方もできる」

「もめ事ですか？」

「喧嘩《けんか》とか、さらに言うならプロの香具師がやって来て『いちばんいい場所をよこせ』とねじ込んだ、みたいな、堅気のみなさんに迷惑をかけたとかだ」

教頭が、そこで話した。

「磯野くんのいた店が優勝した年度の大会を調べてみました。正式名称は『ご当地グルメでまちおこしの祭典！　Ｂ－１グランプリ』と言います。総合プロデュースは実行委員会組織。後援が市役所と商店会、静岡放送と静岡新聞。地域総掛かりの町おこしイベントであったようです」

「そうか。香具師とは関係ないんだな」

「公園の野外イベントですね。ドイツビールのイベント、オクトーバーフェストなどに近いようです」

畠山が祥子に訊ねた。

「磯野くんはそのイベントの詳細を知っているんだね」

「はい、そうですね。イベント屋台を手伝ったのがきっかけで、お店でアルバイトすることになりました。お店には、当時の参加規約とかの書類も保存してあります」

「なるほど、わかりました」

畠山は佐良田に向き直った。

「ということで教頭先生、中村先生と磯野先生をお借りします。正月をはさんだ冬休みが忙しくなるかもしれないが、労務管理のつじつまをつけてください」

「了解しました。中村先生とも相談して決めていきます」

佐良田は立ち上がり、廊下へ続くドアを開けた。祥子は、いったい何の話だったのかとも思ったが、佐良田に続いて立ち上がった。畠山が言った。

「あなたはまだです」

「え？」

「磯野くんとの話はこれからです」

「そうなのですか」

「座りなさい」

「はい」

祥子は座った。

「この町の歴史について、少し説明をします。重要なことなのでしっかり覚えてください」

校長は茶をすすると、それから三十分間セミナーを行った。

祥子にとってはもちろん、はじめて聞く内容であった。学校の敷地の一部が川本組という地元やくざの私有地であると知って驚きもした。

しかし要は、B級グルメ選手権イベントを校庭で行うので、学校の代表として、

「健全なる運営」

をせよ、ということなのである。

「説明はそんなところだ。中村先生と、露店の運営組織を訪ねてきなさい。まずはあ

いさつだ」

「承知しました」

「それから」

畠山は言った。

「本日のお昼ごはんは、弁当かね？」

「お弁当を持って来たかとお訊ねですか？　それでしたら、引っ越したばかりで冷蔵庫にまだ何もありません。生徒と一緒に給食をいただこうかと思っています」

「では、商店街で食べてきてください」

「何をです？」

「長田のお好み焼き、そば焼きの味を知ってもらわないといけません。このあたりは焼きそばをそば焼きと呼ぶのを知ってますか。モダン焼きもそばめしもこの町が発祥です」

「はい！　知っています。長田は間違いなく粉もんの本場のひとつです。間口ソース店の品数の多さには目が点になりました」

「そんなことまで知っているのかね」

「いえ、偶然、通りかかっただけなのですが、ソースの多さに感激して、それが原因で運動会に遅刻して、そのあとも失敗して、たいへんなご迷惑をかけました」

「ああ、あれでしたか。スタートピストルの件ね。海野《うんの》先生にタックルされたら失神もするよ。学生時代、全日本クラスのラガーマンだったんだから」

「はい、たいへん申し訳ありませんでした」

「それはともかく。今日の次の仕事は、お昼にお好み焼きを食べることだ。間口ソースの横に『駒』という店がある。繁盛店で、女将さんが選手権用のレシピを考えている。そこへ行ってきなさい」

「昨日、行きました」

「何ですと？」

「ちょうど、女将のカオリさんが、お客さんに選手権メニューを説明しているところに居合わせたんです。ラッキーなことに味見をさせていただきました。ほんとうに、おいしかったです」

「おやまあ、それはそれは。説明するまでもなかったか。しかし何だねえ。磯野くんを採用したのは、ずっと前から決まっていたのかもしれないね。それに中村先生もこの仕事には縁がつながっている」

「縁ですか？」

「まあ、それはおいおい訊ねてみなさい」

「はい、わかりました。それでは、本日のお昼は『駒』へ行ってきます」

「もう行ったと言ったではないか」

「味を再確認しに行きます。いえいえ、ほんとは、何回でも食べたいです」

祥子は午前中の雑務を笑顔でこなし、正午のチャイムと共に、商店街へ向かった。

お昼どきの「駒」は、店の外まで列が続いていた。祥子は店に入るまで三十分並んだが、待ち時間さえ、愛《いと》おしくてたまらなかった。店に入ると、現業労働者が並ぶカウンター席に座った。汗臭い男たちにはさまれたが、その狭さも愛おしかったのである。カオリは祥子をもちろん覚えていて、常連の独身客たちに「この子に手を出したらあかんで」と言いながら紹介してくれた。

なんて楽しい。

運命の導《みちび》きだ。神様仏様、ありがとう。

楽しい気分をからだに充満させたまま、学校へ戻り、雑務をこなしていると、ゆきが職員室へ戻ってきた。

「準備するから十五分待って」

祥子もその間に歯を磨き、化粧を直し、靴まで磨いた。

そして出かけた。イベントのプロデュースをするチームの事務所は徒歩圏内だった。

閑静な住宅街にある三階建ての和風建築である。

「個人のお宅なんですね。事務所に見えない」

玄関は生木を組み合わせた扉だった。ゆきが言った。

「六甲山《ろっこうさん》の間伐材《かんばつざい》で作ったのよ。ここの親分さんが環境問題に熱心で、鉄のドアをわざわざこれに替えたの」

祥子は「親分さん」とゆきが言ったのを、この事務所の代表がそういう風に呼ばれているのだと思ったのである。

ゆきはチャイムを押した。

「青葉小学校の中村です」

ものの数秒でドアが開いた。

「お世話になります」

ゆきがあいさつし、祥子もおじぎをしながら玄関へ入った。

五人のやくざが、仁王立ちで祥子を睨《にら》んでいた。

祥子は目がくらみ、その場で失神した。

十二

ゆき先生の笑う声がする。薄目を開《あ》けるとテーブル席にゆき先生と、紺色のスーツを着た若い女性が、コーヒーカップとクッキーを前に、何やら楽しそうに話していた。

「気がつきましたか」

祥子ははっきりと目を開けた。スーツ姿の女性が近づいて来たが、その一瞬、景色は眉毛のない顔で塞《ふさ》がれた。

祥子は固まってしまった。目の前十センチの距離にある顔は、祥子が今まで出会ったことがないような悪相《あくそう》だったのである。その悪相がガクッと揺れた。

「いて!」

マサオが良男《よしお》の後頭部を一発張った。

「こら! また気うしなったらどないすんねん。お前のツラは健康に悪い」

良男は後頭部をさすりながら言った。

「ひどいツラは親のせいですわ。いまさらどうしようもない」

良男が顔を引っ込めると、スーツ姿の女性が、祥子の横で床に正座して声をかけてきた。

「大丈夫ですか？　気分が悪いとか、ないですか？」

祥子は毛布にくるまったまま鼻で三回息をし、首をちょっと動かしてみた。

「は、はい、大丈夫のようです」

「良かったです。わたし、山下《やました》みどりと申します。ここで働いております」

女優かと思われるような美人だ。艶《つや》やかな肌、まつげは長く真っ黒な瞳は濡《ぬ》れている。黒い髪は洗いたてのような匂いもする。白いブラウスには隠しようもない豊満な胸が埋まっている。

みどりのうしろにはゆきがいて、笑顔でうなずいていた。祥子は身体《からだ》をソファに起こした。すると開けた景色には、険《けわ》しい目をした男たちが三人、立ったままで祥子を見据えていたのだ。祥子は毛布を鼻の上まで引き上げた。

みどりが言った。

「お兄さんたち、座っていただけますでしょうか」

ならず者の中の美しすぎる女。ここはどこなのだ。

「おい、みんな、座ってる時間はない。出かけるぞ」

山崎がみどりに言った。

「ここはお前に任せる」

そして祥子に声をかけた。

「あとでこいつに送らせます。ゆっくりしていってください」

ここでゆっくりするとは、どういうことなのだろう。いったいここはどこなのか。

祥子は山崎とみどりが並んだ姿を見上げた。この男性も相当の男前だ。長身で顔の彫りが深く、髪を油で後ろへ撫《な》でつけている。黒いスーツに光沢のある白シャツ。胸がはだけている。このふたり、まるで昭和の映画に出てきそうな感じだ。反対に他の三人の男たちは、ひどい顔にひどい格好だ。だぶだぶのジャージーの上下やら、アロハシャツ、肩幅の広い銀色のジャケット。

まるでやくざ映画の世界だ。

山崎が促《うなが》すと、ひどい顔の男たちは出かける準備を始めた。その時、部屋の奥でドアが開く音がした。音の方角を見ると、それはエレベータのドアが開く音だった。

甚三郎であった。男たちは背筋を伸ばし、首を垂れた。

甚三郎は祥子の側《そば》へ来た。

「申し訳ないことをしましたね。頭なんぞ、打ったりしなかったでしょうね」

みどりが答えた。

「はい、気を失われただけのようでした」

祥子は鼻まで引き上げていた毛布を落とした。そして言った。

「あなたは、たしか、お好み焼き屋でお会いした……」

甚三郎も気がついた。

「おお、『駒』にいた娘さんですか。これはまた奇遇ですな」

山崎は甚三郎に言った。

「大野社長ともう一度話をしてきます。こいつらは周辺調査です」

甚三郎は言った。

「オリーブにはみどりも連れて行け。女性がいたほうが話は進む。ここはわたしに任せておきなさい」

ゆきが言った。

「わたしもいるから大丈夫ですよ。みどりさんはお仕事してください」

子細《しさい》は不明だったが、親分のブルドッグ顔を見て怖がらないなら、何とかなるのだろう。

山崎は思った。

「そうですか。それではよろしくお願いします」

若衆の男たちはそそくさと出かけた。一緒に行けと言われたみどりは、テーブルの上に置いてある黒いバッグを取り上げた。祥子が小学校の面接の時に持っていたような、飾り気のない革のバッグだった。新品ではないようだったが、汚れなどまったくなく、ていねいに扱《あつか》っているのがわかる。みどりはカバンからコンパクトを取りだし、さっと自分の顔を確認し、すぐに閉じた。

「行って参ります」

ちょっとした仕草さえ優雅だ。祥子は演劇の舞台を見ているような気分になった。

若衆たちが全員いなくなり、事務所は甚三郎、ゆき、祥子の三人になった。

「ゆきちゃん、悪いが熱い茶を淹れてもらえるか?」

「はい、もちろん」

ゆきが台所に立つと、甚三郎は祥子の向かい側に腰を下ろした。祥子はみだれた毛布を折りたたみ、居住まいを正して甚三郎に向かい合った。

「すみません。何が起こったのか覚えていないんですが、ご迷惑をおかけしたみたいで、たいへん申し訳ありません。まさかこの町に来て、事あるごとに気を失うなんて、とんでもない人間です。教師なんて、ぜんぜん失格です」

「青葉の新人先生だったね」

「未熟者ですが、いちおうそうです」

「いちおうなんて言わなくていいんだよ。しっかり勉強したから、教師になれたんだろう。誰にでもできることじゃないよ」

ゆきが急須と湯飲みを盆に載せてきた。

「ゆきちゃんと同僚なんだな」

「はい、そうですよ」

ゆきは湯飲みをそれぞれの前においた。祥子は言った。

「いいえ、同僚なんて。わたしの指導教官で、上司です」

「それはよかったね。彼女はほんとうに良くできたひとだ。親御さんからも人気の先生だよ。どうして嫁に行かないのか、世の七不思議だね」

「またそれを。放っておいてください」

祥子は二人の親しげなやりとりに心が和《なご》んだ。祥子は改めて室内を見渡した。壁が取り払われた広い部屋だ。入口横の天井下には、大きな神棚がある。天照大神《あまてらすおおみかみ》と大《おお》國主命《くにぬしのみこと》の神札《しんさつ》。赤い鳥居もある。テレビ台のテレビの横には水牛の角《つの》がそびえ立つ。壁には「任」「俠」「道」の毛筆がひと文字ずつ別に額装《がくそう》されている。

ここが露天商組合の事務所なのか？

美男美女に怖すぎる顔の男たち。目の前でお茶を飲む男性も、かなりきわどい顔である。祥子は訊ねた。

「あの、失礼ですが、あなたが露天商組合の会長さんなのですか？」

「露天商組合だって？」

甚三郎はゆきの目を見た。ゆきは「あらまあ」という目を返した。祥子は続けた。

「青葉小学校は、B級グルメ選手権神戸予選に校庭をお貸しします。イベントプロデュースをされるのが露天商組合ということで、本日はごあいさつに伺ったのですが……ここが組合なのですか？　外からは普通のお家《うち》に見えて、中へ入ったら、コワイ人たちがいっぱいいて……」

甚三郎は穏《おだ》やかな目をしていたが無言だった。

ゆきが言った。

「ここは地元任侠団体の事務所ですよ。川本組といいます」

「え」

「そしてこのお方は、川本組三代目の川本甚三郎親分さんです」

「に、にんきょう」

祥子は声を上げてしまった。

「わ、わたし、やくざの事務所にいるんですか！」

「いや、やくざではない。かつてはそうであった時代もあったが、今は違う」

甚三郎は語り慣れていた。

自分たちは世のため人のために働いている。天地神命にかけて反社会的勢力ではない云々……。語り口は講談師の域に達している。

甚三郎がひと息つくと、事務所は静寂に包まれた。

人数分の簡素な事務机があり、それぞれのデスクにはプッシュホン式の電話機があった。パソコンは壁際に一台だけ。窓のいくつかは塞《ふさ》がれていて、天井に取り付けられているのは蛍光灯が六本並んだ簡素な電気器具である。奇をてらうことのないオフィス家具や照明器具。

神棚と黒革のソファセットだけが異様に立派である。

ゆきは言った。

「祥子先生、まずは感心したわ」

「え、なんです？」

「親分の長い話を集中して聞いていたしね。なかなかいいわよ。それより、なんと言っても」

「………」

「親分のブルドッグ顔を怖がらない」

「この顔か？　こんなに愛嬌《あいきょう》があるのに」

甚三郎はくちびるをとがらせて、ひょっとこを真似《まね》た。

「よけいコワイですよ。親分は世間では『ブルドッグも畏《おそ》れるブルドッグ顔』って呼ばれてるのよ」

しかし祥子は、甚三郎の顔のどこが怖くて変なのか、まるでわからないような口ぶりで言ったのである。

「ブルドッグって犬のブルドッグですか？　クールじゃないですか」

クール……？

ゆきも甚三郎もぽかんとしてしまった。

「こんなことを言っていいかわかりませんが、どちらかといえば親しみやすいお顔です。お好み焼き屋でお会いしたときも、女将《おかみ》さんのそば焼きがとってもおいしいって、笑顔で食べられていました。いえ、ご年配の方にこんなことを言って、失礼しました」

「わたしの顔が親しみやすいですか、これはまた」

甚三郎はあからさまに喜んだ。

ゆきは感心した。

「祥子先生は興味を持ったことに集中できて、関連しない情報は気にしないでいられるのね。誰にでもできることじゃないわ。たとえば、ここがどこかってこと。最初はびっくりしたでしょう。失神しておかしくないわ。普通の反応だもの。でも、今は、なんて言うのか、本質的なところだけに反応している。ノイズはキャンセル」

甚三郎もうなずいた。

「たくましい若者が青葉に入ったものですなあ。ぜひ、うちの広報も、よろしくお願いしますよ」

「親分さん。それはすぐに、というわけには参りません」

ゆきは甚三郎に向き直った。

「デリケートな問題なんですから」

「わかっとります。ちょっと言ってみただけです」

「ちょっと言ってみたって、親分さん、やくざは発言にも命懸《か》けるんじゃないんですか？」

「やくざじゃないって。お願いしますよ」

話は堂々巡りになりがちである。ゆきと甚三郎は黙った。ふたり同時に茶をすすった。

甚三郎は話を変えた。

「しかしカオリさんの考えている選手権用メニューはおいしかったですよ。B級なんてとても言ってられないですよ。本当にグルメっていうんですか、キリッと冷やした吟醸酒《ぎんじょうしゅ》に合わせてみたいですよ」

「そうなんです！」

祥子が目を見開いた。

「それでわたしは関西にやって来ました。そしてここにも導《みちび》かれたんです。校長先生も、それをおっしゃりたかったんですね」

「畠山さんがかい？　何を？」

いったいこの子は何を言いたいのだろう。不思議な子だ。甚三郎とゆきは思った。

祥子は話し出した。

十三

「わたしは富士宮で育ちました。地元焼きそばで名前が売れましたが、焼きそばはもともと家庭で適当に作る食べ物です。でもその適当さのなかにコクがあり、食べ応《ごた》えがあるんです。わたしは中学生の時に屋台を手伝ったことがきっかけで、大学生になってからも焼きそば屋でアルバイトをしました。その店はB級グルメ選手権で優勝した方がやっているお店です。ですからわたしは、優勝レシピで作ることができます。富士宮焼きそばの秘密は蒸し麺と肉かすにあります。肉かすとは、豚肉の背脂《せあぶら》を溶《と》かしてラードを作る時に残った副産物で、地元のスーパーでも普通に売られています。えびせんの様な形をしていて、それを食べやすい大きさに砕《くだ》いてから使います。現在でこそ、新鮮な豚肉も容易に入手できますが、昔は肉が買えない庶民は背脂を絞った肉かすを食べました。しかしその肉かすこそが、焼きそばを一段と美味しくすることがわかったのです。そして神戸で、さらに美味しい焼きそばに出会いました。二種のかすをミックスした『ぼっかけそば焼き』です。旨みが凝縮《ぎょうしゅく》したかすにコラーゲンのすじを加えるんですね。そしてソースです。ソースは文化がまるで違いました。ウスターと中濃と特濃とどろソース。特濃は多種類の野菜や果物が原料です。逆にウスターは果実を使わず、スパイスで仕上げる。それらをブレンドして、店ごとに特製ソースを作り、鉄板で焦《こ》がしながら絡めていく。『駒』の女将さんが試作したレシピは、コクがあるというか、奥が深いというか、焼きそば探求者にとっての夢、たどり着きたい究極の味です。女将さんは『昔は無料でもらえた』と言いながら豚かすを鉄板に広げ、コクを鉄板に馴染《なじ》ませます。豚バラ肉をかすからにじみ出た脂で焼き、すじ肉、こんにゃく、野菜を炒め、干しエビを振り、ソースで仕上げる。ソースは脂と野菜の旨みを抱《かか》え込み、香辛料の刺激と響きあう。長田パワーに溢《あふ》れたこの焼きそばは、わたしが知る限り最強です。この町は震災以降立ち直ってはいず、商店の廃業も後を絶たないと聞いています。そんな中、これは爆弾級のネタです。町おこしを超え、センセーショナルなムーブメントになります。わたしは富士宮焼きそばと共に育ちましたが、関西の粉もんはすごい、深い、素晴らしい。この町で働けるなんて、私は夢の中にいます」

甚三郎はおかしかった。ブルドッグの鼻がちぎれそうになるほど。

彼女の学者のような、評論家のような、あるいは学校の先生のような物言いが、たまらなくおかしい。しかしおかしさの中に、一心不乱な率直さと、物事の本質を射当《いあ》てる能力も見たのであった。

こういう若い情熱こそ、残り少ない人生を懸《か》けるに値《あたい》する。自分は捨て石になればいい。

甚三郎は祥子の話に触発《しょくはつ》され、話したいことが喉元《のどもと》までせり上がっていた。しかしきっと、こういう話は空中に漂《ただよ》わせ、味わうのが作法《さほう》なのだ。議論することはない。

甚三郎は思ったのである。人の長い話を聞くとは、こういうことなのだ。山崎たちも自分の長口上《ながこうじょう》を同じような気持ちで聞いたにちがいない。甚三郎は言った。

「お話は確かに承《うけたまわ》りました。とくと熱い情熱も受け取りました。長田のような古い町も、こういう若い人が関わることによって、変化していけるのでしょう。そうです、みんな変わらないとならないんですよ」

「わたしができることは何でもやります。よろしくお願いします」

祥子は言った。

「毎日打ち合わせに来させていただきます」

祥子の目ははち切れんばかりの希望にあふれていたが、甚三郎はそのひと言に心が冷えたのである。言ってやらねばならない。

「祥子先生、ここへはもう来てはいけません。玄関を見なすったろう。わたしらは代《だい》紋《もん》を下げているんですよ。もちろん、わたしらも変わろうとしている。しかし世間はそう見ない。時間がかかるんだ。それも相当長い時間がね。幸いなことに、この町の皆さんや校長先生やゆき先生も、川本のことを理解してくださっている。だからこそ誤解を避けなきゃならない。小学校の先生がやくざの事務所に出入りすることなど、あってはならないのですよ」

「でも、いまもこうしてお邪魔しているではないですか？　これからもこういう風にお邪魔してはいけないのですか？　運営を打ち合わせするだけです。間違ったことはしていません」

甚三郎は目を据《す》え、静かに言った。

「今日、ゆき先生とあなたがここへ来た目的は、やくざに抗議するためです。『運動会に黒服姿のやくざ者がなだれ込んだ。親御さんに申し開きができない』とか。誰かに訊ねられたらそう答えるのです」

祥子は黙ってしまった。甚三郎の目付きから、言葉を返せるようなやさしさは消えていたからである。

「あなたはあなたの情熱をぶつければいい。ただやり方を間違っちゃいけない。今後の打ち合わせはこちらから出向きますし、出向くのは山下みどりひとりです。紺のスーツに白いブラウス、きれいに磨いた黒い靴を履かせます。地味な化粧。間違っても髪の毛を茶や金には染めません。アクセサリーも腕時計も金色はなし」

「わたしが親分さんや川本組の方と懇意《こんい》にしているのは訳《わけ》あってのことなの。それについては町の人も学校の人もみんな知っている。あなたにもおいおいお話しします」

ゆきは言った。

「川本組は反社会的組織じゃない。人のために尽くす任侠です。でも、むずかしいのよ。だからひとつずつやっていきましょう。手順を決して間違わないこと。人間関係の隅々《すみずみ》にまで気を遣うこと。とはいえ、心配しないで。そのあたりはわたしが担当するから。祥子先生はみどりさんとチームを組んで、イベントを運営してちょうだい」

祥子はハッとした。

「わたしと彼女がチームなんですか。光栄です。あんなすてきなおねえさんと」

「そこなんです」

甚三郎は言った。

「すてきとか、一緒にやるのがうれしいとか、お気持ちはありがたいが、淡々とやってください。とにかく事務的にやることです」

「でも、彼女」

祥子にはみどりの立ち居振る舞いが、とても自分が追いつけるレベルにないことを、短い出会いの中で思い知っていた。エレガンスとは天性なのだ。

「あんな成熟した女性になりたい」

ゆきは笑ってしまった。

「みどりちゃんも、まだ二十三歳よ。祥子先生と同級生じゃない」

「そうなんですか！　あれで二十三」

祥子の目がみるみる涙で濡れた。涙は頰を伝って落ちた。祥子自身不明な、謎の感動がからだを駆け巡っていた。

「祥子先生、どうして泣くの。きれいな化粧がだいなしよ。直して来なさい。そろそろおいとましますから」

「はい、すみません」

祥子は化粧室へ走った。ゆきは言った。

「気絶したり泣いたり。忙しくてすみませんね」

甚三郎はこらえきれず、吹き出した。

「ははは、楽しいねえ。彼女は『駒』でも泣きましたよ。まさに得《え》がたい人材ですな」

「まだわかりませんよ。かなりの慌《あわ》て者であることは確かです」

「みどりも熱いですよ。同級生はいいコンビになりそうだ」

甚三郎は言った。

「実は先だって、みどりも長口上を聞かせてくれたんです。長田を勢いのある町にするには、他の町にない『名物』で稼ぐことだ。それはまずは粉もんでしょうな。だからB級グルメ選手権の屋台村はうってつけ、ということなんです。会場になる場所はわたしの土地です。いかようにも使ってください」

甚三郎はそう言いながら、自分の役割が見えた気がしたのである。

大野社長にとびきり旨いソースを作ってもらうため、寄ってくる雑音を堰《せ》き止めるのだ。

カオリが一等賞を取れば、オリーブソースの注文も増える。未来の利益が見込めれば、銀行は貸しはがしをしない。

健全なもくろみだ。川本任俠一家も、ついに足を洗う日が来るのだ。前を向くための難儀なら、多少の摩擦《まさつ》や苦労も何のことはない。

甚三郎は若い女性たちの情熱にほだされ、幸せな気分に浸《ひた》った。

十四

しかし、難儀はとてつもない力でやってきた。安藤組の分裂に伴《ともな》う火の粉が、川本組に飛んできたのである。

六代目と決別した「神戸安藤組」は関西エリア十三団体、三千人で分離発足したが、この日時点の勢力図では、六千人まで構成員数を伸ばしていた。六代目の構成員は一万四千人である。神戸安藤は絶縁した人間まで復縁するという、筋《すじ》を外れた勧誘さえ容認した。川本組はたった六人、大規模なシノギとは無縁の組であるが、そんな情況下である。安藤組初代と縁につながる甚三郎に、声がかからないわけはなかったのである。

折も折、「神戸安藤組」二次団体若頭《わかがしら》の葬儀があり、甚三郎は出かけた。先代、先々代からの義理もあり、義理ごとを欠かすことはなかった。

人と挨拶をするたび、同じことを言われた。

「川本のオジキは神戸の本流じゃあないですか。名前を連ねてもらわねば困ります」

機転や機知を働かせる類《たぐい》の話ではない。難儀な話なのだ。

しかし難儀こそ任侠道の日常である。

戦前も前後も、平成になってからも、道を探り、向かう先を見つけながらしのいで来た。

きっと道はある。

甚三郎は静かな決意を秘めながら、葬儀の席に座っていたのである。

十五

山崎とみどりは店の奥にある工場へ進んだ。

金属製タンクの前に、大野社長がぽつんと座っていた。

工場裏から道につながる裏口は開け放たれており、大野の姿は逆光の中にあった。

大野が頭を上げると、顔に光が射《さ》した。見るからに疲労の色が濃い。

一悶着《ひともんちゃく》あったことが山崎にはわかった。

「お邪魔します」

「権利書は川本組が持っていった、と言っておいた」

大野は言った。

「銀行が来たんですね」

「強制執行すると言い残していきよった」

「銀行がやくざ相手にそんなことはしません」

大野は言った。

「抜《ぬ》け殻《がら》になった気分や。旨いソース作ろうとか考える前に、闇金や銀行の貸しはがしが来る。あんたらは味方になってくれるとは言うが、やくざやろ。底の見えない闇をのぞき込んでる、そんな気分が抜けん」

大野の目に殺意のような光が宿《やど》った。やくざにすがれば、いずれ食われる。そんな目だった。

「大野社長。銀行と丸岡には、川本組がやくざだと思っておいてもらえばいいんですよ。しかし、うちがやるのは整理じゃない。商売の再建をお手伝いするのです。とにかく製品がないことには現金も入ってこない。ソースを作るために何から手を付けるか、ひとつずつやっていきましょう」

大野はポケットからタバコのパッケージを取りだし、一本を口にくわえた。立ち上がり、裏口へ向かった。営業用の軽トラにもたれ、そこで火を付け、煙を吐いた。

山崎には大野の気持ちが痛いほどわかった。ひとつずつやりましょう、と言ったが、山崎にもまだ試案はなかったのである。

みどりは興味深げに、工場の機械を触《さわ》ったりしている。みどりは言った。

「ここは学校の給食室というか調理場みたいですね。機械ばかりかと思っていました」

大野は言った。

「うちは粉末原料やのうて生野菜や果物を使うから、材料を加工する広い場所が要《い》るんや。逆に熟成タンクは必要ない。できたてフレッシュソースで出荷するから冷蔵設備もない」

「それが美味しさの秘訣《ひけつ》なんですね」

「うちみたいな小さい工場でも、地元で消費してもらえるからできることや。ここで作って、近所の店で全部使う。腐ってるヒマあらへん。全国に売る気やったら、仕組みを考えなあかんけど、今の所そんな気遣いもいらんわ」

「カオリさんが『オリーブさんあっての長田のお好み焼き』って言うてはります。シゲコさんも『オリーブは仕入れたとたん売れていく』って。すごい人気なんですね」

「お客さんも、うちのソースはできたてが旨いと知ってるからな」

「この大きな釜は圧力釜ですか？　ことこと煮るのですか？」

「そやからな、うちは加熱せんねん」

「まるでしないのですか？」

「完熟の味を最大限活《い》かす。それがオリーブソースや」

「そうなんですね」

「香辛料もな、桂皮《けいひ》やローレルやセイジとかを原形のまま取り寄せて、石臼《いしうす》で砕《くだ》く。香辛料がフレッシュなのもオリーブソースの個性や」

大野はタバコを灰皿でもみ消すと、工場へ入った。山崎とみどりも続いた。大野は石臼の横にある整理棚に近寄り、いちばん上の引き出しを引いた。

「これはシナモンやが」

大野は細長い煎餅《せんべい》のような茶色の一片をみどりの手のひらに載せた。

「割ってみ」

「割るって、折ればいいんですか」

「ああ、割って、すぐ匂いをかいでみ」

みどりは言うとおりにした。シナモンは小気味よく折れた。破片を鼻先へ持っていくと、強い匂いが鼻腔《びくう》をくすぐった。

「強いですね。カプチーノに挿さってるのとはぜんぜん違う」

「香りや辛みの成分は原形を壊す瞬間がいちばん強い。それを一週間、酢に漬けて殺《さっ》菌《きん》する。酵素《こうそ》で溶《と》かした完熟の野菜や果物と混ぜてできあがり。野菜の繊維が潰れへんからデンプンを入れなくてもとろみが出る。オリーブは加熱なしの生ソースなんや。ソースにはじめて火が入るのは、お好み焼き屋の鉄板。ええ感じやろ」

「なんか、すごい」

大野の顔に朱《あか》みが戻っていた。やはり職人は仕事だ。

金の心配はこっちで引き受けたい。山崎はまた思うのだが、現金を融通できるわけではない。

悩みは堂々巡りだ。山崎は訊ねた。

「機械は止まっているようですが、明日には動きますか？」

「動かせるが、ちょっとしか作れん。注文量の十分の一や。原料の仕入れができん」

「電気や水が止まることはないですか？」

「半年は大丈夫やろう。どちらにしても原料を仕入れる金が足らん。せやから、儲《もう》けも知れてる。作っても借金が増えるスピードのほうが速い。銀行が差し押さえに来たら、一巻の終わりや」

「生活は大丈夫ですか」

「そのくらいの金はある」

山崎は言った。

「それを持っていく人間はいません。丸岡は抑えてあります」

「ああ、それはすまないね」

大野の顔からまた朱が消えた。

現金、現金、会社の命は現金である。現金が途切れたら銀行が札を貼りに来る。

「掛け売りしてくれる先は？」

「信用不安で誰もツケでは売ってくれん。長い付き合いのとこもな」

みどりは二人のやりとりを聞いているのかいないのか、じっと考えている。手帳を取り出した。

「もう少し詳しくお訊きします。山崎さんにも」

「俺にも？」

みどりは男たちの顔色など気にせず、手帳を開いた。

「大野社長。工場を回す経費、すなわち電気代や水道料金、機械の保守費とかですが、それは大丈夫ですね」

「銀行が差し押さえるまではな」

みどりは鉛筆を白いページに動かした。

「手持ちの現金でどのくらいの材料を仕入れられますか？　たとえば、『駒』で使うソース量の何日分」

「現金は生活を支《ささ》える程度しかない。野菜や果物を仕入れる現金はほとんどない」

「香辛料は？」

「在庫がふた月分はある。胡椒《こしょう》が足らんが、それを買い足すくらいならできるやろう。量もしれてる」

「香辛料は手当《てあて》が付くということですね？　それでは山崎さん」

「お、おう」

「B級選手権神戸予選に出るカオリさん用に、どのくらいのソースが要りますか？」

「ソースの量？」

「はい、わたしは地代の徴収を担当していますけれど、露天商さんの商売の中身は知らないのです。山崎さんはテキ屋さんとは長い付き合いです」

「そう言われても詳《くわ》しいことはどうかな」

「正味のところはあとでカオリさんに訊ねます。この場ではざっとした量でいいです。前提として、屋台が朝から晩まで稼働するとしてみてください」

縁日のお好み焼き屋台。行列が途切れない。想像してみる。正月三箇日。露店のお好み焼き屋にあるソース瓶は五本だ。使い切ることはないという量なのだろう。もしその二倍、いや三倍流行ったとして、十五本、しかし行列が途切れないとなると、五倍か。

「一升瓶二十五本。そんなに使《つこ》うたら売上二百万叩くかもな。あり得んが」

みどりは手帳に二十五本と書く。

「社長、ソースは材料の仕込みから完成まで何日かかりますか？」

「十日や」

みどりはそれを書き留めると手帳を閉じた。

「選手権まであとひと月です。ということは、野菜や果物を集める期間として二十日間あるということです。二十五升分程度の材料手当の現金なら、なんとかできるかもしれないですよね、山崎さん」

「まあ、当座はなんとかできるやろ」

みどりは言ったのである。

「でも先ほども言いましたように、選手権で優勝し、その後注文が殺到し、在庫を売りに出せる、という情況を発生させなくては、次につながりません。二十五升分を作るのと並行して原料調達を続け、工場を回し続ける必要があります。工場は回ってこそなんぼです。再生にはその道しかありません」

みどりは言った。

「原料があればフル稼働できる。そういうことです」

「作れるが、その金がないんやて」

「作っていただきます。原料は調達します」

みどりが気合いを込めて言った。

「カオリさんが、味の実現には社長の協力が絶対必要だとおっしゃってますし、経営を立て直すにはそれを単発のイベントに終わらせないように準備しておくことです。一等賞を取ったらソースを広く強くアピールします。そこまで予想して、製品の量を確保しておくことです。間違いなく百パーセント売れます」

「あとあとも売れるだけの原料を調達するてか？　土地建物を闇金や銀行から守るてか？」

大野は言った。

「最初あんたが来た時『ついにやくざに取り込まれて破滅や』と思うたが」

大野は山崎に問うた。

「信じてええんやな」

山崎は黙っていた。答えようがなかったからだ。みどりの自信の根拠もわからないし、山崎にすればまだ、親分の気まぐれに付き合っているとしか、思えなかったからだ。しかし山崎は言ったのである。

「人間、死に物ぐるいになれば必ずできます。わたしらは、そんな人を数限りなく見てきました」

やくざは、やると決めたことは死ぬ気でやる。それだけである。

大野は山崎をだまって見ていた。そして言った。

「あんたら、いったい何者なんや？」

山崎は答えなかった。大野は答えを求めていないと思ったからだ。

しかしみどりは答えたのである。

「何者かですって？　決まっています。わたしたちは川本組です」

十六

それからもみどりはソースの材料について質問し、大野も流ちょうに話した。この日の話し合いだけで解決策は出なかったが、みどりは自信があるようにうなずきを繰り返していた。帰り際、商店街まで送りに出てきた大野の顔に戸惑《とまど》いはあったが、不幸の色は消えていた。

　色気で丸めこんだわけでもあるまいが。

　山崎は思ったが、それでも、社長が希望を捨てず、やる気を維持《いじ》してくれれば道が見えるかもしれない。みどりの熱心さもそれなりの役目を果たしたのだ。人は心で生きるからだ。

　とはいえ、心だけで生きて行くこともできない。みどりがどんな作戦を考えているのにしろ、やくざは行動するからやくざなのである。

　大野がドアの向こうに消えた。

　二人は商店街を歩き出した。みどりが言った。

「すぐに動かないと間に合いませんね」

　山崎は訊ねた。

「何から動くんだ」

「野菜の調達ですよ」

　みどりはいとも簡単に言った。

「農業をやってるのは農家です。農家には野菜や果物があります。現金後払いでお願いできる方法を考えればいいんです」

「考えたのか？」

「それは、これからです」

「考えてなくて、大野社長にあんなことを言ったのか？」

「社長がやる気をなくしたら何も成立しません。あとは何とかする。できないところも何とかする。それがやくざじゃないですか」

若衆に論《さと》されるようなことを言われたら、ぶっ飛ばすところだ。これがマサオや良男なら拳骨《げんこつ》の一発も飛ばしたかもしれない。しかしみどりは不思議な存在である。そして山崎の頭の隅には、親分との妙な禅問答《ぜんもんどう》も残ったままだ。

みどりは言った。

「まったく作戦を考えていない訳じゃないです。断片は見えています。大野社長の話を伺って、親分が考えた作戦が実行できるかもしれないと思いました。すぐ相談しないと」

「オヤジが？」

親分と事前に打ち合わせをしたのだ。若頭の立場を飛ばしている。

しかし、こういうのにも慣れてきた。

組織はフラットなのだ。それぞれが役割を分担しみずから判断する。

山崎は憤《いきどお》りもなく訊ねた。

「それで、作戦とは何だ」

みどりはにっこりと笑った。なんだこいつは。何が楽しい？　みどりは言った。

「事務所にリンゴがいっぱいあったでしょう。あれ全部、福島の落下リンゴなんです、送り主と連絡を取りました。そしたら、文字通り、腐《くさ》るほど余っているそうです」

「それがどうした？」

「落下リンゴは、ほとんどが完熟なんですよ。重たいから落ちるんです。オリーブソースの原料も完熟果実と野菜です。そしてオリーブソースの主となる原料はトマトと、ブランドの名前にもなっているオリーブ、そしてリンゴです。ミカンやバナナやニンニク、人参《にんじん》とかもありますが、最初の三つが主原料です。で、わたしの言いたいことは」

「ああ、わかったよ」

山崎は言ったのである。

「落下リンゴを無料でいただく、という話だな」

「オリーブソースは果実を酵素で溶かしてエキスにします。地べたに放置されたまま大地に還《かえ》るなら、ソースタンクでエキスになってもらいましょう」

なるほど、うまいところに目をつけたものだ。しかし福島県か。一度だけ、葬式で出向いたことがある。神戸から車で行ったが、十時間近くかかった。そこから大量のリンゴを運ぶにはそれ相当の金がかかる。みどりは頭の回転が速い。それくらいは予想しているだろう。

「そしてオリーブですが、わたしの出身地はご存じですよね」

「小豆島《しょうどしま》だろう」

「家業は何をしていたか、お話ししていませんか？」

「農家だったか」

「オリーブ農家なんですよ」

「そうなのか」

「うちのオリーブは、オリーブソースの原料にもなっているんですよ。農協で収集してから青果市場に出して、オリーブさんはそれを仕入れています」

「そうなのか」

「絶対とは言えませんが、たぶんうちのオリーブも使っていると思います」

みどりは言った。

「でもそれは樹上完熟のオリーブではありません。樹上完熟は出荷しないんです。お店に並ぶ頃には腐ってしまいますから。でも最高においしいのは樹上完熟なんです。本当の完熟オリーブを食べる幸せは生産者だけのものです。それを直接運ぼうと思います。農協を通さないと後々面倒かもしれませんが」

「いや、ちょっと待て」

山崎は言った。

「それをみどりにやらせるわけにはいかん」

みどりは実家と絶縁しているのである。レイプ映像がネットで流れる不幸を抱えた時、親はそれを恥として救済しなかったのだ。さらに川本組に拾われたことで、みどりを勘当《かんどう》したのである。

「わかっています。でも、田舎には私のことを心配してくれる人もいるんですよ。頼ってみます。緊急事態ですから」

「みどり……そこまでしなくとも」

「過去を嘆《なげ》いてもしかたありません。それに、わたしを助けてもらうのではありません。オリーブソースさんのためです」

みどりは言った。

「正直に話してみます」

簡単な話ではないだろう。

しかし、できないことをできるようにするのがやくざなのだ。

甚三郎は「脱やくざ」と事あるごとに言うが、現実はこんな折衝《せっしょう》の繰り返しである。

みどりの瞳は澄んでいたが、それは悲しみの色にも見えた。

山崎は何も言わなかった。

十七

川本組に戻り、ふたりは甚三郎の部屋へ上がった。甚三郎は落下リンゴ作戦が進んだことをいたく気に入り、みどりをほめまくった。山崎は言った。

「どうやって運ぶかが問題です。自分たちでトラックを転がすにもコストはかかりますし、その間、普段のシノギに手が回らなくなります」

甚三郎は笑顔を引っ込め、山崎を見据えた。

それはお前が考えろ、ということである。

しかし山崎の予想は外れた。甚三郎は言ったのである。

「わたしたちで智恵を出すしかない。普段のシノギは当面、マサオにやらせればいい。問題ないな？」

「マサオならやれます」

マサオは暴走族の頭《あたま》を張っていた男だ。川本組に来てから七年。さらに落ち着きが出て、シノギも安定している。

「よし、マサオに任せよう」

「はい」

とはいえ、丸岡を言いくるめたことで、丸岡が暴発する危険も考えなければならない。そこは俺の範囲だ。山崎は考えることが多い。

甚三郎は言った。

「みどり、リンゴとオリーブを運ぶだけでいいのか？」

「重要な材料が片付いていません。トマトです。完熟トマトは高価ですし、落下トマトなんていうのはありません。ダッシュ村の0円《ゼロ》食堂なんて簡単な話にはなりません」

「ダッシュ村？」

山崎は訊ねた。甚三郎は言った。

「おまえ、ダッシュ村知らんのか？」

「不勉強なもので」

甚三郎はそれ以上突っ込まず、みどりに訊ねた。

「あとは何だ」

「タマネギと赤タマネギと人参とカボチャ、トウモロコシ、ジャガイモ、セロリ、ニンニク、ミカン、バナナ、ですね。大野社長に確かめてみますが、『究極のソース』作りには多品種の野菜を使うそうです」

これを全部無料で手配しようというのか？

「野菜や果物には旬《しゅん》があるだろう。完熟で揃えることができるのか？」

「リンゴは十一月ですが東北は寒いので十二月はまだ大丈夫です。オリーブも十一月。タマネギは暖かい地方なら年明けから新タマネギが出ます。人参やジャガイモ、セロリやミカンも今です。今回はサツマイモや新キャベツも使ってみるそうですが、とにかく、いちばんはトマトです」

「そうか、トマトか。八百屋にはいつでも売ってるが」

「日本ではどんな野菜でも年中売っています。保存技術も最先端ですから」

甚三郎はもう一度、

「トマトか」

と言いながら、くちびるの端をゆがめた。妙なブルドッグ顔だった。

甚三郎は言った。

「とにかく、あてのあるところをぜんぶ当たって、明日、計画を見せてくれ」

「わかりました。まとめます」

親分が指示を出したら、あとは動くばかりである。山崎とみどりは立ち上がり、玄関へ向かおうとしたが、

「山崎、話がある」

甚三郎が呼び止めた。

十八

みどりは一礼して出て行った。甚三郎と山崎は向かい合って座った。

「農家との交渉はみどりにまかせよう。お前にはどうやって運ぶかを考えてもらわねばならないが」

甚三郎は一転、やくざモードになったのである。

「神戸安藤組の直参《じきさん》として名を連ねてほしいと、井野《いの》さんから直々《じきじき》のお願いがあった」

「井野組長が」

井野は分裂した神戸安藤の頂点、山善《やまぜん》組の組長である。

山崎もやくざモードに追いつき、すぐに言った。

「川本組はどちらにも付かない。ずっとおっしゃっています。付いたら最後、暴力組織の一員になってしまうと」

「そうなんだが、井野さんからの依頼は、ちょっと違うんだ。熱くなってしまった武闘派連中とはな」

甚三郎は言った。重大な話にしては表情が呑気《のんき》だ。山崎はいぶかしんだ。

「それは、どういうことです?」

六代目対神戸安藤の小競《こぜ》り合いが全国で頻発《ひんぱつ》し、警察庁は「対立抗争状態と認定する」と記者発表を行ったばかりであった。警視庁、愛知県警、大阪府警、そして地元兵庫《ひょうご》県警は集中取締本部を設置し、警戒態勢を強化していたが、いつ、暴発が起こっても不思議ではなかった。

「六代目も神戸安藤も衝突を避けたい。絶対に暴発するなと訓令まで出している。とはいえ、脳みそよりからだが動いてしまう連中は多い。上層部は困ってるんだよ」

世の中からはみ出た人間が集まるのがやくざ組織である。昨今《さっこん》のやくざビジネスほど知能が必要な事業はないのだが、知能とは反対サイドに居る武闘派が多いのも事実である。そして武闘派の役回りは今でも歴然と存在する。彼らが行動を起こし、恐怖を植え付けることで、組織の仕事が回るのも事実なのである。

そんな中、甚三郎は希有《けう》の存在として浮かび上がっていた。甚三郎は篤実《とくじつ》な性格で、七十四歳という齢《よわい》から来る落ち着きがある。川本初代が安藤初代と盃を交わした歴史もある。井野組長の祖父と甚三郎の祖父は兄弟分なのである。

井野は六代目と正面衝突の覚悟を決めていたが、けんかは最終手段だ。小競り合いは警察の餌食《えじき》となる。浮ついた連中をしかり飛ばす役割を、川本甚三郎に任せたいのだ。

「井野さんはそういう内容を、わたしに正直に話した。断ることもできん」

山崎は黙っている。山崎に意見はない。親分が決めた場所へつくだけなのだ。

しかし山崎は知っている。甚三郎の心はやくざ稼業から離れようとしている。

井野組長の心根《こころね》を理解したとして、義理を優先するにしても、しょせんそれはやくざ世界の話だ。オリーブソース再建を進める指示をしたばかりなのだ。山崎は訊ねないわけにはいかなかった。

「親分は、やくざの時代は終わるとおっしゃいます。ここで名を連ねれば、何もかも逆戻りです」

「それで、考えた。こうしようと思う」

甚三郎は言ったのである。

「川本組はやくざ稼業に戻らない。ただ、川本甚三郎は井野組長の誘いを断らない」

山崎は黙った。イメージが共有できない。

「わたしは井野さんが期待する役割を果たす。相談役といったところだ。わたしが参加を表明すれば、組織からたちまち具体的な行動依頼が来るだろう。やんわりとだろうが上納金《じょうのうきん》の催促《さいそく》も来る。うちに金などないが、組織固めに躍起《やっき》だからな。しかしわたしは井野さんと同格扱いだ。どの組長も直接わたしに会いに来ることは遠慮する。若頭連中が全部お前のところに来るだろう。その時は『すべてオヤジに任せています』で突っぱねるんだ。連中はいらだつだろう。川本組は動かないし金も出さないからな。でもそこがミソだ。やくざのネットワークだけを借りて、その実、自分のやりたいことだけをやる。いいか、ここが肝心《かんじん》なところだ。もう一度言う。わたしは神戸安藤に参加するが、山崎以下、五人は参加しない。立ち回りはむずかしいが、うまくやれば、すべてをうまく運べる。大ばくちだが、このばくちは命を懸けてもいいほど……楽しいぞ」

「ええ？」

「わたしは安藤組も神戸安藤組も、どちらがどうなろうと何の興味もないんだよ」

「しかし、井野組長とは親戚の間柄で」

「昔の縁だ。もう関係ない」

「そんなこと言ったら、たいへんなことになる」

「わたしの考えは一貫している。やくざは終わりだ。やくざ的なのも終わりだ。正しく生きたい人が正しく生きるために、川本組は変化を遂《と》げるんだ」

本心なのか乱心なのか。

「とにかく、オリーブソースの再建計画案だ。明日の朝一番で説明に来い」

甚三郎はやくざの目から、普通人の目に戻っていた。

山崎が気持ちを戻すのには、小一時間かかった。

その日の午後から夜の十時まで、みどりは電話をかけっぱなしだった。山崎は計画の青写真を心に描くことができなかったので、みどりを助けてやることもできなかった。それで「駒」へ出かけたのである。のれんは入っていた。カオリは選手権の練習をしている最中だった。

「ええとこに来たわ。味見して。進化させたから」

出てきたそば焼きは、Ｂ級とは言いがたいほど芳醇で、上等の日本酒にでも合いそうな味だった。

「これは、うまい」

食い物にこだわりのない生活を続けてきた山崎にして、明らかな違いを感じた。そのままカオリに言うと、

「それこそグルメというものよ」

と胸を張ったのである。

十九

次の日の朝七時に、山崎とみどりは親分の自宅へ上がった。

テーブルには良男の作った朝餉《あさげ》が出ていた。

鯛茶漬けだ。皮を焼いた小鯛をほぐして白飯に載せている。煎茶《せんちゃ》をそそぎ、わさびの茎《くき》と三つ葉をちょいとのせる。豆皿には奈良漬けがふた切れ。

三人は無言でずるずると食べた。

「良男の腕はたいしたもんや」

甚三郎が毎度のことのように言った。茶碗を片付け、芳子が渋茶を出してくると、会議が始まった。

みどりがまとめた企画書はしごく単純なものだった。秋から冬にかけて必要な野菜や果物が旬を迎える時期と、調達可能先のリストである。

「大野社長にも昨夜確認しました。リンゴは福島の落下リンゴで足ります。タマネギと赤タマネギは淡路島《あわじしま》の新もの、人参とカボチャは兵庫県養父《やぶ》市、オリーブは小豆島、トウモロコシ、ジャガイモは関東、セロリ、ニンニクは大阪、ミカンとバナナは九州です。それぞれの『未出荷済分』をもらいます。『未出荷済分』とは出荷計画に添って集荷したあとに残った未出荷在庫です。売り先が決まらなければ直販か自家消費になります。言い方を変えれば換金しにくい不良在庫ということです。取りに行きさえすれば、タダ同然で引き取れます。問題は量が農家ごとにばらばらなので、各地を集荷して回るということになります」

「関東に九州に小豆島か」

「電話で選手権のことや町おこしのこと、川本組の立場まで説明して理解していただくのはむずかしいです。直接行ってお願いするしかありません」

「もらえたとして、運賃は」

「どうでしょうか? 二百万〜三百万円になるかと。一週間で集めて回るなら、十台のトラックが必要です。しかしその金があるなら、青果市場で仕入れます。闇金から借金などしなかったでしょう」

甚三郎は言った。

「ところで、肝心のトマトはどうなんや」

「ありません」

「ない?」

「どうすんねん」

「なんとかするのがわたしたちです」

甚三郎は楽しそうにみどりを見た。

「みどりは言うねえ。わかった、穴はトマトと運搬、そのふたつやな」

「はい」

「わたしが道をつけよう」

山崎は甚三郎の顔と目を見た。発言に根拠があるのかわからなかった。

「解決策があるのですか」

「いや、これからや。何とかするのがわたしたち、と言うたやないか」

山崎は言った。

「そうですが、難題過ぎますよ」

「とりあえず、あてはある。そのかわり、そのふたつの課題以外は、間違いなく手当してくれ。期限は?」

「一週間後に、オリーブ工場に原料を納品です」

「それで動くぞ」

甚三郎は無邪気に喜んでいた。何が楽しいのか? 町工場の再生などむずかしすぎる上、川本組は神戸安藤組に取り込まれようとしている。ところが親分はそれをネタに、なにやら悪巧《わるだく》みを考えているようなのである。

親分の思惑《おもわく》は山崎の想像の範囲を超えていたが、自分は川本一家に拾われた身だ。親分を信じて動くだけだ。やくざ稼業に入ったときに命はすでに差し出している。それをどう使われようとかまわない。

山崎は何度となくくくった腹をまたくくったが、それからのひと月、楽しいどころの騒ぎではないほど、とんでもない出来事の連続になったのである。

第五話

下町の名物

第一章　町内会の仲間

一

秘書の上田美奈《うえだみな》がまわりの目を気にしながら、社長である山中和彦《やまなかかずひこ》のデスクに近寄って来た。社長のデスクと言っても、仕切り壁もない。営業部、企画部、事務管理部がワンフロアにひしめく。全社員合わせて六十五名、年商二十億の食品メーカーである。創業六十年、神戸《こうべ》市長田《ながた》区長駒《ながこま》というスーパーローカルな場所にある。社名は伍福《ごふく》。「酒の肴《さかな》」専門メーカーで、地域の優良企業となっている。

食品の加工をはじめたのは和彦の祖父である。最初は地元の漁港に上がる魚で乾物を作った。数十年間、小さな商《あきな》いを続け、昭和の好景気にも乗ったが、反転、不況がやってくると破産の危機にも遭《あ》った。それをなんとか乗り越え、和彦の父である道雄《みちお》にバトンタッチした。二代目の道雄は個人商店から企業へ脱皮を図った。和彦の代になると、「酒の肴」専業メーカーとして個性を特化させ、積極的な産地開拓をしながら「旬」の味を最大限活かす「アパレル企業型食品メーカー」システムを編み出した。工場は持たない企画会社になったのだ。

現在契約している工場は二百社。漁場で加工、農産物収穫場所で完成品まで作る。生イカのするめ、備長炭カシューナッツなど、産地と切磋琢磨《せっさたくま》して開発実現したユニークな逸品《いっぴん》など、品目数は四百を超える。

生産現場は全国に散らばる。生イカは函館《はこだて》、イカナゴは神戸、タマネギは淡路島《あわじしま》、オリーブは小豆島《しょうどしま》である。最終製品を地元企業が作るので、地元に雇用が生まれ、地元に利益が配分される。儲《もう》かることが好循環を生み、漁も猟も作付けも、継続的に行える。

結果、各地域において産業の振興になり、さまざまな地方行政機関から感謝されるような企業になった。

伍福を支《ささ》えるのは、商品の卸先《おろしさき》である酒屋、飲み屋などの商売人、一般顧客《こきゃく》を含む熱心なファンである。そして昨年、全国ネットのテレビ番組に取り上げられたことで、名前が一気に全国区となった。

くだんの生イカのするめや備長炭カシューナッツなどは売れに売れた。兵庫《ひょうご》県と神戸市が震災《しんさい》二十年の目玉政策として掲《かか》げた「長田地区の活性化」においては、シンボル的な企業として、たびたび神戸市長の訪問を受けるまでにもなった。

社長の和彦は慶應大学を卒業後、大手商社に入った。そこで経営とファブレス工場管理システムを学び、家業に戻った。現在四十八歳である。営業と生産管理を社長業と共に直接統括している。

道雄は七十四歳で、会長職に留《とど》まるが代表権はない。経営判断は和彦へ委譲《いじょう》したが、いまも「味」の番人だ。親の始めた海産物の加工場から野菜や肉の加工に乗り出し、生イカのするめ、備長炭カシューナッツといったヒット作をひねり出した。今も産地からの売り込みは道雄が受ける。

試作品ができると道雄の試食が待っている。これをクリアしてはじめて、製造のゴーがかかる。和彦も試食会に参加するが、テレビ番組で評判を取ってからというもの、二百を超える生産現場の把握《はあく》や、設備投資、資金繰り、人材の確保と育成、産業活性化会議などといった行政機関への参加など、分刻みの予定が詰まりまくっているのだ。

「小さな会社の社長に秘書などいらない」

と言っていたが、そうもいかず、三ヶ月前、元神戸市役所で広報官をしていた女性に入社してもらった。美奈は三十五歳。優秀な広報官だったが三年前、産後の体調不良で仕事を辞《や》めていた。完全快復し、仕事を探していたところ、伍福の人材募集に出会った。和彦は初対面で美奈の器量《きりょう》に惚《ほ》れ込み、すぐに採用した。

「社長、試食会がはじまっています」

「すぐ行く。午後の予定は？」

「市長とランチです。場所は市役所の食堂です。そのあとは三宮《さんのみや》そごうのリーシング部長、三井住友銀行神戸営業部へまわり、社へ戻られて生産本部会議、夜は長田区商店会の暴力団排除集会です」

「そんなのもあるのか？」

「暴力団排除は重要事項だと、社長自《みずか》ら声をあげられました。毎朝新聞から取材依頼も来ています」

「僕が声をあげたって？」

「新聞記者の方がそのように」

和彦はしばし考えたが、そんなこともしていたのかもしれない。暴力団排除は持論と外れていないし、さまざまなことが同時に起こっているので、マジな話、いちいち覚えていられないのである。

「試食会だったな」

「はい、それがですね、社長」

美奈は顔を和彦のデスクへ寄せた。

「外部の方がおひとり参加されていますが、その方が……」

和彦は美奈が最後まで言い終わらないうちに遮《さえぎ》った。

「食品開発会議は完全極秘だよ。外部は入らない」

「でもいらっしゃいます」

会長が招いたのだろうか？　試食会は会長の独壇場《どくだんじょう》である。とはいえ、それは「味」に関してだけだ。取引先の選定は社長である自分の了解がいる。

「妙に打ち解けているようです。社員も巻き込んで、会長の笑い声も、部屋の外まで響《ひび》いています」

「誰なんだ？」

「それが、わたし、市の広報官をしていた関係で、実は誰かわかります。地元では有名な方で」

「地元で有名？　地元って神戸か？」

「神戸というか長田です」

「長田の有名人」

「はい」

美奈は言った。

「川本《かわもと》組の親分さんです」

「やくざが会議に出ているって！」

思わず声を上げた和彦を、美奈は両手を前に突き出して止めた。

「お声を上げないでください」

和彦は声を低くした。

「なんでそんなことになった？」

「わたしにはわかりません。社長の方が、おふたりの関係をご存じではないですか？」

「いや、どうかな」

聞いたことがあるようなないような。

和彦は東京で大手商社に十年間勤務の後、神戸に戻った。家業の歴史、また山中家の歴史に、あまり詳《くわ》しくない。美奈は小さく、しかし毅然《きぜん》と言った。

「社のイメージの問題もあります。ぜったいにやくざはダメです」

「そりゃそうだ」

和彦は会議資料を見おろした。試食メニューのレシピである。生イカ一夜干しのピリ辛味と印字されていたが、鉛筆で、完熟オリーブの塩漬け＋完熟サンドライトマトと加筆してある。

試食サンプルの製作は時間がかかる。急なメニューの追加は異例だ。しかも二品目。

「とにかく会議に出てくる」

和彦は席を離れ、階段を二フロア駆け上がった。食品開発部の試食ルームはその階の奥にあるが、エレベータホールにまで、笑い声が聞こえていたのである。

部屋の前に立った。何やら明るい雰囲気である。和彦はドアをノックし、返事を待たず中へ入った。白衣を着た開発チームの課長と、男女ひとりずつの若い社員、真正面に道雄、そしてその横に白髪の老人が座っていた。

道雄と老人は肩をたたき合い、若い研究員たちもニコニコしていた。道雄は言った。

「おお、やっと来たか、早《は》よ、これ食べてみ」

テーブルの真ん中に置かれた白い陶器皿に、大粒のオリーブが盛られている。各自の前にもそれぞれ小皿があり、数粒の実がある。

和彦は訊《たず》ねた。

「あのう、どちらさまで」

「まあええから、食ってみ。小豆島の完熟オリーブの塩漬け」

チームの全員が笑顔だ。和彦は笑顔に押されるように、オリーブの実を爪楊枝《つまようじ》で刺し、口に含《ふく》んだ。柔《やわ》らかく滑《なめ》らかな感触と共に、爽《さわ》やかな、しかしコクもある。苦みや雑味はまったくない。野菜というより、果物である。

「これは旨《うま》い」

和彦はため息のようなひと言を漏《も》らした。そこで道雄は白衣の三人に言った。

「イカはあとで試食や。社長と客人で話すから、席を外してくれ。そうやな、三十分ほどで呼ぶわ」

三人は部屋を出ていった。

「これはいけるやろ」

道雄は言った。

「ふつうは青い実のうちに収穫して苛性《かせい》ソーダで灰汁《あく》抜きをするが、完熟なら塩漬けだけでええんやて。ぜんぜん旨いわ。うちのコンセプトにもぴったりやろ」

「あ、あの」

「そうやな。紹介するわ。というか、お前、知ってるやろ？　川本さんや」

甚三郎《じんざぶろう》は言った。

「小さい頃から何度もお見受けしております」

「そうなんですか？」

「和彦さんは東京におられましたし、わたしは大っぴらに人前には出ませんので、覚えておられなくて当然です。わたくし、川本組の三代目、川本甚三郎でございます」

二

正真正銘の地元やくざである。開発部員たちは別の場所から通勤しているし、サラリーマンである。やくざの顔など知らないのだ。

このオリーブは確かに旨い。しかしこれはやくざのフロント事業なのかもしれない。高値で買え、と言い出すのだろうか。

甚三郎は言った。

「これは正真正銘、小豆島の完熟オリーブです。うちの社員の実家が畑で、文字通り腐《くさ》るほど収穫します。会長のおっしゃられたようにほとんどは青い実で収穫して加工して出荷して商売をしていますが、自家消費は完熟で食べます。それがいちばん旨い」

　道雄は言った。

「うちの製品にできるやろ」

　和彦は姿勢を正した。

「たしかに、味は完璧なようです。が、うちはやくざと取引はいたしません」

　安藤組分裂で抗争が頻発《ひんぱつ》するご時世《じせい》である。川本組も古くから安藤組傘下のはずだ。勢力争いに一般企業も引き込もうとしているのか？　露骨《ろこつ》に金を要求しに来たのか？

　和彦の思惑《おもわく》とはうらはらに、甚三郎はいたって平和な口ぶりで言ったのである。

「取引なんてしなくていいですよ。道雄さんに電話したら懐《なつ》かしがられましてね。ついでにオリーブの話をしたら、ぜひ会社へ来てくれというので、僭越《せんえつ》ながら参上しました」

「オヤジが招待したんですか？」

「いえいえ、それはきっかけです。わたしから押しかけました。実はちょっとご相談もありましてね」

　やっぱり何かある。和彦は身構えたが、道雄が言ったのは意外なことだった。

「サンドライトマト。原料は冷凍保存してあるな」

「トマト?」

そういえば議題にサンドライトマトと鉛筆で書き加えてあった。

和彦の不審をよそに、道雄は言った。

「わたしが見つけて直接交渉した契約農場でね、四国は土佐《とさ》の徳山《とくやま》トマトと言いまして、一ダース入りの木箱で一万円する上物を作ってる。贈答品《ぞうとうひん》仕様ですわ。かたちがちょっとでも悪いと売りものにならん。めちゃくちゃ旨いのに、ブランド品になってしまうと、二級品は出荷できんのです。味はいっしょなんですが。痛《いた》し痒《かゆ》しというやつです」

道雄がテーブルに、薄切りのサンドライトマトを出した。十片入りのパッケージ、伍福の売れ筋商品のひとつだ。

「徳山トマトはとにかく旨い。かたちが悪くても全量使用せなもったいない。それでわたしは天日干しのトマトを考えたんですわ。逆に生で流通させせんから、ぎりぎりまで樹上で完熟させてくれとも お願いして、これ作ったんですよ」

「ときどきいただいております。名作です」

和彦は訊ねた。

「いったい何のお話ですか?」

道雄は言ったのである。

「原料のトマトを必要量、ソース製造のために分けてほしい、という話なんや」

「ソース？」

甚三郎は言った。

「新しいグルメソースの開発をしておりまして、そのために完熟トマトが必要なんです。それもいますぐに」

「うちの在庫分あるやろ」

道雄が繰り返した。

「ありますが、サンドライ専用ですよ。冷凍技術も特殊で」

和彦は言いかけて止《や》めた。冷凍技術を特許申請《とっきょしんせい》している。審査《しんさ》段階なので口外《こうがい》できない。しかし道雄を見ると、言っていいという目をしている。

「イタリアで普及しているサンドライトマトとは、トマトの種類が違います。日本のトマトは、とくに徳山のような完熟フルーツトマトは水分が多く、そのままでは乾《かわ》きらない。そこでいったん冷凍してから乾燥させる技術を開発しました。冷凍方法には独自のノウハウがあります。ですから在庫と言っても特殊冷凍段階のトマトです。それを出せということですか？」

和彦は話の内容が読めなかったが、道雄と甚三郎の目には、楽しげながらも真剣な光が宿《やど》っていた。

和彦は経営者として正論を述べた。

「サンドライの製造が止まりますよ。注文分も欠品します」

しかし道雄も商売では苦労している。その道雄が言ったのである。

「機会損失はしれてる。それよりもまず、救わなあかんもんがある。うちができるんやったら協力する」

「協力？」

和彦はまだ不審だ。

「しかし、川本さんがソースを作るのですか？　いったいどういうことなんです。それも今すぐって」

甚三郎は言った。

「うちじゃあありません。オリーブソースさんですよ」

「オリーブって、大野《おおの》社長のところですか」

甚三郎はソース開発に至るいきさつを、かいつまんで話した。

かいつまんだとはいえ、取り込み騒ぎ、選手権、なかなか複雑である。十分間ほど話した。

和彦は言った。

「そうなんですか。オリーブソースがそんなことになっていたんですか」

和彦は長田で生まれ育った。オリーブソースの味はDNAの一部とも言えるほど、からだに沁《し》みている。オリーブがなくなるなど、和彦にも有り得ない思いである。それにオリーブソースの経営再建は他人事《ひとごと》ではない。様々な商売が成り立つ連合体であってこそ地域は活性化し、自企業の繁栄にも寄与するのだ。自分だけなんとかなっても、町から人が消えれば、意味はない。

地域活性化のアイデアは、具体的にいくつかのかたちでアクションがはじまっていた。和彦は若手リーダーとして、複数の会議体に入っているが、いちばん時間を割《さ》いているのが市長肝《きも》いりの「長田地区再開発計画」である。和彦は神戸市長の久本《ひさもと》と月に一度は会うようになっていた。

震災《しんさい》から二十年経《た》つが、長田の復興は道半ばである。ここは政治の出番と、市長は知事と決断し、長田に県と市の税金関係の合同庁舎を作ることを決定した。

三年後、新しい庁舎は稼働をはじめ、長田は千人の公務員が通う町になる。昼飯代だけでも、年間三億円の経済効果があるという試算だ。しかし昼飯だけではいけない。

地場産業の衰退《すいたい》を止め、今一度勢いを与えることはできないか。三年後に千人を増やす勢いを借り、遊んで、食べて、暮らせる町へ変貌《へんぼう》させていきたい。

長田の主たる地場産業は、靴と食い物関連である。食い物とは肉や総菜や食材と肉、粉もの飲食店、それを支える食品工場。なかでもオリーブソースは地元文化の顔である。

そのオリーブソースが危機に陥《おちい》り、川本組が救済しようとしている。救済に伍福の保存している冷凍トマトがほしいという。

和彦は、はいわかりました、と受けるわけにはいかなかった。自分には六十五人の社員と大切な取引先、そして消費者がいる。川本組と関わることがどれほどのリスクになるか、想像しようもない。

和彦は言った。

「やはりお取引はできません。残念ですが、川本組は極道組織です。お断りさせていただくしかありません」

そこで道雄は言った。

「社長ならそう言うしかない。わかる。そやからこの件、わたしにまかせてくれんか。わたしが道楽で、新製品開発をする、そう思ってくれ」

「そう思ってくれって」

和彦は言った。

「やはり、これははやくざの持ち込み話です。どこにリスクがあるか、わかったものじゃない」

和彦の物言いが歯に衣着《きぬき》せないものになってきたが、甚三郎は逆にそれが心地《ここち》よかった。和彦はいい社長だ。甚三郎は思ったのである。

甚三郎は言った。

「これは正当な企業再生と地元振興の話です。さまざまな立場のひとが参加します。選手権は青葉《あおば》小学校が会場になるので、畠山《はたけやま》校長にも賛同《さんどう》をいただき、教師二名もプロジェクトに参加します」

「畠山校長が？」

「地域の発展に何が大切か、本質を理解していただいております。ありがたいことです。昨今《さっこん》、安藤の分裂騒ぎで何かと物騒なのは、お詫《わ》びのしようもないことです。川本組が初代安藤につながることも周知の事実です。しかし繰り返し申しますが、これは正当な企業再生と地元振興の話です」

甚三郎は言った。

「オリーブさんがしっかり再生された暁《あかつき》には、経常利益の十パーセントをコンサルティング料としていただくかと考えております。ね、普通の仕事でしょう」

甚三郎は帰っていった。

道雄と和彦は、黙ったまま会議室に残った。

そこへ食品開発チームが戻ってきた。試食メニュー二件目、生イカ一夜干しが出された。

道雄はひとくち食べるなり褒《ほ》め、すぐにゴーサインを出した。

三

その夜、仕事が終わった後、和彦は実家へ向かった。報告するから来い、と道雄から電話があったからだ。

夜の八時、実家の座敷にあがると、仏壇に線香の煙が立ち、道雄と母の房代《ふさよ》が位牌《いはい》を前に談笑《だんしょう》していた。

むずかしい顔の祖父と無表情な祖母の白黒写真。鴨居《かもい》から子孫を見おろしている。

和彦は正座し、線香を上げ、手を合わせた。そして訊ねた。

「報告とは？」

道雄は言った。

「父親の代にうちは海産物加工で商売を起こした。それがあったからこそ、いまの伍福がある」

「はい」

「何回も危機はあった。そして一度、会社をつぶしたことがある。知ってるな」

「はい」

「そのときに助けてくれたのが川本の先代さんなんや」

「そんな……それは、知らない。はじめて聞いた。やくざに助けてもらったのか」

「川本の先代は倉庫の在庫を買い上げてくれ、不渡りを出して取引中止になった魚市場と手打ちの仲立ちもしてくれた。うちの先代はな、ずっと『恩はどこかで返さなあかん』と言うてたんや。そやけど、お前は商社に就職したやろ。実家がどんなかたちにせよ、かつて極道に支援されたとなれば、誰に何を言われるやもしれん。お前には何も言わんでええ。先代はそう言うて亡くなった」

「そうやったんか」

「恩返しは今かもしれん。うちが助ける番で、助けるのはオリーブさんや。縁とは巡《めぐ》るもんや。いま、手を合わせて報告した」

房代は黙って聞いている。道雄は言った。

「川本組は暴力団やない。世のため人のために働く任侠《にんきょう》や。川本の初代が安藤組と盃《さかずき》を交《か》わした仲という事実はあるが、長田に悪者がはびこらんのは川本さんのおかげや。古くからの住民は皆知ってる」

和彦が自分の世代で親交のある若手経営者、二代目経営者、あるいは他から移ってきて起業した経営者の間では、川本組は反社会的組織であり、排除すべき存在と認識されている。暴力団に人権など認めない、という意見で統一されているのだ。和彦も反暴力団の意識は強い。実際、暴力団排除のミーティングに出席するメンバーなのである。

しかし、社長になってみてはじめて、わかることが増えたのも事実である。判断も単純ではない。世の中はいろいろ複雑なのだ。

和彦はこういうとき、まず動くことにしていた。動くことでわかることがある。それで判断したい。和彦は言った。

「大野社長と話してみてええか？」

「お前は知らぬ存ぜぬでええんや。お前が知らんから社員も知らん」

「ちゃうねん」

「何がちゃうねん？」

和彦は言った。

「材料提供するならいっそ、共同開発を持ちかけるわ。オリーブさんにグルメソースを開発してもらう。別のソース屋と、ソース味のするめ作ったやろ。あれを進化させる。オリーブさんのソースは味わいが違うからな」

道雄は味見担当の立場となって言った。

「ソース味のするめは失敗やった。またやるんかい」

「会長の言葉とも思えんな。うちは失敗する会社や。あの完熟トマト使うんなら、商品開発に参加させてもらうわ。きっとチーズに合うで」

「何やそれ。突然乗り気やないか」

「そんなことはないけど……とにかく大野社長に会ってくる」

家族の歴史を聞かされた。商売とは互いの支え合いである。

恩を受けた方には返さなくてはならない。

社名は元々五福としていたが、人の縁があってこその商売と、五ににんべんを付け、伍福と改名したこともある。

そして社是《しゃぜ》を新たに作った。

素晴らしく美味《おい》しいものを作り、お客様に喜ばれる商いをする。

仕事を通じてお互いに共感を持てる商いをする。

仕事を通じて人格の向上に喜びを感じるようにする。

ただ、この日の朝、秘書の美奈がうろたえたことも事実だ。こういう時こそ、想像力が必要だ。

道雄は言ったのである。

「大野さんに会うのもええがその前に、皆があんだけ力を入れる『駒』のそば焼きを食わなあかんで。わしも最近行ってないしな。いまカオリちゃんに電話してみ。かくかくしかじか、選手権用のソースで作ってもらえるよう、お願いしてみ」

それで和彦は電話をかけたのである。

選手権用は練習中なので、閉店後に来てくれという返事であった。

「十一時に店や。ちょうどええわ。俺、ルミナリエであいさつせんとあかん人がおるねん。三宮まで行ってから戻ってくるわ。遅いけど、ええか」

と、そういうことになったのである。

四

山崎《やまざき》とみどりが額を突き合わせて相談しているとき、ドアチャイムが鳴った。良男《よしお》が液晶画面で確認し、応答ボタンを押すと、太い声がスピーカーから響いた。

「早《はよ》う開けてくれ。まわりに見られるやろ」

良男は山崎に目配《めくば》せし、山崎がうなずくと解錠《かいじょう》ボタンを押した。

兵庫県警刑事部マル暴担当の巡査部長、大城《おおしろ》である。

良男に、さっさと開けろ、近所に見られたらやばい、と言いながら、事務所へ入り、そのまま山崎の前に座った。みどりが台所へ向かったが、

「茶はいらんで。いつも言うてるやろ。何もいただくわけにはいかんのや」

「茶くらいええでしょう」

山崎は言ったが、大城は渋柿でも食ったかのようだ。

「あかんねんて。ここへ来るのさえ、気い遣うの知ってるやろ。暴対法以来、ワシらはいっさい暴力団と接触したらあかんことになったんや」

「うちは指定されてないし、暴力団とは違いますけど」

「そんなん、目クソ鼻クソやないか」

「それで、何のご用ですか？」

大城は山崎を睨《にら》んだ。

「お前ら、オリーブソースを取り込むつもりか？」

山崎はちょっと黙ったが、言った。

「どこでそんな話を？」

「警察やで。情報網は広いわ。とにかく地元で追い込みなんかやめてくれよ」

大城はさらに言った。

「それと今日、川本の親分さんが伍福を訪ねたそうやないか。あれは何なんや？」

知らない話である。

しかし大城に訊ねるわけにはいかない。

山崎は言った。

「川本組が担当させていただくプロジェクトは、オリーブソースさんの経営再建だけです」

「倒産させて金にするんやろうが」

「違います。まっとうな事業です。というか本音を言えば、オヤジのボランティアに付き合ってるだけです。利益も期待してないし」

「何を寝ぼけたことを抜かしとんねん。そんな話が通じると思うか。川本組単独か、上村《うえむら》のところの仕切りか、それとも山善組が動いてるんか」

「違いますて」

「川本は安藤《あんどう》組の傘下やろ」

「それも違います。何回も言うてるやないですか。うちの初代が安藤の初代と盃交わしたのは事実です。筆頭の山善組組長とも兄弟分ですが、今も昔も長田の弱小です」

とはいえ、オヤジは神戸安藤に参加を強く要請されている。どうなるかは山崎にはわからない。

大城ならそのへんの情報もつかんでいるかもしれない。

大城は疲れ切った声で言った。

「とにかく、面倒はやめてよ。分裂の小競り合いでピリピリしてんねんから。県警には暴力団集中取締本部もできてる。壁にはでっかい字で『僅《わず》かなトラブルも見逃さず抗争の芽《め》を摘《つ》む』と書いてある。見に来たかったら見せたるわ」

誰がわざわざ警察に見に行くか、と思ったが山崎は口に出さなかった。

大城は立ち上がった。ほぼ同時に、みどりが急須と湯飲みを盆に載せてきた。

「飲めへんと言うてるやろ」

良男が見送りに立った。

「見送りもやめてと、いつも言うてるやろ。頼むで、もう」

大城は、風が吹き抜けるように事務所をあとにした。

大城は決して茶や菓子に手を付けない。しかし、必ず茶は淹《い》れる。毎度繰り返される行為である。出すのも儀式、無視するのも儀式だ。それで毎度、大城が帰ったあと、身内で淹れたての茶を飲むことになるのである。みどりもわかっていて、人数分の湯飲みを棚から下ろし、テーブルに置いた。

「みなさんもどうぞ。今日は最中《もなか》がありますよ」

事務所に残った気ぜわしい気分を、お茶で緩和《かんわ》する。いつものことである。山崎は最中をひとくち頬張《ほおば》った。

「これは旨いな」

「杵屋《きねや》さんです」

「道理《どうり》で」

山崎は酒も飲むが、甘いものも一日にひとつは食う。

山崎は茶を注《そそ》いでいるみどりに訊ねた。

「オヤジが伍福へ行ったって？　みどり、聞いてるか？」

「いえ、まったく」

食材手配の件なら自分やみどりに行かせればいい。親分が自ら出向くのは何だろう。オヤジの単独行動は読めない。

最近はもっと読めない。気にしても仕方がない。目算《もくさん》あってのことなのだろう。

五

これまでに集めた情報すり合わせに基づき、山崎とみどりは食材が手配できる先の確定を行い、ふたつのグループに分けた。

第一類は「腐るほど」収穫したものがあり、必要量を無料でもらえる先だ。

第二類は無料とはならないが、後払い可能で、とにかく売ってくれる先である。

どちらにしても、物流コストを限りなくゼロにしなければならない。どうすればいいか、智恵が必要だ。

「何かのついでに集荷できんか。帰りの空《から》トラック便なら、そんじょそこらにあるやろ。なあ、マサオ」

マサオは元暴走族の頭《あたま》だった。族を上がったトラック運転手がそこそこいて、マサオを慕っている連中は今も多い。マサオは言った。

「空便に積ませるくらいは誰なと声をかけられますが、一週間以内となると、むずかしいですね。ひとりやふたりは捕まえられるかもしれませんが、無理を言えば」

「うーん、そうやな」

山崎は世間の傍流《ぼうりゅう》で生きているからこそわかる。そんな連中だからこそ、無理をさせてはいけない。無理が起こす末端のリスクは管理できない。予想外のことが起こる可能性があるのだ。

「我々で手分けしてトラック転がすしかないか」

みどりは言った。

「このメンバーでですか？　福島を往復して、あと、二カ所くらいで制限時間一杯です。ぜんぜん間に合いません」

「しかしとにかく、動き始めるぞ。リンゴはもともと縁のある農家さんや。マサオ、四トン一台は大丈夫やな」

「はい、いつでも」

「誰が行ける」

「俺が行きますよ。片道八時間で帰ってきます」

マサオがすぐ答えた。山崎はマサオの返答を予想していたが、答えも用意していた。

「お前はダメだ。普段のシノギがある。福島は裕治《ゆうじ》が行け。四トン転がせるな」

「任せてください」

「じゃあ、直《す》ぐに段取りしろ。できるところからちゃちゃっと終わらせていこ」

みどりは模造紙に書いたスケジュール表を壁に張った。

左に調達が必要な原料リストが上から並び、右へ向かって日付が進む。今日の日付十二月十三日がスタートラインでゴールは一月六日である。

「選手権は一月十六日です。ソースの製造に十日間必要なので、逆算して調達のデッドラインは一月六日です」

「マジのデッドラインやな。しかも正月休みを挟《はさ》むやないか」

マサオが言った。

「年末は高速の渋滞も考えておいてください。逆に年始は道が空《す》くから狙い目かもです」

「正月早々、農家を回るてか？」

拝み倒すか、弱みを握るか、他の方法をひねり出すか、どちらにしても、内輪のメンバーだけではまったく時間が足らない。

ほんとうは智恵というより金である。要は、金が要《い》るということなのだ。しかし弱小やくざというもの、本当に金がない。三日かけて段取りして、一万円いただく、というようなシノギを積み重ねながら食いつないでいるのが現実だ。公共料金だけはなんとか払う。他の請求書は繰り延べばかりだ。

とはいえこの件に関しては時間を金で買う方がいいだろう。他のシノギで取り返すことを考えよう。リンゴは取りに行くとして、他は誰かに運んでもらうしかない。

「マサオ、空便を探してほしいのはやまやまだが、時間もない。トラック野郎を確保しろ。いくら払ってやれば全部運べるのか試算してくれ。金は俺がなんとか都合をつける」

マサオが言った。

「わかりました。トラックは揃《そろ》えます。なんとか最低賃金で」

「マサオ、まずは言い値で積み上げてみろ。最初から値切るな。これは関わる人間全員、やって良かったと思えるようにせなあかん。そういう類《たぐい》の仕事なんや」

みどりが目を見開いた。「その通りです」とでも言いたげに、まっすぐ山崎を見た。

みどりの瞳の色が澄んでいる。山崎も気圧《けお》されるほど、瞳には純真無垢《じゅんしんむく》ならではの美しさがある。前途は多難だが、通すべき道は通し、曲《ま》げるべきでないものは曲げないという、親分の考えが、実際の行動になって現れてきたのだ。これこそ川本組の生き方だ。暴力団と一線を画すのはそこなのである。

路上にクラクションが鳴った。甚三郎が帰ってきたのだ。良男が飛び出した。

甚三郎が事務所へ入ってきた。笑顔である。組員は全員立ち上がっている。甚三郎は山崎のあごを、人差し指でちょんと上げた。

「むずかしい顔しとんな。心配ごとでもあるんか？」

甚三郎はソファに腰を落とした。

「水くれるか」

みどりが台所へ行き、良男はおしぼり器を開き、白く巻いたおしぼりを出した。みどりがお盆に水の入ったグラスとおしぼりを載せ、ソファ横の床に正座して、テーブルに出した。甚三郎がブルドッグ顔の口に水を流し込んだ。

「ああ。喋《しゃべ》りすぎたわ」

みどりが言った。

「伍福さんへ行かれたのですか？」

「何で知っとんねん？」

ブルドッグ顔が一瞬引き締まった。グラスを持ち上げ、半分残った水を干した。

山崎が言った。

「さきほど大城さんが来られて、そんなことを」

「見張っとるんや。悪さはしとらんがな」

川本組は神戸安藤に誘われている。それを阻止しようと六代目が横やりを入れる。自分が刑事でも見張るだろう、山崎は思うが、親分の腹が読めないし、みどりのようにまっすぐ言い返すことなど山崎はしない。身についた習慣でもある。

甚三郎はひと息つくと事務所を見渡した。テーブルの上に花瓶があり、白く小さな花が活けてある。

「きれいな花やな」

「野草ですよ。シロツメクサです。自生していますから、摘《つ》んできました」

「野草か」

花を買う金を節約しているのだ。しかしこれこそが花の心だ。甚三郎はブルドッグ顔をゆるめて言った。

「トマトは手はずをつけた」

「そうなんですか！　しかし、どうやって……それが伍福さんなんですか？」

「詳しいことは後や。他の首尾は？」

山崎が言った。

「リンゴは今日、福島へ取りに行きます。裕治に行かせます」

上下革の服を着た裕治が無言でうなずいた。

「主原料のトマトとリンゴは決まったな」

みどりが立ち上がり、壁に張った表を示しながら説明した。甚三郎は言った。

「ここまで決まったら、あせってもしゃあない。ひと息つけ。あんまり寝てないやろ」

確かに眠い。部屋に帰ればベッドに倒れ込みそうだ。

しかし甚三郎はポシェットから紙入れを出して開いたのである。指をつばで湿らせ、中から紙を数枚引き抜いた。

「これ観てこい。ほれ」

と甚三郎はみどりの手にそれを渡した。映画の招待券である。

寝てないと心配しながら映画なのか？　観られない。ぜったい寝てしまう。思ったが、映画のタイトルに目を見開いた。

「『ヤクザと憲法』やないですか。マジなドキュメンタリーとかいうやつ」

「顔見知りも出演してるらしいで。気晴らしや」

気晴らしにはならんやろうな。山崎は思ったが、

「観てきます」

と一礼した。

六

そういうことでそのあと、福島へ向かった裕治を除き、山崎は若衆三人を連れ、新《しん》開地《かいち》の映画館へ出かけたのである。

映画館に着いて、看板に書いてある宣伝文句を読んでみた。

――「ヤクザと憲法」は、本物のやくざを追ってカメラを回したドキュメンタリーで、暴対法で徹底的に人権を剝奪《はくだつ》されるやくざの日常を描いている――

とある。

自分の日常そのものじゃないか。どこが面白いのか。誰が観るのか。

が案に相違し、映画館は満員札止めだったのである。聞けば東京で好評を博し、名

古屋、大阪を経て神戸に来たという。一般の人が、やくざと人権について、ここまで興味があるのか。

「神戸で観たいという客が多いらしいですよ」

マサオは言った。

「他府県からも来るらしいです」

「マサオ、なんでそんなこと知ってるねん」

「俺、映画の仕事をしたかったんですわ。イージー・ライダーみたいなやつね」

「そうなんかい」

知らなかった。マサオは言った。

「それに神戸でも、新開地というのがええんですよ。本場ですから」

たしかに新開地という場所は特別かもしれない。安藤組六代目、神戸安藤組両方の本拠に近く、二次、三次団体の事務所も多い。まさに「旬《しゅん》」である。一触即発《いっしょくそくはつ》の雰囲気を一般の観客が期待したかどうかは別として、たしかに観客の中に本物のやくざはいたのである。

山崎も顔を知る湊《みなと》組の人間がふたり、無表情で入場待ちの列に並んでいたのだ。湊組は神戸安藤の主体となる二次団体である。山崎はほんの少しあごを動かして会釈《えしゃく》をしたが、ふたりは知らん顔だった。

開場が告げられると、湊組のふたりは整理番号順を守って劇場へ入った。川本組も続いて入った。湊のふたりはいちばん前の端に座っていた。マサオと良男は湊と反対サイドの前列席、山崎とみどりは最後方に座った。さらに、地元兵庫の滝川《たきがわ》組の部屋住みもひとり入ってきた。四十歳を超えてからやくざになった男で、山崎より年上である。大柄で角刈りにし、上下揃った黒いスポーツウェアを着ている。厳《いか》つい容貌だが、「ここ空《あ》いていますか」と老齢の婦人に訊ね、空きを確認すると上衣《うわぎ》を脱いで席を確保したうえでロビーへ出て行った。戻ってきたとき、映画のパンフレットを持っていた。売店へ買いに行ったようだった。彼はふたたび老婦人に腰を折り、大きなからだを申し訳なさそうにたたみながら席に座った。堅気《かたぎ》の方に迷惑をかけてはいけない。ていねいの上にていねいを塗り重ねている。どこも同じだな。山崎のくちびるはゆるんだ。

上映中、客席は水を打ったように静かだった。もちろん映画は静かに観るものだが、ポップコーンを食べる音や、飲み物をすする音さえなかった。それほど、この映画はマジだったのである。

九十分間はあっという間に終わった。やくざの日常を本物やくざと一般の人が一緒に観た。しかも満員だ。これは、いったいどういうことなのだろう。

エンドマークが出て照明が付き、山崎は席を立ってロビーに出た。

滝川の部屋住みは紅潮した頬を貼り付け、何かを真剣に検討しているような目をしたまま、映画館を出て行った。

山崎はそれを見ていたが、背中から声をかけられた。

「やくざ映画観たあとは、肩を怒らせて映画館を出て行ったもんや」

振り返ると湊組の組員であった。佐合《さあい》という若中《わかなか》で、六十人いる組員の中では上の方の人間である。

「みんな、健《けん》さんや文太《ぶんた》になったつもりでな」

佐合は言った。

「いまはもう、ちょっとちゃうな。そう思えへんか、山崎さん」

山崎は黙っていた。佐合はそれ以上何も言わず出て行った。

七

十二月十三日。神戸市の中心部はルミナリエ最終日だ。和彦は市長や関係者と共に、消灯セレモニーに参加した。神戸マラソンのスタート地点並みの混雑だった。復興を願った人々の歓声が夜空にこだました。

それからすぐ「駒」へ向かった。新長田《しんながた》駅を降りて向かったが、町に人がいない。誰も彼もがルミナリエへ出かけたから、ではない。だいたい地元の人はわざわざ混雑する場所へ行かない。「駒」のある新長田駅の南側は人が少ないのである。

駅の北側には高層マンションが複数建った。下町風情の残る町を選び、住まいを移した新しいタイプの家族も増えてきたが、線路と並んで走る国道二号線の南側は過疎《かそ》地《ち》だ。町ごと焼き払われたあと、一時しのぎの商業ビルや、金を使わずに建てたプレハブ商店がそのまま残り、魅力もなくなっていた。

震災後二十年経ち、県と市は「長田をなんとかしよう」と決断をした。公務員千人規模のオフィスを長田南地区に作り、昼間人口を増やす試みである。案はそれぞれの議会承認を経て、政治主導による地域活性化プランはスタートした。

とはいえ、オフィスの稼働は三年後である。そして公務員が増えても、町に魅力がなければ変化は乏しい。業務終了と共に電車に乗り、中心部の繁華街へ向かう。あるいはそのまま自宅に帰る。人口が増えると同時に、彼らを楽しませるものが始まっていなければならないのである。

地元の成功企業として、伍福は神戸市長から何度も、具体性を持った活性化プランの計画と実行をお願いされていた。

なかなか難題である。現業は忙しいし、新規事業の立ち上げには、資金と人材も必要だ。

ところが、ふと思いついた案があったのである。やくざの親分に会ったことが刺激になったのだろうか。

会社を預かる身として、社内にやくざがやってくるなど言語道断の出来事だったが、川本甚三郎という人間の柔らかく優しく、父親と好奇心まる出しで語り合う姿に、和彦は清々《すがすが》しささえ覚えていた。

とっぷり暮れた道を本町《ほんまち》商店街へ向かう。住宅街は人っ子ひとり歩いていない。アーケード下の弱い光に、ほとんどの店はシャッターが降りている。そんな中で「駒」だけが光を放っている。見ていると店から四人連れが出てきた。

和彦は客と入れ替わりに戸を開けた。顔をのぞき入れると、客は道雄ひとりだった。

カオリは鉄板を拭《ふ》いていた。カオリは言った。

「社長。ほんま、お久しぶり。テレビに出たんやてね。絶好調や」

「絶好調は駒さんこそ。いつも行列なんやろ」

「貧乏ひまなしやね」

カウンターの中にシゲコがいた。道雄の前には瓶ビールが一本出ている。

シゲコは道雄の顔をしげしげと見た。

「顔になんか付いてるか？」

「いやいや、みっちゃんもテレビに出たら男前になったんちゃうか。全国的有名人やもんな」

シゲコと道雄は五十年来の知り合いである。道雄は手酌でグラスにビールを注《つ》ぎながら言った。

「息子についていっただけや」

「ついていける息子がおるのはしあわせやないか」

「そうかいな」

シゲコはエプロンを外してカウンターに置き、客席に出てきた。

「カズちゃんもまあ、立派な社長さんになったもんや。市長も感謝しとったで。長田で成功してる会社は少ないからな」

「市長って神戸市長ですか？」

「ここに来るのは久本さんだけや。いろんな市長が来たらややこしい」

カオリは言った。

「ふたり揃ってとは、ほんに珍しいな」

「まあ、たまには、というか……選手権に出すそば焼きを食べに来たんや」

「そうや。和彦さんが電話でそんなこと言うんやけど」

道雄は言った。

「今日、甚さんが訪ねて来た」

シゲコが言った。

「会社にか？」

「そうやで」

「そりゃまたトンデモ・ハップンやな。やくざが来たりして、若い社員はびっくりしたやろ」

「川本の親分さんとは知らん。甚さん面白いから、みんな笑《わろ》うとったわ」

「しかし、いったい、何で会社へ行ったんや」

「オリーブさんの件で相談されてな」

「みっちゃんも関わってるんか！」

「これからな」

シゲコは動いた。

「のれん入れてしまうわ。ちょっと待って」

シゲコが表へ出ようとすると、そこへ客がひとり来た。荒物屋の主人である。

「もう終わりやがな」

シゲコは言ったが、主人がそば焼き二人前持って帰りたいと言った。奥さんの調子が悪くて食事を作れないらしい。

和彦は言った。

「どうぞ、作ってあげてくださいな」

商店街を抜ける風が冷たい。荒物屋の主人は薄着で出てきていた。腕を胸に回している。

「ほな、作るわ。入っとって」

カオリは言った。シゲコは奥へ戻り、道雄と和彦に囁《ささや》いた。

「オリーブさんの話、うちも話したい。これ作ったら、貸し切りにするわ」

「そうなんかい……そしたら」

道雄は言ったのである。

「ちょっと、先に大野さんに会《お》うてくるわ」

と言って、和彦を促した。

「この時間に行くんか」

ふたりは「駒」を出た。オリーブソースは五十メートルほどの距離である。

大野夫妻はテレビを見ながらこたつに入っていた。突然の山中親子の出現に驚いたが、昔からの仲である。道雄が誘い、全員で「駒」へ戻ることになった。

四人用の席に、道雄、和彦、大野夫妻が座った。

道雄は言った。

「とりあえず、選手権用のそば焼き食べさせてもらお。すごい旨《うま》いと聞いたで」

「はいよ」

「大野さん、特級のグルメソース作ったらしいやないですか」

「はあ、まあ」

洋一《よういち》は恐縮している。あまり元気もない。

その時、玄関が開いた。

カオリが「今日は閉店です」と言ったが、それは川本組の山崎だったのである。カオリは言った。

「ススムか。ちょうどええかもな」

山崎は閉店時間を狙ってやって来たのだ。アイデアがまとまらず、カオリと話してみようかと思ったのである。しかしそこにはまだ客がいた。

「いや、俺は帰ったほうがええんちゃうか」

シゲコは言った。

「文殊《もんじゅ》の智恵も数多い方がええ」

和彦と大野夫妻も山崎に会釈をした。さまざまな場を経験する稼業の山崎も、これは何なのか、と思うような組み合わせだった。

シゲコがカウンターの中に入り、エプロンを締めた。

「さあ、焼くか、カオリ」

と言ったその時玄関がまた、がらりと開いた。

「まだやってましたか！　よかった。やっと仕事終わって、お腹空きすぎで」

青葉小学校の祥子《しょうこ》であった。風のような勢いで店にからだをねじ込んできたが、祥子はそこで息を吸い込んだまま止まってしまった。祥子の正面に黒服の山崎がいたからである。

「なんや、おもろいなあ」

かつて岩下志麻に似ていると評判だったシゲコだが、今は藤山直美《ふじやまなおみ》に顔が似ている。

丸顔の中の大きな口が開いた。

「オールスター勢揃いや。神さん憑《つ》いてるで」

八

和彦は、ソースを使った「酒の肴」を作ろうと一年がかりで構想していた。するめのピリ辛ソース味か、レトルトそば焼きである。生イカで試作品を作ってみたが旨くなかった。そんな折、オリーブソースの経営危機を知ったのだ。事情はどうあれ、オリーブソースがなくなってもらっては困る。オリーブソースにしか出せない味があるからだ。

川本親分の話は奇天烈《きてれつ》奇妙だった。

「闇金から追い込みを依頼されたが、追い込みはしない。逆に闇金は川本組で押さえ込む」

なぜ伍福へやって来たかと言えば、トマトを分けてくれというのである。

やくざの話など、裏にどんなからくりが隠れているか素人には計り知れない。しかし話は単純だった。新しいソースの開発に完熟トマトが必要なのだ。

それより和彦がいちばん驚いたこと、それは父親の道雄と甚三郎親分の仲の良さだった。

ちょっと会話を交わすたびに肩を抱き、笑い合う。長年の親友である。

複雑なような単純なような、爽やかな友情のような奇々怪々な。

鉄板の上で、この夜集合した人数分のお好み焼きとそば焼きが焼かれている。ソースの焦《こ》げる煙を纏《まと》う蒸気が空腹をくすぐる。

山崎は黒いスーツで座っている。やくざが同席する場には、どうしても違和感を覚えるが、その違和感は山崎がやくざだという意識だけではなかった。映画スターのような男前なのである。しかもその男前のとなりには、びっくりするような美人がいるのだ。作戦会議ということで、山崎が事務所から呼び寄せた。

「彼女も川本組のひとりよ」

とシゲコに説明され和彦は目を丸くしたが、山崎はすぐに訂正した。

「山下《やました》みどりは極道者ではありません。川本会社の正社員で、不動産賃貸業を担当し、新規事業として広報と、企業の事業コンサルティングを行います」

それはやくざのフロント事業じゃないのか、と和彦はやはり勘ぐったが、みどりはオリーブソース再生の企画担当であり、B級グルメ選手権神戸予選の運営スタッフでもあるのだ。

みどりは和彦と道雄に、ていねいにあいさつをした。

和彦はその物腰に感動さえ覚えた。

彼女にやくざの怪しさはない。紺のスーツに純白のブラウス、黒い巻き髪は、清純派の女優である。

「ぼっかけそば焼き二種のかす入りです。ラードを絞《しぼ》った豚かすと牛の小腸を揚げた油かす、長田伝統のすじ肉こんにゃく、干しエビ、干し椎茸《しいたけ》も入れてます。オリーブ特製グルメソースにローズのウスター、五倍どろをブレンドしたソースです」

和彦はプロであるが、カオリが考えたという選手権用のそば焼きレシピは興味津々《きょうみしんしん》だった。材料を聞き、コストを見積もった。多少高いかもしれないが、町のお好み焼き屋で出せる金額だ。

和彦は脳内に数字を駆け巡らせたが、そば焼きができあがった。和彦はひと口食べた。そして驚いてしまった。

それはまるでグルメだったのである。

すじとかすが織りなす奥の深い肉の旨み。ソースはアタックの強さもありながら、後味が優雅だ。

とてもB級と思えない。見事だ。
和彦は箸《はし》を置かずに食べた。本当に旨い。
食べ終わって、店内にいる人たちを眺《なが》めた。笑顔があふれている。和彦は知った。
これには、関わる人すべての命が詰まっているのだ。
両親から改めて、山中家の歴史を聞いた。
堅気であれやくざであれ、人はひとりでは生きられない。
和彦は決めた。自分の役割を単純化しよう。そして役割を果たせばいい。
「カオリさん、たいしたもんです。すばらしい」
和彦は大野にも言ったのである。
「社長、うちのトマトを使ってください。ぜひともお願いします」
大野夫妻は泣いていた。

第六話

町内会とヤーサンと学校の友情そば焼き

第一章　年末

一

　小学校の先生という職業は、二学期の終業式を終えるとひと息つく。三学期は短いので、年末にする仕事は少ない。片付けをして帰省する。それが全国的標準であろうが、青葉《あおば》小学校は違うのである。特に中堅・若手教員は忙しい。田舎《いなか》へ墓参りに出かけるにしても年末の三十日は長田《ながた》に戻らなければならない。仕事があるからだ。

　青葉小学校前の屋台は、おおっぴらには言えないが、とはいえ皆知っているが、老若男女、一般客と任俠《にんきょう》が肩寄せ合い、一年間の無事を感謝し、新年の誓いをたてる祭りなのである。

　露天商はひな祭り、端午の節句、お盆などの祭事に店を出すが、年越しから松の内がいちばん賑《にぎ》わう。出店数も他の時期の三倍になる。学校前から港に近い長駒《ながこま》神社の境内《けいだい》まで屋台村が形成される。

十二月初旬には川本《かわもと》組と神社ですり合わせを行い、配置決めをする。香具師《やし》の親分たちもやって来る。

通年、松の内は神社境内が人気である。ところが今年は学校前の場所を借りたがる露天商が圧倒的に多かった。仕切りの直接担当がみどりだったからである。

「とんでもない美人だ」

「クレオパトラかミス・ユニバースか」

「みどりさんの仕切りで場所を決めると『運』がつく」

と評判が立ったからである。

しかもみどりは過去に闇のある女である。美人見たさに裏情報が混ざり合い、瞬間湯沸かし器のように、みどり人気は盛り上がった。

「ぜひともお手合わせ願いたい」

そんなことを言う親分もいるほどで、場所割りの会合にやって来た露天商たちは揃《そろ》って一張羅を着込んできていた。

「こりゃ、どうしたものかね」

長駒神社の宮司《ぐうじ》である剣持《けんもち》は禿《は》げた頭をかいた。

みどりは背筋を伸ばし平然としている。

「公正に抽選しましょう」

公正は公正だったが、くじを引くテキ屋たちは数珠《じゅず》を手に、あるものは念仏を唱《とな》え、あるものは天に祈り、あるものは賽銭箱《さいせんばこ》に万札を入れた。

「江戸時代の富くじ抽せん会みたいだね」

「富くじって？」

「神社に絵師が描いたのがあるよ。テレビの時代劇も見たことない？」

みどりは二十三歳なので、富くじも時代劇のこともピンと来なかったが、閑古鳥《かんこどり》の長駒が賑《にぎ》わうに越したことはない。そう思うのである。小学校の門前を引き当てた古参《こさん》の露天商がくじを持った手を天に突き上げた。

「い、い、いちばんくじ引いたぞ！　い、いちばんや！」

学校前は、新年の参拝客からすれば、いちばん遠い場所である。例年なら外《はず》れくじであるが、この勢いなら商売もがんばるだろう。

みどりはいちばんくじを握りしめた露天商の節くれだった手を握ってやった。

他の露天商たちの声が一瞬静まり、あこがれの日になった。

いちばんくじ親分の眦《まなじり》からは、涙がこぼれた。

山崎《やまざき》はマンガのような光景を無言で見ていた。野武士のような、すり切れた暴走族のようなおやじ集団にみどりが囲まれている。

理由はどうあれ、盛り上がるのはいいことだ。

みどりは露天商たちに、

「いままでと違う販促活動にもチャレンジしてみましょう。時代は変わっています」

とか色気混じりではっぱを掛けていた。言うのはタダだ。露天商がやる気になって、客に楽しんでもらえればありがたい話である。

松の内の屋台村はいままでにない盛り上がりを見せそうである。屋台が多ければ多いほど盛り上がる。いい商売ができそうだと、露天商からも喜ばれている。まだまだやりようはあるものだ。フーテンの寅《とら》さんのような伝統的香具師では食っていけないが、視点を変えれば、生き残っていけるかもしれない。ネットで何でも買える時代にこそ、熱い商売があっていい。甚三郎《じんざぶろう》親分がそんなことを言っていた。山崎は思った。自分の二倍以上の年齢なのに、甚三郎の視点は若い。

露天商たちはくじに一喜一憂しながらはしゃいでいたが、山崎は重たい気を引きずったままだった。特製ソースの材料調達が片付いていない。

原材料の納入期限まであと十日を切っていた。落下リンゴは運び終えた。トマトは伍福《ごふく》の在庫を使う。しかしその他の野菜・果物すべて、山崎の指配《さしはい》待ちである。提供してもらえる農家とは話が付いた。ただ、産地から神戸まで運ぶ手当が付いていないのである。金を出せば運送屋が運ぶ。単純な話だが、その金がない。

百万や二百万など、どこかに自分のからだごと差し出せば、当面の融通《ゆうずう》は付くかもしれない。とも思うが、

「それは絶対に禁止」

と親分から釘《くぎ》を刺されている。

「現在も将来も、継続的に商売が回る仕組みとしてやらねばならない。無理をすれば無理がついて回る」

そういうことで、元暴走族のトラック野郎たちに無理をさせることはなかった。伍福の会長がトラックを出させてもらうと申し出たが、甚三郎は断った。

「誰かにおんぶにだっこのスタンスはだめだ」

誰かに頼るしかない情況なのだが、頼った相手がそれをきっかけに将来の儲《もう》けを見込めなければならないのだ。

言い替えれば、伍福が申し出た「好意」に甘えるのはだめだが、商売として見込み

があると判断してくれるなら、手伝ってもらっていいということになる。世間が言う、人を食ってなんぼのやくざビジネスと真逆だ。山崎は思う。しかしこのスタンスこそが、川本組の心なのだ。

「世間はわかってはくれないがな」

親分の嘆《なげ》き節《ぶし》が聞こえる。

とにかく、ビジネスマンの和彦《かずひこ》に、彼の立場と利益を守る提案をすることにしよう。早速みどりを伍福株式会社へやり、二回目の会合を依頼した。

みどりが戻った。

「ミーティングは閉店後の『駒《こま》』になりました」

上《う》手《ま》く決めたな。山崎は思った。やくざと堅気《かたぎ》、どちらがどちらへ赴いても誤解される。

ふたりは壁に張った模造紙の前に立ち、情況をおさらいした。

みどりが読み上げていく。

「タマネギは淡路島《あわじしま》、人参《にんじん》とカボチャは兵庫県養父《やぶ》市、オリーブは小豆島《しょうどしま》、トウモロコシ、ジャガイモは関東、セロリ、ニンニクは大阪、ミカンとバナナは九州です」

「ぜんぶ最初のままや。空で言えるわ」

「落下した果実と自家消費用の取り置き分は、幸か不幸かすべて完熟です。早く処理しないと腐ってしまいます」

「わかってる」

「和彦社長にどれをお願いしましょう。優先順位としてはどこから」

山崎はぜんぜんわからなかった。それで訊《き》き返した。

「みどりはどう考えてる？」

「社長に直接訊《たず》ねてみるしかないと思います。わたしたちは農作物の知識もロジスティックの知識もない」

山崎はロジスティックという横文字を知らなかったが、話の流れで、配達のことだろうと推測した。

結局ふたりでは何もわからなかった。情況を日本地図上に落とし込み、俯瞰《ふかん》できるようにした。和彦社長に判断してもらいやすいようにしたのである。

まるで会社員の仕事だな。山崎は思いながら、模造紙に赤や青のマジックで書き込んでいった。

そんなこんなで夜もふけた。

二

夜の十時、「駒」はのれんを入れていた。会合の場所に借りたいとみどりが連絡したので、カオリは早々と客を追い出したのである。山崎とみどりに続き、和彦もやってきた。

和彦が店に入ると、みどりは頭を表へ出して人通りを確かめ、玄関戸の内側にのれんを掛けた。一般企業の社長とやくざが会う場面を見られてはいけない。悪巧《わるだく》みをしているわけではない。企業を救い地元を活性化するために会うのだが、人の口に戸は立てられない。

和彦は気遣いを知ってか、戸を閉めてうなずいたみどりに小さく会釈をした。

みどりは輪ゴムで止めた全紙サイズの模造紙を解き、テーブル席背面の壁に張った。ソース製造に必要な材料と提供協力先が一覧できる地図である。和彦は一瞥《いちべつ》しただけで何を示すか理解した。同じような業務を日々やっているからである。選手権に使うグルメソースをまかなう量の材料調達なら、社員を動かしてしまえば簡単だ。しかしそれはオリーブソースの自主再建という主旨《しゅし》と違うし、甚三郎がやくざであることを、社員に隠し通すのはむずかしい。川本組は暴力団ではない、とは説明できないし、する必要もないが、やくざからの仕事を会社が受けた、という誤解は避けねばならない。関わる人それぞれの立場を守り、未来へつなげるためには、あくまでシンプルに考えることだ。オリーブソースが原材料を調達し、「駒」が選手権で成果を上げ、経済活動を継続させる。そのためには、自分は商売人であればいいのだ。

交渉相手はやくざだ。一筋縄ではいかないだろう。しかし自分は、伍福が行う商売の基本を守るしかない。

「さっそく本題に入らせていただきます。では山下《やました》から」

みどりは提供協力先の情況を説明した。

調達エリアは分類すると関東、中部、大阪、地元兵庫と小豆島、そして九州である。各農家ごとに調達できる量、果実と野菜それぞれの完熟度合い、トラック輸送に換算《かんさん》したときの容積、各農家の個性、農協との結びつきの強さ、このプロジェクトに対する理解の深さに関する考察まで述べた。

山崎は言った。

「御社にとって将来の利益につながる業務であるか。ご判断の上、受けるかどうかを考えていただいて結構です」

和彦は山崎の言葉を目で聞くように、まばたきさえしなかった。

「妙な話で申し訳ない。やくざの脅迫じみた依頼だとわかっています」

「いえいえ、そういうふうに思っているわけではありません。ちょっと驚いたのです」

みどりもじっと和彦を見ている。和彦は息を吸い込み、尻を乗せた丸椅子の位置を両手で直しながら言った。

「わたしが驚いたのは、山崎さんがわたしと同じ考えをお持ちだということです。会社に利益が見込めるなら業務を受けて欲しいとおっしゃいました。川本組が日頃どういった仕事をされているのか、わたしは知りませんが、この件に関しては、本当にオリーブさんと町の再生を考えておられる。そこに驚いたのです。もっと言えば、純粋すぎるのです」

山崎には「純粋すぎる」の意味が不明だった。やる必要があることをやっているだけだ。

和彦はみどりに言った。

「あなたの説明はわかりやすい。うちの社内でもこれほど理路整然とした資料を作るものはいません。それに、川本組の立場でそれぞれの農家と交渉するのは並大抵の努力ではなかったでしょう。想像に難くない」

和彦は地図を見渡した。

「とは言え」

みどりは返答を待っている。和彦は立ち上がった、そして言った。

「この調達方法はやめた方がいい」

みどりが青ざめた。

「ご苦労されたのはわかります。しかし、だめだ」

みどりは何から反論すればいいかわからない目になっていた。みどりは言った。

「それなら、社長が思われる問題点をご指摘《してき》ください。すぐに改善します」

和彦はすぐに言った。

「改善できない、と思います。残念ながら」

みどりは黙ってしまった。黒く濡《ぬ》れた瞳がまばたきを止《や》めている。

和彦はみどりを見て、山崎に向き直った。

「率直に申します。『堅気』のわたしが素朴《そぼく》に申します。この人たちはやくざからの依頼に応《こた》えている。表面的には協力を約束してくれているのでしょう。しかし、どこかでは恐怖心と協力を引き替えにしている」

山崎はぐうの音《ね》も出なかった。交渉役はすべてみどりであった。自分や親分は関わらないようにしていたが、先方がどう思っているか、相手の心に踏み入れば、山中の指摘はまっとうである。

「では、どうすれば」

「必要な調達原料については理解しました。そして、ここまで動いていただいたおかげで、わたしがどこに責任をとればいいのか、明快に判断できます」

和彦は言ったのである。

「原材料はすべてうちで手配します。ここにある提供協力先には、断りの連絡を入れてください。それはそれでお手数でしょうが、見えないリスクも含めて、すべて排除させていただきたいと思います」

山崎は言った。

「社長がすべての原料を調達するとおっしゃるのですか？」

「その通りです」

「しかし、仕入れ代金がありません」

「山崎さん、わたしは親分さんが話された本質を理解したつもりです。ですから経営者として判断します。伍福株式会社は、オリーブさんの新しいグルメソースに投資させていただきます。わたしは感情に流されたのではなく、地域貢献活動を第一に考えてもいません。シンプルに申し上げます。投資資金は利益を伴って回収できる。そう判断した上で、このプロジェクトに参加させていただくのです」

みどりは両手をだらりと下げたまま立っていた。和彦は言った。

「山下さんが明示した量の原料を、期日までに納品します。対価と現金のやりとりに関しては大野《おおの》社長と直接話します」

山崎とみどりは黙ってしまった。カオリはカウンターの向こうで、息を呑んでいる。

山崎は思った。これがやくざのシノギなら、

「お前ははじき出された。出番はもうない」

という流れである。シノギを譲る始末をどうつけるか、現金で手を打つか、場合によっては幹部同士が話し合う。泥沼化し、抗争になることも枚挙《まいきょ》にいとまがない。

山崎はそういう場面に幾度となく遭遇してきた。交渉現場では冷血であった。相手の言葉に感情を持たなくなっていた。

ところが和彦の言葉にこころが揺れていた。

そして和彦は、さらに驚くようなことを言ったのである。

「山下さんにお願いがあります。うちの社に来て業務を進めてくださいませんか。時

間がありません。しかも年末です。物流担当者も手伝わせますので、手際《てぎわ》よく進めましょう」

さすがに山崎は声を上げた。

「社長、さすがにそれはご迷惑になります。やくざものが会社に出入りするなんて、御社にとってとんでもないリスクです」

「山下さんは今日も来社されました」

和彦はビジネスマンの目をゆるめ、みどりを見た。

「社内の男性は『あれは誰だ!』って大騒ぎです。新製品開発プロジェクトを立ち上げ、オリーブさんからの出向《しゅっこう》として受け入れます」

山崎は答えられずに黙ったが、その時、奥から声が飛んできたのである。

「ぜひお世話になりなさい」

山崎が声に振り向くと、座敷から甚三郎が顔を出していたのである。シゲコの顔も見えた。

「いらっしゃったんですか」

山崎に甚三郎は反応せず、スリッパを履いて店に出てきた。

和彦の前で腰を曲げた。

「山中《やまなか》社長、本当にありがとうございます。これでオリーブさんも勇気百倍、やる気が出るでしょう。きっと長田の復興にも役立ちます。山下はこき使ってください」

「こちらこそ、先般《せんぱん》は失礼しました。父もたいへん喜んでおりました。そしてわたし、親分さんが社へお越しくださった夜に父から聞きました」

祖父の代に、伍福が倒れそうになった時の話である。

「山中家はあの時の恩を決して忘れてはならないと」

甚三郎は和彦に椅子を勧《すす》め、自分も丸椅子を引き寄せた。甚三郎はゆっくり和彦を眺めた。

「あなたも立派な社長さんにおなりになった。小さい頃から知っているだけに先日は見違えましたよ。まあ、先ほどの話は川本も先代の頃のことですから、わたしは知らない。だからあなたも知らなくていい。恩義を背負うなど考える必要はありません。わたしこそ、切羽《せっぱ》詰まって道雄《みちお》会長に相談させていただいたこと、本当に面目《めんぼく》がありません。難題にもかかわらず、社長の和彦さんがこの件をビジネスとして進めていただけること、感謝のしようもないのです」

「何をおっしゃいますか。わたしは川本組のみなさんの私利私欲のなさに驚くばかりです。情けは人のためならず。オリーブさんには必ず名品を作っていただきましょう」

おたがいほめ合う情況に、山崎は面食らった。相手への疑念を念頭に交渉するのがやくざである。悪意のかけらもない会話に、山崎はなじめない。

「どちらにしても」

甚三郎は言った。

「山下みどりをお願いします。安心してください。彼女はやくざではありません。そして一度もやくざであったこともありません。よんどころない事情があって川本が世話をしたいきさつもありました。事情についてはおいおいお話しする機会があるかと思いますが、人生には様々なことが起こり、様々な出会いがあるのです。まずはしっかり働かせます。よろしくお願いいたします」

みどりは背筋をまっすぐに伸ばし、遠い目をしていた。

山崎は自分の立ち位置が空中に浮いているような気分だったが、伍福が材料調達を受けた。これでソースはできそうだ。

ただ山崎には、そこにつきまとう問題があるのもわかった。丸岡《まるおか》がすぐにやって来るだろう。丸岡の情報収集はすばやい。しかもマサオが聞き込んできた情報によれば、丸岡は上村《うえむら》組に泣きついているらしい。上村本人は川本のオヤジに頭が上がらない。

怒鳴り込んでくることはないだろうが、最近の情勢からいえばキナ臭いことこの上ない。上村組が安藤六代目への参加表明をしたからである。オヤジは神戸《こうべ》安藤組長となった山善《やまぜん》組の井野《いの》組長に誘われている。山善組の武闘派湊《みなと》組と上村組はにらみ合っている。

オリーブソースの取り込み話には思惑が乱れ飛ぶだろう。丸岡は小犬のように吠えるだろうが業界の枠外にいる人間だ。やはり怖いのはやくざだ。やくざがやるとなったら手段は問わない。利用できるものは何でも利用する。

山崎はいまどういう役割を演ずるべきか、しばらく考えを巡《めぐ》らせた。

オリーブの再建に伍福を関与させた以上、オリーブと共に伍福も守らなければならない。一般市民に難儀がかかることは絶対に避けねばならない。危険を未然に防ぐ仕事こそ、自分や川本組の役割である。

山崎は自分の立場が明確になって来たので、妙な安心感を持った。

しかしそれは、安心などではなかった。

危機は即行《そっこう》、現実のものとなったのである。

三

朝の八時、この日は甚三郎も事務所にいた。朝イチの情報共有は日々、若頭《わかがしら》の山崎が仕切る。重要事項は山崎が三階へ持って上がる。甚三郎が事務所へ顔を出すことは少ないが、伍福の参加により、オリーブソース再建に関して劇的な変化があったからである。

安藤組分裂抗争も激化する中、甚三郎は組員全員を集め、各自の役割を今一度認識させることにしたのだ。

「川本組の立ち位置を間違えず、慎重《しんちょう》に事を運ばにゃならない」

元は闇金の取り込みを上村組が仲介してきた話である。そして大野社長はまだ借金を返済していない。やくざとの紐《ひも》は切れていないのだ。オリーブに伍福の支援が入った。丸岡は即行「金があるなら返せ」と言うだろう。丸岡をあとひと月間抑え、堅気の仕事を守らなければならない。そのためにはやくざ的な対応も必要だ。扱いがむずかしい話であるが、これこそ川本組の微妙な立ち位置そのものである。

そこへ電話が鳴った。良男《よしお》がワンコールで取った。

「上村のアニキからです」

山崎は受話器を受け取った。

「山崎です……そうですか。お待ちください」

山崎は通話口を手のひらで押さえ、甚三郎に言った。

「いまから来ていいかと言ってます」

「オリーブの件か」

「そのようで」

「丸岡にせっつかれたくらいならやって来んだろう。上から何か言われたか。来ていいと言ってくれ」

山崎は返事を伝えた。

十分後、玄関のチャイムが鳴った。

「いやに早いな。近所から電話をしていたのか」

良男が素早く開けた。上村かと思いきや、そこに立っていたのは兵庫《ひょうご》県警の刑事部マル暴刑事、大城《おおしろ》だった。

大城はいつものように玄関に入るなり、毒づいた。

「お前ら、ええかげんにせえよ」

しかしこの日は目の前に甚三郎がいたので、声を低くした。

「これは親分さん、お珍しい」

「おはようございます」

甚三郎はていねいにおじぎをした。

良男が台所に向かおうとした。みどりは伍福に出勤したので、お茶汲《ちゃく》みは良男である。

大城は「お茶はいらんから」といつもと同じように言ったが、その声はかすれていた。

甚三郎が訊ねた。

「大城さん、ご用件はなんですかな。ええかげんにせえとは、いかがなことで」

「おお、それ、それ」

大城は大きくうなずき、声を張った。

「伍福さんの件ですよ」

良男が台所からその声に反応して顔を出した。大城は良男に目を向け、「茶はいらんって」と声を出さず口だけ動かして伝えた。

甚三郎がソファを勧めた。

「伍福さんとは、何ですかな。まあ、お座りください」

大城は腰掛けながら言った。

「恐喝まがいのことがあれば、すぐ引っ張りますよ。親分さんもじゅうじゅうわかってはると思いますが、六代目と神戸安藤組のシマ争いは噴火寸前です。素人さんに飛び火するのだけは、ぜったいにあきませんからね」

「大城さん、誤解だらけです。うちは暴力団じゃない。恐喝なんてしたこともない。こんな弱小です。シマ争いとも無縁です」

甚三郎の繰り返す持論だ。大城は下あごを右へ左へ動かした。

「親分さん、伍福の会長と社長に会いに行ったでしょ。昨晩は『駒』で集まってたし」

大城は事務所を見渡した。

「山下がいないですね。ほんまに伍福に出勤したんですか？」

警察はほんとうに耳が早い。それもそうだろう。安藤組分裂後の小競り合いが日々、全国のどこかで起こっている。いつ一般人が巻き添えになるかもしれないとNHKニュースでもやっている情況だ。人員も割いている。

甚三郎は黙り、しばらく沈黙をそのままにしていた。大城は明らかにいらだってきた。

　そこで甚三郎は言った。

「オリーブソースさんが新しいソースを開発するのですよ。山下は伍福さんで原料の調達を手伝います。まあ、出向です。県警さんが心配することは何もない」

　大城は食い下がった。

「やくざが企業に出向なんて誰が信じますか。要はかすりを取るってことなんでしょ。恐喝行為じゃないか、伍福さんにも事実確認させていただきますよ」

「待ちなさい」

　甚三郎の声は低かったが、相手を黙らせるにじゅうぶんな目の色だった。

「県警の暴対刑事が事情聴取に行くなどもってのほか。誤解の元です。素人さんには迷惑をかけないでいただきたい」

　甚三郎は言った。

「伍福さんはビジネスとして、普段の商行為を行っているだけです。うちはちょっとした縁があって、ソースの原料となるリンゴを福島《ふくしま》県から運びました。山下がきっちり仕事をしましてね、残りの材料調達も手伝う、それだけです」

　大城は太いからだに負けん気を奮い起こすように、息を吸い込んで言った。

「それこそ確かめさせてもらいますよ。無理難題を要求されていないか」

甚三郎は言った。

「先般、うちが運ばせてもらったのは落下リンゴでね、台風で樹から落ちたものです。困った農家さんを助けようって、声が上がってね。それならと、山下が絶妙のアイデアをまとめたんですよ。地面で腐り果てるだけのリンゴを、オリーブさんのソースの原料にするって段取りです」

甚三郎は年明けのB級グルメ選手権のこと、新グルメソース開発のこと、青葉小学校の校庭がイベント会場であること、それらを連携させ、一過性に終わらせず、長田の復興につなげる、ということを話した。川本組は町と住民のために生きる任俠だ。反社会的組織ではない、と持論も付け加えた。

「うちは一円もいただいておりません」

大城は納得していない顔であったが、甚三郎の顔と年季に対抗できないと感じたのだろう。立ち上がり、コートの裾を払った。

良男が茶を盆に乗せて来た。大城は「いらん言うとるやろ」と独り言のような声を出すと、玄関へからだを向けた。

「お話はわかりました。わたしもこの町は長いですから、親分さんのこともわかっているつもりです。でも仕事ですから、いろいろ確認しますよ。最近はほんとにまわりが煩《うるさ》いんですから」

良男が先に立ち、玄関の鍵をあけて扉を開いた。大城は出て行こうとしたが、ちょうどそこに真っ白なベンツが止まった。運転手が後部座席のドアを開けると、降りてきたのは上村であった。ライトブルーのスーツ、磨き上げた先の尖《とが》った革靴が目立っている。上村は大城の前に立った。きつい香水の匂いが大城の鼻に付いた。

「これは大城さん」

大城は事務所内へ振り向いた。上村の登場に立ち上がった組員全員の視線を浴びた。

「頼むから、面倒起こさんとってよ」

投げ捨てるように言い、上村の脇をすり抜けるように出て行った。

上村は大城の後ろ姿をちょっと目で追ったが、靴をていねいに脱いで事務所へ上がった。

四

上村がソファに座ると、良男がおしぼりを出した。甚三郎は正面に腰を下ろした。

「オジキ、お元気ですか。心臓の具合はどうですか」

上村は股を開いた姿勢のまま手を伸ばし、おしぼりを取った。首筋をちょっと撫《な》で、ほとんど丸めたままでテーブルに戻した。良男がすぐに拾い上げた。

「良くも悪くもないな。寿命尽きたら終《しま》いなだけや」

「大事にしてくださいよ。オジキは重要人物ですからね」

甚三郎は悲しげに首を振った。

「用済みの老いぼれやないか。ほっといて欲しいわ」

今度は上村が首を振り、悲しげな笑みを浮かべる番だった。膝を閉じて上体を乗り出し、甚三郎の目をのぞき込んだ。

「マジな話です。六代目に付いてください。お願いしますよ」

上村組は神戸市内に事務所があるが、神戸安藤組ではなく六代目安藤組の傘下に入っていた。上村組は三次団体であるが、上村自身は六代目組織の若中《わかなか》となっていた。兄貴分がごっそり神戸側に付いたので、エスカレータ式に上がったのである。しかし兵庫県下は神戸安藤に従う組が八割に達していた。上村は敵地にいるような気分なのである。敵対組織の人間と顔を合わせる機会もしばしばあり、険悪度合いも増していた。

甚三郎はじっと上村を見ている。何も言わない。上村は言った。

「今日はオリーブソースの件で来させてもらいました。取り込みをオジキにお任せした以上、口を挟《はさ》むことはまかり成らんことなんですが、上からせっつかれてます。安めの金額でもいいですから、整理してほしいんですよ。この際、オジキが八割取ってもらって結構です」

上村の顔に小さな笑みが浮かびはじめていたが、それはすぐに消えてしまった。甚三郎は言った。

「土地を一千万で捌《さば》いたとして、八割なら八百万取っていいということなのか？　残りは二百万だ。丸岡は元金だけでも三百万貸しただろう」

上村はすぐに言った。

「結構です。丸岡は泣かせます」

狭い事務所である。組員たちの耳にも上村の言葉は届いている。

甚三郎は言葉に出さずため息をついた。情況はわかる。倒産整理で上がる金額より、どちらの組織で仕切ったかという事実を固めたいのだ。上村はオリーブソースを「自分で仕切りました」と報告しなければならない。シノギを守るための、つぶし合いがはじまっているのだ。

「八割とは気前がええ話よの。考えさせてもらうわ」

オヤジはいったいどうするつもりなのか。いま、上村の言うような行動をすれば、六代目側に付くという態度表明になる。

六代目対神戸安藤の対立を対岸の火事にはさせてくれそうもない。

山崎にはわからない。甚三郎は言った。

「どちらにせよ、オリーブの件はうちが仕切る。お前が出てくるのはお門違《かどちが》いだ」

上村が上体を揺すった。舶来の粘っこい香水がにおい立つ。

「じゅうじゅう承知ですが、オジキもわかるでしょう。問答無用の小競り合いがそこらじゅうで起こっています。分離した以上、仁義だけでは負けてしまう。持ってるシマを離すと待ってましたとばかり取って代わられる。オジキなら間違いないでしょうが、わたしの立場も考えてください。そこんとこ、ぜひともお願いします」

上村は言いたいことをすべて言ったという顔になって、立ち上がった。すぐに玄関へ向かった。忙しい男である。朝からまだ行くところがあるのだろう。

「オジキは井野組長と古い仲です。誰しも知っていることですが、六代目側は気が気じゃない。先日もお会いになったんでしょう」

上村は躊躇《ちゅうちょ》しながら言った。

「気を付けてくださいよ。いきり立って頭の中が白くなっちまった連中が増えています。トラックで事務所に突っ込むような奴らは止めても止まらない」

甚三郎は遠い目をしていた。上村はあきらめたように玄関へ向かった。甚三郎は言った。

「オリーブは確かに預かった。悪いようにはしない」

上村は顔だけ振り向いたが、何も言わず、すたすたと玄関から出て行った。マサオたち組員三人は外まで上村を見送りに出て行った。

事務所には濃い香水のにおいが残った。

「難儀な話やのう」

甚三郎はそう言って大きく息を吐いたが、そのとたん膝が崩《くず》れ、床に倒れ込んだのである。

「親分！」

山崎がかけ寄った。甚三郎は右手を山崎に向けて制した。そして左手を床に突っ張り、からだを起こした。

「大丈夫や。上村のクサイ香水にふらついてしもうたわ」

「そんな」

「まあ、ええ」

甚三郎は山崎に腰を支えられながらソファへ座った。

「お前には隠さず言うてきたが、このところまた胸がきつい。息が詰まりそうになるときがあってな」

甚三郎は二年前、心筋梗塞《しんきんこうそく》で倒れたことがある。救急に運ばれると閉塞した冠動脈が見つかった。血管を再び開通させる「再灌流療法《さいかんりゅうりょうほう》」で迅速に処置できたことで、心筋が壊死《えし》する前に助かったのである。その後一年間は症状が治まったが、最近また胸の圧迫感が復活し、立ちくらみの回数が増えていた。

「上に戻るわ。うちの連中には言うなよ」

山崎が奥へ走り、エレベータのボタンを押した。

甚三郎はおもむろに立ち上がり、半歩ずつ足を動かしながらエレベータに乗りこみ、山崎とともに三階へ上がった。山崎は玄関扉を開き「お母さん」と呼びかけた。芳子《よしこ》は洗い物をしていたのか、白い割烹着《かっぽうぎ》で手を拭《ふ》きながら出てきた。芳子はゆっくりと自宅に上がってきた甚三郎を見つめながら言った。

「山崎さん、お世話かけますね。ほんま、おおきに」

芳子は座布団に座った甚三郎の顔に自分の顔を近づけた。

「いやいや、大丈夫や。茶でも飲むわ」

芳子は腰を伸ばし、ため息をつき、台所へ戻っていった。甚三郎は山崎に言った。

「お前、もうええぞ。仕事に戻れ」

「親分」

「これだけは言うとく」

甚三郎は荒い息を鎮《しず》めるのに少し待ち、そして言った。

「仕事できるのも生きてるうちや。わたしは、わたしがやれることを、やれるうちにやる。お前もやれることをやれ」

親分の顔が上気していた。

しかしそれは生気ではなく、山崎には死相にも見えたのである。

山崎は無言で一礼した。毎度の禅問答のような甚三郎の物言いも、いまは心に沁《し》みた気がした。


「薬飲みますか？」

五

階段で事務所へ下りた。子分たちは、それぞれがばらばらに動いていた。マサオはデスクに書類を広げむずかしい顔をしていた。山崎がオリーブにかかりきりになったため、普段のシノギはマサオが回している。

みどりは一般の会社に溶けこんでいるのだろうか。山中社長の評価はこの上ないようだ。これをきっかけに、みどりが、いままで逃してきた幸せを見つけることができるかもしれない。

山崎はソファに足を投げ出して座り、朝刊を広げた。一面からスポーツ面まで見たところで、思った。

ヒマである。どうしたことか。

基本的に、やくざは年中忙しい。小さなシノギが連続し、どのシノギも大なり小なり問題を抱えている。世の面倒ごとを買って出てこそのかすりなのである。川本組には土地賃貸収入があるが、それだけでは足りない。かすりがなければ組の若衆の食い扶持《ぶち》もままならない。

マサオが先週担当したのは、町内会から頼まれたマイナンバー詐欺の取り締まりである。

「個人情報が流出しています。削除するには手数料が必要です」

マイナンバー制度の導入時期で、手続きがよくわからない年寄りなどを狙って、詐欺グループが家を訪ねる事件が起きていたのだ。シゲコが「何とかならんか」と話を持って来た。マサオは半グレ連中のアジトを見つけ、実行犯を警察に引き渡した。

詐欺を働くやくざもいるが、川本組は逆だ。取り締まる側なのである。詐欺犯連中の正体を突き止めるのは、警察より極道ネットワークのほうが速い。しかも連中は警察を怖がらない。弁護士を呼んで長期戦になったりする。しかし連中はやくざが怖い。やくざに締め上げられた連中は二度と戻ってこない。

謝礼は町内会からの涙金である。しかしそれも、表だってはもらえない。

これが現実である。

親分は最近とみに「脱やくざ」みたいな哲学を語る。最初は受け流していたが、山中社長がオリーブソース再建に手を差し伸べ、みどりが伍福に出向するという現実が伴った。

いろいろ、動きはじめたのだ。

自分も足を洗って堅気になるのだろうか……山崎は潮目《しおめ》の変化を感じもする。先般は、福島のリンゴを裕治《ゆうじ》が即行、徹夜で運んだ。やくざだからできた仕切りだ。いや違う。考えてもみろ、屁《へ》のような話だ。山中社長なら普通にこなせる仕事ではないか。材料を運ぶなど通常業務、物流の手続きに過ぎない。堅気の仕事は堅気にかなわないのだ。

山中社長の参加で、急ぎコネを付けた農家もほとんど要《い》らなくなった。みどりの仕事ぶりが評価されたのは喜ぶべきことだが、それは予想外、瓢簞《ひょうたん》から駒の話である。そんなときに上村のような人間がやって来るのである。オリーブソースの整理話は安藤六代目組織へたち戻り、上層部から急《せ》かされる情況になったという。

そこまで行けば、弱小組織の若頭程度の存在では何もできない。

良男がソファに座っている。山崎は新聞を投げ出した。良男が視線を山崎にちょっと向けたが、顔は真正面のテレビ台を向いたままだ。そこに水牛の角《つの》がある。それを見ているわけでもあるまい。マジにすることがないのだ。

山崎は言った。

「良男、買い物に行ってこい」

山崎は内ポケットから札入れを出し、一万円札一枚を抜いた。

「へえ、何を買えばいいんで」

「甘いものでも買ってこい」

「甘いもので？」

「お前は甘党だろう」

「は、自分は確かに甘党ですが……一万円も」

「アホタレ。釣りはもらってこい」

「はい、わかりました」

良男は飛ぶように出て行った。

マサオは書類を繰り、時々は棚から雑誌を取り出して見ている。元暴走族の頭で、年中半袖アロハシャツ姿のマサオ。真剣にページを繰っているのは「ダイヤモンド」や「日経ビジネス」といった経済誌だ。マサオは詐欺撲滅の専門職になりそうだった。マイナンバーのような新たな社会の動きがあると、コバンザメのように詐欺が発生する。最新情報が必要だ。電力自由化詐欺というのも舞い込んでいた。電力会社の制服を着て「電気料金が安くなります」と家を訪ね、説明している隙に仲間がどろぼうするというものだ。深夜振り込め詐欺というアレンジ型も発生していた。夜中に電話があると緊急事態だと思うし、相談できる相手がすぐに見つからないという隙を突かれる。結局どれも同じような連中で、捕まえてみると威勢がいいだけのいい若造だ。やくざが睨《にら》みを利かせるとあっけなく降参する。警察に引き渡すか自分で処理するか、ケースバイケースで考える。素人さんに迷惑をかけないと判断できたら、あぶく銭をいただくこともあるが、ほとんどは警察が連中の儲けを没収する。するとそれは行政の雑収入となる。雑収入がどう使われるのかまったく不明である。自分たちが回収して活動資金にできれば、別の詐欺犯撲滅にもつながる。世の中の正義じゃないかとも思うが、誰もわかってくれない。謝礼は涙金。因果《いんが》な稼業である。イライラが止まらない。

良男が帰ってきた。両腕で紙ボックスを抱えている。三白眼《さんぱくがん》を細め、息は弾《はず》んでいる。

「ドーナツを調達してきました。にいさん、いま食べますか？　お茶淹《い》れます」

良男はテーブルに箱を置いた。ポケットを探って一万円札を出し、ていねいに広げて山崎に差し出した。

山崎は怪訝《けげん》な目で見た。

「なんやそれ？」

「使わんで済みました。『クリスピ・ドーナツ』ていうアメリカのドーナツ屋が無料で配ってたんです。駅前に今日開店したみたいです」

「無料でくれた？　誰にでもそんなにくれるんか」

「そうですね。ひとり一個なんですけど、うちに六人いる言うたら六個くれました。お金も使わんかったし、うまいこといきました」

山崎は良男の頬《ほお》を張り倒した。

良男は「うっ」とうめいてソファの肘《ひじ》に尻から落ち、さらに床に崩《くず》れた。山崎は良男の襟首《えりくび》をつかんで持ち上げた。

マサオと裕治も立ち上がった。黙って成り行きを見ている。山崎は息巻いた。

「ひとり一個やろ。お前のやくざ顔にびびって、お店の人は言いなりになったんや。わかってるか、それは恐喝と一緒なんや。いまごろその店員、まわりにどんな風に話してるか」

こんなことで怒ってどうする。山崎はわかっていた。

なんとか呼吸を鎮め、つかんだ襟首をゆるめた。離した良男のからだをちょっと突き、ソファへ座らせた。

山崎も座り、良男の目を見ずに言った。

「こういうことは慎重の上に慎重でなかったらあかん。世間が自分らのことをどう見てるか、それを踏まえて行動せなあかん。親分からもじゅうじゅう言われてるやろ」

良男の細い目からみるみる涙があふれ出した。良男はソファから床へ跳び、土下座した。

「すみません！　未熟者です。今後気ぃ付けます」

良男は部屋住みの若者である。組でいちばん新しいのはみどりだが、良男は二歳下の二十一歳だ。三白眼とはうらはらに、気はやさしくて気配りできる男なのだ。組の財政事情もわかっている。無料でもらえるならそれに越したことはないと考えたのだ。じっさい川本組はぎりぎりの金で回っており、部屋住みの裕治と良男にやれる小遣いも月二万円が精一杯なのである。甘党の良男といえ、菓子に金を使うことはないのだろう。

山崎は言った。

「良男、もう一回ドーナツ屋へ行って、今度は金を払って買ってこい。無料でもらった数の三倍買ってこい」

良男は袖で涙を拭《ぬぐ》い、「行ってきます」と言って出て行った。

そしてドーナツを言われたとおり、三倍の十八個買ってきた。

良男は箱をテーブルに壊れ物でも扱うように置き、台所へ向かった。

山崎は芳子に電話を入れたが、ドーナツは要らないという。

「マサオ、裕治、食うぞ」

良男が黙って渋い茶を淹れてきた。

それで山崎、マサオ、裕治、良男、四人の男で、テーブルを囲んだのである。

マサオが砂糖を付けた口で、

「旨《うま》いやないですか」

と言った。

山崎も、

「そうだな」

と言った。

男たちはそれぞれ、六個ずつドーナツを食べた。良男は何を感激したのか、そこでまた涙をこぼした。

六

そして、川本組に難儀は続いた。

伍福が原料を順調に調達し、オリーブソースが休み返上でグルメソースの製造を開始した大晦日《おおみそか》である。組事務所の大掃除も終わり、組員全員が親分の自宅へ年末のあいさつに勢揃いした。

その時、「どーん」という鈍《にぶ》い音と共に、家全体が揺れたのである。マサオを先頭に階段を走り下り、外へ出ると、二トントラックの後部が玄関横の壁にめり込んでいたのである。マサオが運転席のドアを開けたが、もぬけの殻《から》だった。

近所の家から人が出てきた。甚三郎も外へ出てきた。そこへパトカーのサイレンが近づいて来た。

パトカーから降りてきた大城は情況に青ざめた。甚三郎の前に来て言った。

「親分さん、署まで同行願えますか。事情聴取させてください」

近隣住民は川本家とは戦前から付き合いのある家ばかりだ。誰も何も言わず、佇《たたず》んでいたが、マスコミの車もやって来ると、みんな家に引っ込んで行った。

「車の出所を洗えばわかるでしょうが、心当たりは」

甚三郎は前日、神戸安藤の井野組長と会っていた。それを知った六代目側の嫌がらせなのかもしれない。甚三郎はどちらに付くと言わないので、「ええかげんにせえ」と下っ端が暴発したのかもしれない。

「何の話で井野と会ったのか」

と刑事に訊ねられ、

「神戸安藤の傘下に名を連ねて欲しいと要望されたが断った」

甚三郎は事情聴取に、ごまかすことなく答えた。

県警の暴力団対策課刑事たちも、正直過ぎる甚三郎の受け答えに驚いたが、甚三郎は分裂騒動に関わっていないし、弱小組織の親分に抗争の情報は入らないし、臨場感もないのである。

刑事は信用するでもなくしないでもなく、質問も尽きたので甚三郎を解放した。

警察ですらすらと喋《しゃべ》ったことが自分にどう返って来るのか。

上村が気を付けろ、と言ったが、何を気にするのだ。

来るものは来い、という気であったが、そのあと、別の知らせにショックを受けた。

伍福の山中社長も事情聴取を受けたというのである。

彼にはぜったい迷惑をかけてはいけない。

胸の調子は悪く、いつ倒れてもおかしくないような病状だった。

しかし甚三郎はその時、精気がからだに満ちたのを感じた。

自分の死に場所を見つけた気がしたからである。

第七話

私の青空

第一章　勝負のそば焼き

一

オリーブソース工場はグルメソースの原料仕込みを終えて年明けを迎えた。

そして年明け五日のこの日、酵素《こうそ》につけ込んだ野菜とスパイスの調合をはじめる。

夕方には工場を訪ねてみよう。和彦《かずひこ》はスケジュール表を見ていた。

そこへ秘書の美奈《みな》が来た。心配げな声だ。

「警察の方が来られています」

「警察だって？」

「アポなしですが、どうされますか？」

山中《やまなか》和彦はじっと美奈を見たが、

「警察はアポなんか取らないんだよ」

「でも社長、今からお出かけですよ。区主催の年賀会。今年は暴力団排除集会も兼ねています。警察はその件でしょうか」

和彦は暴力団排除集会のオブザーバーとして出席を続けている。長田《ながた》へ新規に入ってきた住民や若手経営者たちが中心となってグループを形成しているが、古い住民、あるいは地元の企業としての参加を請《こ》われているのだ。

「応接へお通しして」

「すぐに出かける予定だと、伝えておきます」

美奈は出て行った。

応接は二階のショールームの隅《すみ》にある。下町の小さな会社に役員応接のようなものはない。パーティションで囲っただけの場所だ。和彦は二階へ下りた。

大城《おおしろ》が、イカの一夜干しパッケージを興味深そうに見ていた。

「山中です」

「兵庫《ひょうご》県警暴力団対策課の大城と申します」

山中は黙って大城の顔を見たが、大城は微笑《ほほえ》み、イカに視線を送りながら言った。

「これ、テレビで見ましたよ。生イカで作ってんだってね」

「うちの名物です。よろしければ味見されますか？　すぐ用意させます」

「いえいえ」

大城は手を振った。

「いっしょに出かけましょう」

「え？」

「暴力団排除集会でしょ」

「刑事さんとですか？」

「今日はわたしが同席した方がよさそうなんでね。お誘いに来ました」

「そ、そうなんですか。それはどうも」

「わたしの車で行きましょう。帰りもお送りします」

古いトヨタコロナだった。大城はひとりだった。大城は助手席の扉を開《あ》けて山中を乗せた。山中はダッシュボードに赤色灯が載っているのを見た。大城が言った。

「これを屋根で光らせたら、信号無視できます」

光らせることはなく、信号無視もしないまま、十分ほどで会場に着いた。大城はたわいもない世間話をし、なぜ誘いに来たのかは言わなかった。

この日は一月四日、神戸《こうべ》の中心部では企業や官庁の仕事始めであったが、小企業と個人商店ばかりのこの町は、コンビニや飲食店以外でシャッターを開いた店は少ない。

大城は商店街の脇道に車を停《と》めた。会場は一階と二階が商店になっているビルの上層階である。エレベータで五階フロアに上がると、年賀会の看板が出ていた。案内に従って進むと、二十坪ほどある広い会議室だった。折りたたみ椅子は全部着席、壁際や入口付近にも人が立っていた。

年賀会に暴力団排除集会でもあるまい、と和彦は案内が来たときに思ったが、大《おお》晦日《みそか》に地元の川本《かわもと》組にトラックが突っ込む事件があったのである。

会場は熱気に包まれていた。会場スタッフが和彦を見つけ、人いきれの中を奥へ誘導した。壁際の一列に商店会や役所関係の見知った顔が座っていた。和彦は会釈《えしゃく》しながら進み、大城と並んで座った。

区長、商店会長があいさつを早々に終え、集会がはじまった。壇上にグループのリーダーである深田《ふかだ》という五十がらみの男性が紹介されて上がった。

「暴力団は絶対反対です。すべての町からなくなってほしい」

と勢い込んで話をはじめた。

「施行された『暴力団排除条例』では『暴力団への利益供与』『密接な関係がある』と認定されると、ネット上で企業名が公開されることになりました。悪質だと判断されれば『一年以下の懲役または五十万円以下の罰金が科せられる』可能性があります。暴力団の宴席と知りながら、酒・生花・すし・そば・ピザなどの宅配業者が商品を届けることなども利益供与とみなされます。会場を提供した不動産賃貸業者も罰則の対象になります。では暴力団と知らないで届けたらどうか。また、どう見ても暴力団に見えない人が来て、大量に買って行ったらどうか。注文する人すべてに、『あなたは暴力団ですか、違いますか？』と訊《き》くわけにはいきませんね。いえ、今後は確かめてください。『みかじめ料』などの資金提供を遮断し、暴力団に一切、金が行かないようにしていかねばなりません。繁華街、飲食店街を縄張りとする暴力団は、何かもめ事があったら、すぐに駆けつけ、解決すると言います。そういう『保険料』だと言ってきます。その話を断ったらもめ事を起こされる。お店側は、恐怖で金を払っていた。しかしここにいる皆さんは一致団結し、二度と、ぜったいに払ってはいけません。この町の暴力団は川本組です。圧力をかけて町から追い出しましょう。大晦日のような事件は二度とごめんです。地域のもめ事は警察に相談すればよいことです」

熱気とはうらはらに、山中には話の内容が空虚《くうきょ》に思えた。既《すで》に知っている話を嘗《な》めているだけだ。会の目的は、ここに集まることなのだ。暴力団に個人で立ち向かうことはできない。仲間がいることを自分の目で確かめることが必要なのである。

大城が山中の耳に口を寄せて囁《ささや》いた。

「あんなこと言われてもね、警察が全部守れるかと言ったら、ぜんぜん無理なんですよ」

山中は大城を見た。

「この町は特殊です。川本組が凶暴な暴力組織の介入を防いでいるんですよ。古い住民は知っています」

壇上に弁護士が立った。

「川本組の事務所の前に集まり、シュプレヒコールを上げたいと思います。日時は一月十七日。皆さん、団結しましょう」

そして言った。

「商店主の方々も、いっさい川本組と関係を持たないようにしてください。また最近、地元企業が新たに関わりはじめたという噂もあります。町の安全を自分勝手な判断で乱さないようにお願いします」

会は終わった。参加者は神妙な顔つきで部屋を出ていった。部屋にゲストとスタッフだけが残ったとき、壇上で話していた深田が和彦の元にやって来た。

「伍福《ごふく》さんは川本組と関わっていますね。本当は壇上から問い詰めても良かったんですが、わたしは警察ではありませんし、地域に貢献《こうけん》されているあなたをいじめるつもりもありません。自制を求めます」

いじめないと言いながら、大きな声だった。そこに残った三十人ほどの耳にはじゅうぶん届いた。和彦はどう答えていいのかわからず黙ってしまった。

大城が間に入った。

「失礼ですが、あなたは長田の住民ですか？　見ない顔だが」

大城は暴対刑事らしく、やくざのような格好をしている。百キロの体重にチェックのジャケット、はだけたシャツ、黒いズボンだ。

「わたしは住民ですよ。ただ東京に単身赴任しているので、あまりいないだけです。都市銀行の支店長です。それより、あなたこそ誰ですか？」

深田は大城を睨《にら》んだ。部屋の反対側にいた区長が止めようとしたが、その場所は遠かった。深田は勢い込んで喋《しゃべ》った。

「伍福さん、なんてことをしてくれたのですか。集会に川本組を連れてきたんですか。あきれてものが言えない」

深田の言葉に、残った参加者の何人かは大城を見た。じっと見る者もいたが怖がって会場から出ていく者もいた。

さすがに見かねた区長が走ってきた。しかし区長が口を開く前に、大城は警察手帳を取り出した。深田の目に驚愕《きょうがく》の色が走った。

「刑事さんですか？」

大城はやくざに間違われることには慣れていた。暴対の刑事ではしばしばあることで、いまさら憤《いきどお》ることもない。深田のほうは刑事をやくざ呼ばわりして、顔が青ざめてしまった。大城は手帳を仕舞いながら言った。

「深田さんでしたかな。疑念があるなら警察に持ち込んでいただければ結構です。ただ、警察は伍福さんがなんら疚《やま》しいことに関わっていないことを知っています。公衆の面前で個人攻撃することは止《や》めた方がいい」

深田は気の強い性格のようだ。気を持ち直した。

「我々は一致団結して暴力団を排除しなくてはならないのです。ひとりでもやくざの言いなりになってはいけない。伍福さんの件は目撃情報もあるんですよ」

「ほう、目撃情報ですか。では後ほど県警へ来て、目撃情報とやらを教えてください」

深田はあわてた。

「警察へ来いですって？　行きませんよ。わたしは善良な市民です」

深田は憤慨《ふんがい》した顔で出ていった。

大城は深田の背中に言った。大きな声ではなかったが。

「皆さん全員、善良な市民ですよ」

大城は区長に向いた。

「ねえ区長。そうですよね」

「そ、そうですよ。みんないい人です」

大城はこの区長が甚三郎と旧知であることを知っていた。大城だけではない。古い住民は皆、甚三郎《じんざぶろう》の人となりを知っている。

「だからこの問題はむずかしいんだよな」

山中は大城のひとりごとを耳に留《と》めたが、大城が何を難しいと言ったのか、その時はピンと来ていなかった。

二

山中は廊下に出た。会社に戻らねばならない。年明けからスケジュールは分刻みである。テレビに出てしまってからというもの、社内外双方、やることが倍増した。四月からは創業以来はじめて新卒を十人採った。会社訪問にやってきた数が二百人というのにも驚いたが、そこに阪大や京大の学生まで混じっていたことには心底驚いた。父親が伍福を引き継いだときは、倒産寸前のするめ工場だったのである。伍福は人に生かされここまで来た。感謝の気持ちを忘れてはいけない。

そういう気持ちがあるからこそ、オリーブソースの再建も、自分ができることをやろうと手を挙《あ》げたのである。ビジネスマンとして投資リターンも見据えた。赤字になることはないだろう。しかし深田のような人物も市民の一人である。

自分の下《くだ》した判断が、相当の誤解とリスクを孕《はら》んでしまったことを、いま改めて知ったのだ。自分ひとりの個人企業なら良い。しかしいまや六十五人の社員がいて、社員にはそれぞれ家族がいる。

社に戻らねばならなかったが、ロビーのソファに腰を下ろしてしまった。

深田のような考えを持つ人たちの誤解はとけるのだろうか？　自分ではどうすることもできない現実か？　その現実に対して抗《あらが》う術《すべ》もないのか？

区長や商店会長が和彦の前で会釈をした。和彦は立ち上がって見送った。会場では折りたたみ椅子の運び出しが終わろうとしている。大城がタバコを吸っていた。エレベータホールには灰皿があるのだ。大城は言った。

「さあ、帰りましょうか。送ります」

大城は短くなったタバコを灰皿に押しつけた。

路上に下りると駐車監視員の老人ふたりが大城のコロナの前にいた。大城は言った。

「いいんだ。職務中だ」

「え？」

大城は運転席のドアを開け、窓から手を差し込んで赤色灯を出して屋根に載せた。もう一度手を突っ込んでスイッチをひねった。赤色灯が点灯し、きゅっ、きゅっというサイレンが響いた。

「パトカーでしたか。ご苦労さんです」

ふたりの背の低い老人たちは「なるほど、そうやって赤いの出すんや」と感心しながら別の車両を取り締まりに行った。

大城は黙って運転した。和彦は真正面の景色を見ながら大城に訊《たず》ねた。

「刑事さんが同行してくれたのは、わたしを守るためだったんですか？」

運転席と助手席の間に落ち着かない沈黙が漂った。

国道二号線から伍福のある、海側へ左折する交差点に差し掛かった。

大城はハンドルを切り、ふたつ目の信号をUターンし、会社の正面にゆっくりとつけた。

大城はサイドブレーキを引き、ギアをパーキングに入れ、そこで言った。

「ひと悶着《もんちゃく》起こると思った勘《かん》、と答えようかと思ったんですが、ここはそうじゃないとあえて言いましょう。最近起こったことと、これから起こりそうなことを予測するとすれば、社長にいちゃもんつけるやつがおるかもしれないってね」

「わたしにですか」

「甚三郎親分が伍福から出てきたところを、見ていた人間がおったようでね、あの男が目撃情報とか言った、あれですよ」

「そうなんですか……わたしらのために、ありがとうございます」

「礼には及びません。仕事です」

本当に必要以上に感謝されたくないような口調だった。大城はまた言った。

「この問題は難しいんですよ」

和彦はそのつぶやきにひと言答えるべきかと思ったが、その矢先、懐《ふところ》のスマホが鳴った。出てみると秘書の美奈である。

「すみません」

「どうぞどうぞ」

「はい、ああ、なんだって？……そうか。今ちょうど会社に帰って来た。詳しく聞くよ」

和彦は大城に向き直った。思いついたことがあった。それを大城に言ってみたくなった。

「刑事さん、今夜時間ありますか？」

「今夜ですか？　夜勤じゃないから時間はありますが、接待は受けられませんよ」

「そんなんじゃないです。ちょっとだけここでお待ちいただけますか。数分で戻ります」

和彦は正面玄関の扉を開いた。美奈はすぐに下りてきた。ひと言ふたこと確認すると、和彦は路上へ戻り、運転席の窓から言った。

「オリーブソースの新製品サンプルができたらしくて、味見をして欲しい、と連絡があったのです。刑事さん、今夜十時『駒《こま》』へ行けませんか？　カオリさんがB級グルメ選手権用のレシピでお好み焼きとそば焼きを作ります」

「ほう」

「できるだけいろいろな人の意見を聞きたいのです。年齢性別職業バラバラなのがいい。変な職業や立場の方大歓迎です」

大城は車内に笑い声を響《ひび》かせた。顔を外に向け、言った。

「そりゃ、まさしく、わたしにぴったりじゃないですか。ぜひ伺《うかが》いますよ」

大城は右手で小さく敬礼し、走り去った。

三

自分は間違ったことをやっていない。信じるしかない。自分の不安を伝染させることが最悪だ。和彦は思った。人の口に戸は立てられないが、戸そのものをなくすことはできる。ひとつずつわかりやすい成果を出し、それを続けていくことだ。今夜の試食に誘われたことは、煩《わずら》わしいことを忘れさせた。メーカーの醍醐味《だいごみ》は、なんと言っても製品の開発である。

この日の業務も多岐《たき》にわたり忙しかったが、九時過ぎには業務を終えた。父にも電話し、今から行くと伝えた。

九時四十分に「駒」に着いた。大城はカウンター席に座っていて、テーブル席に残る客たちと談笑《だんしょう》していた。

カオリが言葉で迎えた。

「社長さん、いらっしゃい」

「こんばんは。あいかわらず繁盛《はんじょう》してますね」

「うだうだ喋る客ばっかりですよ。めんどくさいだけ」

「カオリちゃん、そりゃないやろ。毎度売上に貢献《こうけん》してるやないか」

「それはどうも、ありがとうございます。今日はもう看板やさかい、さっさと帰ってんか」

「ありがとう言うた尻から帰れかい。えらい店や」

シゲコが奥から伝票を持って出てきた。

「二人で三千二百円」

「はいはい、わかりましたよ」

テーブルの一人がビールグラスの底を上げて、飲み干した。

油で汚れた作業服の外ポケットから青い色の財布を取り出し「今日は俺が出すわ」と言いながら、千円札を三枚取り出した。財布の底に指を突っ込んで硬貨を探りはじめたが、シゲコが言った。

「二百円は負けといたる。さあ、しまいや。また明日」

えらい親子や、かなわんなあと言う客の尻をシゲコが玄関の外へ追い立てた。

シゲコはのれんを入れて扉を閉めた。

カオリがカウンターの中でふうと息を吐いた。そして言った。

「さあ、本日のメインイベントや。準備するわ。おかあちゃんは洋一《よういち》さんに電話してみて。山中社長も来られたって」

「はいよ」

シゲコは店の固定電話を取り上げた。

「えーと何番やったかいの。電話帳はどこや」

「すぐ横にあるやろ」

「あ、これか。字が小さいなあ。見えんで」

「わたしがかけるわ」

そんなこんなで洋一がやってきた。ソースが詰まった一升瓶を二本抱《かか》えている。シゲコの亭主である寅男《とらお》もいっしょだ。

「あんたも来たんか」

洋一が言った。

「寅さんはソースの専門家やないかいな。ここにおらんでどうしますか」

洋一は、

「できたてほやほやです。カオリさん、皿とスプーン貸して」

と言いながら、一升瓶をカウンターに置いた。

カオリが小皿とスプーンを人数分出した。洋一はコルク栓《せん》をはずすと、両腕で一升瓶を持ち上げてひっくり返し、五つの小皿の上にちょっずつと垂らした。

「一升瓶から小皿は入れにくいやろ」

「そうかもな。気が急《せ》いてしもうて」

カオリは空《から》のソース壺《つぼ》を出したが、結局洋一は一升瓶から五つの小皿へ直接、器用に注いだ。洋一は一升瓶を下ろした。

「さあ、山中社長。できたての熱いところを味見してみてください。いや、熱うはないですな。うちは加熱せんから」

「心が熱いわ」

シゲコが言った。確かに熱い。

和彦にとっての喜び、新製品の試食ほど楽しい瞬間はない。

「はい、ではさっそく」

和彦は大さじで一杯分を掬《すく》い、鼻先で嗅《か》いだ。

「おお、なかなか、スパイスがフレッシュですね」

そして口に入れた。入れた瞬間、スプーンを咥《くわ》えたままで声が出た。

「これは……」

複雑にミックスされた完熟野菜たち、ブレンドされたスパイスたち、それらが踊っている。南国の野菜サラダのようだ。

「いかがですか？」

期待を込めた洋一の問いかけに、和彦はスプーンをもったまま言った。

「まずは、とにかく、旨《うま》いです」

カオリも寅男もシゲコも大城も、それぞれ大さじ一杯分を口に入れた。

全員無言でスプーンを咥えている。

寅男はスプーンでソースを舌の上に置いた。左右に転がして舌の奥でも味わい、そして飲み込んだ。さらに一杯、今度は喉《のど》にゆっくりと這《は》わせながら飲み込んだ。そして言った。

「旨い」

シゲコは目をつぶって味わった。

「京都のツバメソースを上品にした味みたいやないか？」

「そうやな、まあ」

寅男は思いをどこかへ馳《は》せるような目で天井を見たが、ふん、とつぶやいてから言った。

「表面的には似てるな。せやけど煮込んでコクを出した味とはちゃう。野菜の新鮮さが映《は》えてる。この風味は加熱ソースでは出せん」

「なるほど」

カオリは両親の議論に相づちを打った。カオリは言った。

「そしたらこうするわ。ソースを二回に分けて使う。鉄板で焦《こ》がしを出して、仕上がりにフレッシュなままかける。風味と香味のどっちも壊さんようにしてみるわ」

和彦はやりとりを聞いていたが、

「なるほどですねえ」

と、うっとりするような声を出したのである。シゲコが突っついた。

「あんたも、なるほどねえ、かいな。なるほど族や」

大城が言った。

「わたしは言うてないで」

「あんたはええし」

シゲコは言った。

「ほんとに、なるほどですよ」

和彦は言った。

「間口《まぐち》さんはソースの専門家です。全国どこ行ったたって、あんな品揃《しなぞろ》えの店はないです。ネットならあるかもしれんけど、ただ並んでるだけ、味を全部知ってるのは間口さんだけですよ。いまの解説なんてすっと出ませんよ。カオリさんもさすがにおふたりの娘さん」

「社長ありがとう」

シゲコは言った。

「カオリ、早《はよ》う作ってえな。腹が鳴るわな」

材料は仕込んであったようで、冷蔵庫からタッパーを取り出した。

「さあ、作るで」

洋一が言った。

「川本の山崎《やまざき》さんと山下《やました》さんにも声かけましたが、来られてないですね。もう一回連絡しましょうか」

和彦も言った。

「みどりさんはものすごくがんばってくれました。功労者のひとりです。わたしが電話しましょうか」

和彦がケータイを取り出したが、その腕を大城が押さえた。

「連中は知ってます。わたしが『来るな』と抑えました」

「そうなんですか、しかし」

和彦が言いかけたのを、大城が今度は手のひらを突き出して押さえた。

「彼らを閉め出したんじゃないです。『時間差で来い』と念を押しただけです。いい仕事をしたからこそ、絶対に誤解を生んではならない。山中社長と川本組が居合わせるのはダメです。いつ写真を撮られてあらぬ噂を立てられるかわかったもんじゃない。ネットはやくざより怖いですからね」

「今夜は刑事もおるからええんとちゃうんかい」

シゲコが言った。

「そんなん余計あかんでしょう。暴対刑事と川本組が仲良うお好み食べられますかいな？」

「あんたはええやろう。しょせん汚れ刑事やないか」

「シゲコさん、相変わらず口悪すぎや。寅さんも言うたってください。わたしは汚れてません。真面目《まじめ》一本です。気の弱い公務員やないですか」

大城は言った。

「とにかく慎重《しんちょう》に。リスクを考えましょう。一時間くらいしたら交代して、連中を呼んでやってください。彼らにも食べさせてあげたいでしょう」

「もちろんです」

「社長とわたしは、『のぶ』にでも行きますわ」

山中は知らなかった。

「のぶ？」

「スナックですがな。社長、あとで歌いましょ」

「カラオケですか？」

「はい、アリバイづくり」

「アリバイ？」

「川本組がここでそば焼き食べるのと同じ時間に、わたしたちは歌ってるわけです。ママののぶちゃんが証人です」

「おやまあ」

シゲコが感心した。

「さすが刑事さんやねえ。悪巧《わるだく》みもよう知ってる」

大城は返事をしなかった。

四

カオリはカウンターにさまざまな具材を並べた。真ん中に大きなザルがある。カオリは言った。

「実は鉄板料理以外にもレシピをいろいろ考えたんやが、やっぱりそば焼きにする。B級で長田やからな」

大ザルに盛られていたのは豚かすと油かすである。

「今夜は成果発表会。わたしが試《ため》してみたものを、いまから順番に作ってみせる。最後に選手権用のレシピね。フルコースや。ほな、最初は汁もんから」

カオリは鉄板の端に載せていた打ち出しの片手鍋を目の前に移動させた。

「干し椎茸《しいたけ》の戻し汁味の春雨スープ。すじ肉を入れて煮込んでおいた。アキレス腱な」

さい箸ですじをつまみ上げてみんなに見せた。スープの染みこんだすじ肉がぷるぷるになっていた。

「コラーゲンいっぱいや」

鍋に戻し、おたまで掬《すく》ってお椀に分けた。

和彦がれんげですじ肉を掬い、食べた。

「おお、やばいですよ。これ」

カオリは別の鍋を引き寄せた。

「次は味噌汁。味噌とかすの相性がええ」

かつお出汁《だし》にかすを入れ、弱火で煮てあった。かすが半分溶けている。白ネギを刻んで入れ、合わせ味噌を溶いた。

和彦がまた言った。

「深いです。ネギも味噌も合います」

「お前、乗っとるな」

道雄《みちお》が言った。

「そうですか」

和彦が答えた。

カオリはまな板でタマネギを刻みはじめた。

「次はぼっかけコロッケ」

茹《ゆ》でたじゃがいもをすりつぶし、すじ肉、新タマネギ、油かすを少々、天かす代わりに混ぜる。黒胡椒《くろこしょう》を振る。丸めて溶き玉子に浸《ひた》し、乾燥パン粉で包んだ。鉄板に油をひき、そこで焼きはじめた。

「短時間で作るために、生パン粉やなくて乾燥パン粉にした。中身に脂《あぶら》もんが多いから、外見はできるだけあっさりな」

「そうやってコロッケ作るんか。考えたな」

道雄が言った。できあがった。和彦がまた真っ先に食べてすぐに言った。

「カオリさんの言うとおり。脂が濃い中身なのに、あっさりして食べやすい。上等の洋食です」

炊飯器が炊きあがりの音を立てた。

「ご飯もあるんかいな」

カオリは豚かすの塊《かたまり》をすり鉢に入れてすった。そこに赤味噌、砂糖、ごま、鰯《いわし》の粉末を入れて混ぜた。

白いご飯を盛ってその上に載せた。

「沖縄のアンダンスーやないか、これ」

「その通り」

上質のご飯の友だ。

カオリは次にトマトを出してきた。伍福調達の完熟《かんじゅく》である。道雄が言った。

「それを使うんか」

カオリは豚かすを鉄板にちらし、ニンニクを入れてニンニク油を作り、それでハチノスを炒めた。ざく切りしたトマトを混ぜ、ローレル、オレガノを足した。食材のかりっとした食感を残すために、さっと炒めただけで皿に盛った。

「トリッパ。オリーブオイルの代わりに豚かすを使ってみた。ばっちりワインに合うと思わん？」

和彦はコメントを言うのを止めた。ただ、口を動かしている。

「さてみなさん、お気づきかもしれませんが」

カオリは急に、ていねいな話し方になった。

「今日は塩をまったく使っておりませんのよ」

「おお！」

「かすのおかげです。かすは究極のうまみ調味料なんです。それでは最後、選手権用のレシピで作らせていただきます」

カオリはそう言うと、大ザルに残った豚かすを鉄板に広げ、コテで鉄板に押しつけた。脂が鉄板に沁《し》みたところで、豚かすをいったんザルに上げた。鉄板に残った脂で豚のバラ肉を炒める。肉がかりっとしたところにそば麵を放り込み、キャベツをかぶせ、干しエビを振りかける。干し椎茸の戻し汁を少し垂らす。ふた晩煮込んだすじ肉、こんにゃく、ネギ、もやし、豚かすを戻し油かすを足してかき混ぜた。

「野菜のしゃり感を残すから、このくらい。ほんで、真打ち登場です」

オリーブの特製グルメソースである。かけた。鉄板からソース味の蒸気が立ち上る。

そこにローズのウスターソースをかける。さらなる蒸気。ソースのスパイシーなにおい。焦《こ》げ味がでてきたところで、カオリは両手の大コテでそばをひっくり返し、低温に保《たも》ってある隣の鉄板へ移動させた。そこでもう一度、オリーブ特製グルメソースを絡ませた。二度目のソースは焦がさない。

「できた」

皿に取り分け、花かつお、青のり、紅ショウガをつまんで載せた。

「さあ、食べてみて」

そこにいる全員の目に炎が宿《やど》った。

作りたての熱々だったが、全員、皿のそばをあっというまに平らげた。

全員、何も言わなかった。

十一時になった。

大城は言った。

「こんなん、食べたことないわ。長田の奇跡ちゃいますか」

和彦は感動していた。

人間って素敵だ、とか思った。

食品開発のプロとしても感心していた。安い材料ばかりの組み合わせだったからである。青い鳥はすぐそばにいる。そんなことさえ思った。

そして和彦は、このプロジェクトに参加できたことをこの上なくしあわせに思った。きっとうまくいく。全員と成功を喜び合いたい、と思った。

しかし大城に尻を叩《たた》かれ、連れ出された。

「早《は》よ行きましょ。ここにいたらあきません」

三十分後、川本組チームがそば焼きを食べはじめた頃、場末という言い方しかできないスナックで和彦は大城の熱唱を聞いていた。

「アリバイ証言しますよ。任せといて」

のぶママはタンバリンを叩きながら言った。

全国ネットの番組に会社が取り上げられた。それだけでも人生の大転換となるような出来事だったが、川本の親分が訪ねて来て、やくざ組織からプレゼンを受け、地元ソース工場再建に手を貸すことになり、今、暴対刑事と歌を歌っている。自分の町で、こんな出来事が起こるのだ。

次の日の夜、大城が和彦に電話をしてきた。

大城の配慮《はいりょ》は見事にはまっていた。

「暴力団反対グループが署にやって来ましたよ。山中社長が『駒』でやくざと会った、という話をしに来よったんですが、『ありもしないことを言ってはダメです。その時間に山中社長はわたしと一緒にいました。わたしが証人です』とお帰りいただきました」

大城はそう言って笑ったのであった。

五

年末から年明けにかけて、学校前から長駒《ながこま》神社へ続く屋台村は賑《にぎ》わった。正月五日までは例年より二割増しの数の店が出て、たこ焼きとイカ焼きの屋台は松の内最終日の十五日まで商売を続けた。

「さあ、選手権がんばってや」

と言い残し、たこ焼き・イカ焼きチームは二週間続けた屋台をたたんだ。

いよいよ「B級グルメ選手権神戸予選」である。

十五日の午後になると、各地から鉄板屋台が集まってきた。参加数は二十である。ラーメン屋、焼肉屋、焼き鳥屋もカレー屋も申し込んできたのだが、単純に上位二十を選んだ結果、書類審査に通ったのはすべて鉄板屋台となった。しかし、審査員の誰も「偏《かたよ》っている」とは思わなかった。

なんといっても長田は「粉もん」の本場なのだ。聖地巡礼、ラーメン屋なんかに負けるわけにはいかない。意気込みが他を圧倒したのである。

審査委員長となった人気フードジャーナリストの江上健志《えがみたけし》が、この予選会に際し、「実質的に全国大会決勝ともいえる地区予選」とタイトルして、次のような文を食雑誌「あまから日記」に寄せた。

「高級レストランだけが食文化をはぐくむのではない。大阪のたこ焼き屋にミシュランの★が付いたことからも明らかなように、食文化にうるさいフランス人さえ『日本の庶民の味』の魅力に気づき出した。でもわたしたちは知っていた。下町の食堂にもおいしいものはいっぱいある。和食は無形文化遺産に登録された。『ウマミ』は世界共通語になり、鮨《すし》や天ぷらだけではなく、下町商店街に海外から人がやって来るようになった。そしてそんな情況は、わたしたち日本人の価値観へも逆流した。新たな食のムーブメントが起こったのだ。原発事故の教訓、地球人としての意識、地産地消、価値の変化が起こり、食ライフスタイルは変貌《へんぼう》をはじめた。手軽に食べるものがいちばん美味《お》しい、その土地で食べるものがいちばん美味しい、オーガニック素材が美味しい。ワインを楽しむことも定着した。バラエティ豊富な日本酒は世界の人気者だ。いいと思うものを食べ、飲めばいい。たこ焼きにピノ・ノアール、おでんに賀茂鶴《かもつる》、目刺《めざ》しに獺祭《だっさい》、こんな素敵なマリアージュは日本だけだ。『B級グルメ』はこんな風に進化している。旬だからこそ安価で美味しい食材で、さっと作り、さっと食べる。いまや宮廷料理を天とするような、食のヒエラルキーは消えた。B級グルメ選手権神戸予選に参加する二十の屋台には、今のわたしたちが、すぐ、毎日でも食べたい、しかし高度な、驚きの味がある」

カオリは雑誌記事を見てうなった。

「こんなふうに解説するんや。プレッシャーきついわ」

裏を返せば自信を持った。

「わたしの考えは正しい。オリーブさんの完熟ソースはまさしく時代の旬や」

ＮＨＫや新聞も予選会を取り上げ、前評判は高まった。

屋台村は校門から片側十店で二列に並ぶ。カオリの場所は五軒目、屋台村のほぼ中央である。

朝からイベント施工担当業者による建て込みがはじまった。カオリは店で通常使う鉄板を取り外して持ち込んだ。焼き加減の調整は慣れ親しんだ鉄板でなくてはならない。それはどこの店も同じで、プロパンガスコンロの上に、使い古した鉄板あるいはたこ焼き用の鉄板を載せていた。

午後四時、陽《ひ》も落ちる間近になって、全店舗の設置は終わった。明日は早朝から店で材料を仕込み、持ち込む。「駒」は有利だった。材料が少なくなっても店から都度運ぶことができるからだ。「駒」のとなりは大阪難波《なんば》にある「浪速屋《なにわ》」というたこ焼き屋だ。冷蔵庫を持ち込んでいた。気合いが入っている。それもそのはず、今回のミシュランガイドで★が付いたたこ焼き屋なのである。小麦粉をオマール海老《えび》の出汁で溶《と》いて作るレシピ。ミシュランのおかげで客は連日長蛇《ちょうだ》の列である。

「ミシュランよりもここで勝ちたいです。すごいメンバーやからね」

三十五歳だという若社長がカオリに言った。

カオリは言ってやった。

「オマール海老はB級ちゃうでしょ。フランス料理やないの？」

若社長は答えた。

「たしかに、オマールで出汁取ってますけど、五個で三百九十円やさかいね。やっぱりB級でしょ」

「オマールでその値段。マジ？　めちゃ赤字でしょう」

「まあ、がんばりますわ」

これは強敵や。

カオリは気合いを入れたのであった。

六

午後五時半、良男《よしお》がコール一回で受話器を上げた。

「川本組です……はい、おります。少々お待ちを」

良男が保留ボタンを押して顔を上げた。

「にいさん、湊組《みなと》の方からお電話です」

「湊？」

川本組とは縁の薄い組だ。だいたい規模が違う。湊巧己《たくみ》組長は神戸安藤《あんどう》組では井野《いの》、島本《しまもと》に次ぐナンバー3である。義理ごとで顔を見かける程度の付き合いだ。

窓ガラスを通して車が一台走りすぎる音がした。つけっぱなしのテレビがワイドショーを映《うつ》している。裕治《ゆうじ》がぼんやりと観ている。

山崎は受話器を耳に当て、通話ボタンを押した。

「山崎ですが」

「湊組の佐合《さごう》いいます」

「佐合さん」

山崎は裕治に、テレビの音量を落とすよう指示した。佐合は軽い調子で言った。

「いつぞや、新開地《しんかいち》の映画館で一緒に映画観ましたな。『ヤクザと憲法』。なかなか正味な映画やったですな」

山崎は思い出した。佐合は二人連れで、いちばん前の席に並んで観ていた。山崎は相づちを打つように言った。

「その節《せつ》はどうも」

その節も何もない。佐合は大組織の若中《わかなか》である。組員五人の若頭とは違うレベルの人間だ。

川本組長あての用事だろう。山崎は低い声で言った。

「オヤジはいま出かけております」

「知ってる。井野さんと一緒や」

「………」

佐合が言う井野とは、もちろん神戸安藤組の組長である。

オヤジはそこへ出かけているのか？

何も聞いていない。知らないとは言えないが、佐合はいないと知って電話をしてきたらしい。佐合は言った。

「山崎さん、今からうちの事務所まで来てくれんか」

「え？」

山崎は驚いた。

「わたしが湊へですか」

法事以外で湊組へ行ったことがなかったからである。

「それで、ご用の向きは？」

「話は来てもらってからにしてくれへんか」

「しかし、オヤジにも相談せんと」

「甚三郎組長にはうちの組長から伝える。心配無用」

湊組初代湊元彦《もとひこ》と川本組初代川本総衛門《そうえもん》は盃《さかずき》を交《か》わした兄弟である。今の湊巧己組長と甚三郎はそれぞれの孫にあたる。山崎は言うしかなかった。

「わかりました」

湊組は敵対組織ではない。組長同士で話をつけておく、と言われればそれまで。序《じょ》列《れつ》が上の者からの要望は断らない。業界の礼儀である。

迎えに行かすわ、と佐合は言ったが、山崎は丁重《ていちょう》に断った。

マサオにクラウンを運転させ、後部座席に乗って出かけた。

七

湊組の事務所は神戸市灘《なだ》区の山側にある。新神戸駅の東側から続く片側一車線の道を進み、県立神戸高校の横を通ってさらに登った。傾斜地に一戸建てが並ぶ住宅街のどん突きに、鉄筋五階建てのビルが潜《ひそ》み隠れていた。ビルの背後は六甲山《ろっこうさん》である。これより上に住宅はない。

　車から降りると、眼下に神戸港が広がっていた。ほぼ真下にあるようにポートアイランド全景が眺《なが》められ、島の先に神戸空港が見えた。右手に淡路島《あわじしま》、左手は大阪である。ちょうど西の空から飛行機が高度を下げ、空港に降りようとしていた。

　呼《よ》び鈴《りん》を押す前に玄関の戸が開いた。パシッとしたスーツ姿の若衆が出てきて頭を下げた。山崎は上衣《うわぎ》の裾《すそ》を引っ張ってシワを伸ばし、一礼しながら中へ入った。

　入ったところは吹き抜けのホールである。床は白とスカイブルー二色のタイルでモザイク状に張り分けられている。天井は丸くカーブしている。右手には花や草木が彫り込まれたマントルピースがあり、薔薇《ばら》が活《い》けられた曲線仕上げも美しいガラスの花瓶が載っていた。若衆が奥の扉を開けた。扉の向こうは事務所である。見るからに整理が行き届いており、規律を感じさせた。そこで男たちが机を並べ、仕事をしていた。ただしそこは一般の企業ではない。やくざである。男たちのスタイルは、半数が黒いスーツ、マサオと同じようなアロハとはいかないまでも、かなりカジュアルな開襟《かいきん》シャツ姿もあった。下っ端の若衆たちは丸刈りでジャージーの上下だ。

　大なり小なり、どこの極道《ごくどう》事務所も似たり寄ったりの景色だが、湊組の男たちが着る服は違うのである。すべてイタリアものなのだ。黒いスーツはジョルジョ・アルマーニ、開襟シャツはジャンニ・ベルサーチ、スポーツウェアはエミリオ・プッチである。部屋の装飾も違う。付きものの龍とか仁王といった置き物はなく、かわりに、ミケランジェロの彫刻がある。

　山崎は思い出した。「湊組にある彫刻は本物なのか?」という話が葬儀の席で盛り上がったことがあった。うわさ話はこんなだった。

「戦争に負けたイタリアが戦後処理のどさくさに、美術品の多くをアドリア海対岸のユーゴスラビアへ持ち出したが、東ヨーロッパ全体を支配したソ連が強奪し、ロシアマフィアへと流れた。湊組の初代は毛皮の密輸でロシアマフィアを大儲《おおもう》けさせたことがあり、そのお礼にミケランジェロをもらった」

　これがそうなのか、としげしげ眺《なが》めた。ミケランジェロと言えば、パリのルーブル美術館とかにあるものじゃなかったか。

　壁には古いイタリア映画のポスターが額装《がくそう》されて掛けられている。

「ガンモール/おかしなギャングと可愛い女。主演マルチェロ・マストロヤンニ、ソフィア・ローレン」

　横幅一メートルはある大判ポスター。映画の紹介文も読める。

「やや間の抜けたマフィアのボスと、脳天気な情婦が巻き起こす騒動の数々を描いたコメディ。ファミリー同士の激しい抗争で窮地《きゅうち》に陥《おちい》り、頭を悩ませるボス」

一九七五年の映画だ。しかし紙にシワも染みもない。ていねいに保存されてきたことがうかがえる。

その事務所にニンニクを炒めるにおいが充満《じゅうまん》していた。事務所の奥から、油がはぜる音も聞こえる。晩飯の用意をしているのだろうが、メシさえ、イタリアンのようだ。

組員たちはそんな中で電話をしたり書き付けをしたりしている。

事務所を囲むように、いくつかの部屋がある。

ひとつのドアが開いて佐合が出てきた。

「ご足労《そくろう》かけましたな」

佐合のひと言に合わせるように、十人ほどいる組員たちがいっせいに立ち上がり、山崎に会釈《えしゃく》をした。ニンニクの香りがかき回された。身長百八十を超える人間が数人いる。いちばんでかいのは百九十近いかもしれない。

「山崎さん、こっち入って。おい、客人にコーヒーや……コーヒーは何がよろしいか。レギュラーかエスプレッソかカプチーノか」

いちばん下っ端らしい若衆がさっと動いた。山崎は何でもよかったが、ここはイタリアンコーヒーを注文するべきなのだろう。

「では、カプチーノで」

山崎は林立する男たちの中を応接室へ入った。

執務机と応接セットがある。机は美しいマホガニー天板だ。磨き上げられ傷ひとつない。机上には万年筆にインク壺、革の筆立て、ローデックスの回転名刺ホルダー、用箋《ようせん》のレターヘッドは横文字である。

「まあ、座って」

本革の立派な椅子はサイズが大きい。輸入品なのだろう。灰皿もガラス職人が曲線を追求したような形だ。

ノックがして、カプチーノが運ばれて来た。きめの細かいミルクの表面に、「善《ぜん》」の文字が浮いている。

山崎は目を丸くした。

「代紋《だいもん》ラテ・アートですわ。カプチーノを注文してもろうてよかった」

佐合はニッと笑った。歯は真っ白だった。

「晩飯も食うていって。もうすぐできるさかい」

いいえ、けっこうです。と言おうとしたが、断らない方がいいのだろう。

「今日はパスタ・アーリオオーリオですわ。オイルとニンニクだけのスパゲッティね。オイルとニンニクだけというても、ニンニクは有機栽培で、オリーブオイルは小豆島《しょうどしま》のエクストラバージンや。山崎さん、知ってなはるか？　小豆島のオリーブはイタリアへも輸出しとるんでっせ。世界最高水準」

カプチーノは旨かった。コーヒーのコク、ミルクの細《こま》やかさ。そしてラテ・アート。飲みながら世間話をした。芸能界のこととか、イギリスのこととか。

そこへまたノックがした。扉が開いた。白衣を着た一人の組員が、腕に白い大皿をふたつ載せていた。

「こいつは菊池《きくち》と言います。イタリアンのシェフですわ。実際ローマへ三年修業に行ったこともありましてな。ほんものでっせ」

菊池は会釈し、テーブルに皿を置き、懐からナイフとフォーク、紙ナプキンを取り出して置いた。

「さあ、食べてみてんか。麺はシチリアの岩塩で茹《ゆ》でた」

「シチリア」

「ゴッドファーザーのとこやがな」

「贅沢《ぜいたく》な料理作ってるんですね。大きな組は金の回りが違う」

佐合は、違う違うと手のひらを振った。

「なに言うてまんねん。こんなパスタ、ちゃちゃっとできる。わたしらは腹ごしらえに時間をかけんでっしゃろ。いつ何時招集かかるかわからんからな。さっと作ってさっと食う。パスタ・アーリオオーリオは最高のファストフードや。五分で食えるし、ニンニクパワーもある。もちろん大事な客に会うときにニンニクは食わんが」

佐合は、

「まあ、賄《まかな》い飯ですわ。こんなんですんませんな」

と言いながら山崎に勧《すす》めた。

しかしちゃちゃっと作った賄い飯にして、パスタ・アーリオオーリオは相当に旨かったのである。茹でた固め《アルデンテ》の麺、有機栽培ニンニクは甘みがあり、オリーブオイルは油と思えないほどさらさらしていた。塩を振っただけの味付けだったが、塩にさえ風味があった。

ひと言「食レポ」をせねばならないか、と山崎は思ったが、その一瞬に、菊池がまたやって来て皿を引き、テーブルにエスプレッソを置いた。デミカップの底に、一センチほどの深さでたまっている。

佐合はひと口で飲み干した。山崎も同じように飲み干した。

これまた旨い。

佐合は言った。

「お口に合わんかったらすんまへん」

「いえいえ、結構な味でございました。ごちそうになりました」

佐合は紙ナプキンで口を拭った。

「実は三宮《さんのみや》に一軒、『アンディアーモ』って飲食店のフロントがあるんですわ。なかなか繁盛店でね。しっかり利益も上げてます。さっきの菊池もシェフのひとりです。まあ、イタ飯はうちのオヤジの趣味ですがね」

趣味を超えている。事務所の内装や組員の服、賄い料理までイタリアである。

「その、アンディアーモがね、明日のB級グルメ選手権に屋台出すんですわ」

「そうなんですか」

はじめて聞く話だった。

「さっき建てこみが終わったと連絡がありました。ぜひ来ておくんなはれ」

山崎はすぐに答えた。

「必ず寄らせてもらいます。しかし、湊さんは露店をやられないと思っておりましたが」

「フロントのポップアップってやつです。今流に言うたらね」

フロントのポップアップ？　山崎に言葉の意味は不明だったが訊き返しはしなかった。別のことを訊ねた。

「しかしなんでまた選手権に」

佐合は「まあ、なんと言いますか」とため息混じりに言い、テーブルに置かれた半透明硝子《ガラス》のケースを開けた。白い紙タバコが整然と並んでいる。パッケージの封を切り、専用のケースへ入れ直しているのだ。佐合は一本取り山崎にも勧めた。山崎は断った。

「タバコ飲まんのですかいな」

「うちの連中は誰も飲みません」

「現代的なこっちゃ」

「たまたまです。現代的なんぞ、まったく似合わん組です。ご承知の通り」

「そうですか」

佐合はタバコを咥《くわ》え、火を付け、ひと息天井へくゆらせた。もう一度咥えると、タバコの先端の火をじっと見ながら、もうひと息くゆらせた。山崎は黙っていた。

佐合はソファに背中をもたれさせ、視線を上方へ泳がせながら言った。

「B級グルメ選手権に出るとかオヤジが言いだして、面食らったのは確かですわ。とはいえ、親がやる言うたらやるのがわたしらですからな。要はミシュランガイドのせいなんですわ。ミシュランガイドって知ってはりますか」

「フランスのタイヤ屋のやつですね。どこのレストランが旨いか調べる」

「そうそう。わたしらも接待でええとこ連れて行かなあかんゲストがいるときはガイドを参考にしたりしよるんやけど、はじめてたこ焼き屋に★がついたん、知っとりますか？　今どきは、たこ焼きもグルメなんですわ。オマール海老のスープで粉溶いたりしてね。それもあって、オヤジがひらめいたんです。うちのイタリアンで、バージンオリーブオイルやら白トリュフ使うようなレシピを開発して、ミシュランに★つけてもろうて、評判高めて、『アンディアーモ』をチェーン展開したろやないかと。実はね、明日の屋台村にミシュランの審査員が来るらしいんですわ。ミシュランの★が欲しいレストランは山盛りあるけど、審査員は呼んで来てくれるわけやない。審査員は年中どこかで食うとるんやけど覆面《ふくめん》審査でね、どの客が審査員かぜったいわからんようになってる。ところが大会のことをフードジャーナリストの江上が『あまから日記』に書いたんですわ。『選手権に参加する二十の屋台には高度な驚きの味がある』と。江上はかつてミシュランで覆面審査員しとったんです。江上の評価は間違いなくミシュランにも伝わる。それでね、親分が『出て優勝せえ』って気合いが入りまして」

やくざのシノギにも様々な色があるものだ。山崎は思ったが、湊組のフロントが屋台に紛《まぎ》れ込んでいたことを知らなかった。そちらのほうに愕然《がくぜん》としたのである。勝手にシマで商売をされているとも言えるのだ。屋台村会場は、さらに言えば川本組の土地である。

ただ、今回は全国大会へつながる大会の予選会で、日本各地のイベントをB－1グランプリ実行委員会事務局が仕切っている。川本組は地代を事務局経由で徴収《ちょうしゅう》する仕組みとなっている。しかも普段の地代より高くとれるおいしくて楽な話である。大会に新聞社などのスポンサーが付いているからだ。

みどりはソース工場の手伝いを一服したあとも、大会に関わっている。期間中は学校の先生たちとチームを組んでの、広報活動が主だ。

任俠《にんきょう》組織の役割は何だろう？　山崎はいろいろと思惑《おもわく》を巡《めぐ》らせてしまう。

しかしこんな話をするため、ここに呼ばれたのではないはずだ。

たしかに、そこまでが世間話だったのである。

「さて、山崎さん」

ひと言で空気が変わった。

「川本組のシマやけどな、今後は何かあれば湊も動く。上納金を出せとは言わん。自由にやってくれてええ。ソース屋の取りこみも、上がった金は、川本組で抱えとってほしい」

今の話が山崎にじゅうぶん沁みるのを確認するかのように、佐合は一分間ほど黙ってから続けた。

「上村《うえむら》は六代目に付きよった。もう長田を我が物顔で仕切るのはお門違《かどちが》いや。もともと上村の上は湊やからな。上村には一円も渡したらあかん。ここは川本組のシマやとはっきりさせてほしいんや」

何を言い出すのか、と山崎は思った。

川本初代の頃は安藤の傘下で上納金も出していたようだが、今の川本組は独立組織である。どこの組とも上下関係はない。上村が持ち込んだシノギでも、受けた時点でお互いの取り分を決め、ドライに仕事をするだけだ。

しかし突然こういった話になるのも、やくざならではである。そしてシマの取り合いはやくざの生命線なのだ。きれい事では済まない。

山崎は言った。

「喧嘩《けんか》を売ることになりますよ」

「喧嘩を仕掛けてきたら思うつぼや。とは言うても、うちが乗り出すと知ったら上村は引くわ。力が違いすぎるからな」

「六代目に上げて行ったらどうしはるんですか」

「その時はその時や。騒ぐんやったら、それでもええ。何か起こったら解決したらええねん」

佐合は山崎の目を見据えた。

「今日はもっと大切な話がある。それで山崎さんに来てもろうた」

佐合は黒目にあやしい光を宿した。佐合は座り直し、言ったのである。

「これからは山崎さんが長田を仕切りなはれ。勝手ながら、皆で話し合いをさせてもろうた。近々、正式な場を作る。正式に名乗りを上げなはれ」

山崎はあわてた。

「どういうことですか?」

皆で話した??

「わたしにシマを仕切る名乗りを上げろと? オヤジを裏切れと言うんですか?」

佐合は怪しい光を引っ込め、笑いさえ浮かべた。

「何を言うとんねん。こういうのは裏切りとは言わん。跡目襲名や」

閉められた扉の向こうから、パソコンのキーボードをたたく音、台所で水を使う音が混じって聞こえてくる。やくざの日常も、景色が変わっている。

佐合は言った。

「甚さんには実の息子がおるが、極道《ごくどう》を嫌っとる。山崎さんしかおらんやろ」

そうなのかもしれない。

オヤジは心臓が悪い。遠くない将来、跡目を誰に継がせるか、決めなければならないのは明白だ。しかし、これが解決策なのか？　六代目対神戸の小競り合いが至るところで起こっている。そんな中で名乗りを上げろというのか。

山崎は言った。

「湊さんに段取りしていただくということは、神戸側に付けということですね」

「わたしに言えるのはここまでや」

佐合は言ったのである。

「親分さんとも相談しなはれ。老いては子に従え。やくざでも堅気《かたぎ》でも、これには逆らえん」

話は終わった。

山崎が佐合と共に部屋を出ると、組員たちがいっせいに立ち上がった。

山崎はていねいな辞儀の列に見送られ、玄関から出た。

マサオが運転席を降りて、後部座席のドアを引いた。

山崎が乗り込むと、マサオは運転席へ回って車に乗り、ドアを閉めた。すぐにマサオが言った。

「ニンニク臭いですね。どうしたんですか?」

「飯を呼ばれた」

「飯ですって? 三十分ちょっとしか経《た》ってませんやん」

「湊にはイタリアンのシェフがおる」

「はあ?」

「ええから、車出せ。ワシらが動かんと、あいつらずっとあのままや」

湊組事務所の玄関前に、若衆たちが腰を曲げたままで止まっていた。ていねいな見送り方だ。教育が行き届いている。ただ、格好はどの男もカラフル過ぎる。

マサオが言った。

「たしかに、イタリアンですね」

「メシも格好もイタリアン……ええから早《はよ》う出せ」

「は、わかりました」

マサオはアクセルを踏んだ。

山崎は大きなため息をついた。

運転席の窓が開き、後部座席にも風が舞い込んだ。バックミラーにマサオの目があった。顔をしかめている。

「ああ、すまんの。ニンニクくさいな。息せんとくわ」

六甲山裾の坂を下りる。眼前は絶景である。

パスタ・アーリオオーリオは、さっぱりして旨かったと思ったが、胃の中でねばついているような気がした。

八

甚三郎は布団に寝かされている自分に気がついた。天井が見えている。光が薄い。冬曇りのような無彩色の景色だ。寝室の扉は開け放たれていて、芳子《よしこ》のスリッパを引きずる音が聞こえていた。甚三郎はからだを起こそうとした。しかし意志に反して、力が出なかった。

眼球は動いた。右、左と見る。深呼吸をしてみる。生きている。

声を出した。

「おい、芳子」

芳子が寝室に顔を差し入れた。

「あなた、大丈夫ですか」

スリッパを脱いで入り、枕元に座った。

「いよいよお迎えが来たかと思いましたよ。お加減は？」

芳子の明るい声で、甚三郎の視界に色が戻った。

「ああ、大丈夫だ」

甚三郎は首をちょっと起こした。

「背中を支えてくれるか。起きるわ」

芳子は甚三郎の背中へ腕を回し、体重を支えながら布団に座らせた。腰の後ろに枕を差しいれた。

「お茶でも淹《い》れましょうか」

「ああ、そやな。口の中がねばついとる」

芳子はすぐにぬるい茶を持って来た。一気に飲み干して、甚三郎は言った。

「気絶したのか？」

「胸を押さえて、床に膝をついて。そのまま眠るように」

芳子は甚三郎の湯飲みを取り上げ、急須から茶をゆっくり注《そそ》いだ。

甚三郎はまた飲み干した。

「ふうう、生き返ったわ」

甚三郎は壁の時計を見上げた。十一時半である。

「先生、来てもらいましょうか？」

「いやいや、必要ない」

甚三郎は力なく指先を振った。

「その時が来たら逝《い》くだけよ」

芳子は優しい顔でうなずく。

「しかし夜まで気いつかんかったら、死に目に悔《く》いを残すとこやったわ。今日は忙しい日や」

電子音が隣の部屋に響いた。

「ケータイですね」

「そのようやな」

「出ましょうか」

「ああ、頼む」

芳子がリビングへ出て行った。

川本組の組員にも知らせていないケータイである。番号を知るものは数少ない。

この時間にかけてくるのは、ふたりのうちどちらかしかいない。考えながら甚三郎は布団を出た。ゆっくり立ち上がりリビングをのぞくと、芳子が無言でケータイを差し出していた。甚三郎はケータイを受け取った。

「川本です……はあ、だいたいは達者にしておりますよ……そうですか、わかりました。のちほどお会いしましょう」

ケータイを閉じる。芳子が神妙《しんみょう》な顔で甚三郎を見つめている。

「六代目ですね」

「ああ、今日の屋台に来るとよ」

芳子は黙っている。その目が説明を求めている。

「選手権に湊組のフロントが参加すると伝えておいたんや。しかしまさか、御大将みずから出てくるとは」

「あなた……」

「なんだ」

「井野さんも呼びましたね」

「ああ、そうだ」

「戦争させるつもりですか？」

「トップ同士なら喧嘩にはならん。あいさつして帰って行くだけや」

「今はどちらも必死なんでしょう？　何か起こったら町の人や学校にご迷惑をかけてしまいますよ」

甚三郎のブルドッグ顔。たるんだ顔のしわに細い目が隠れた。精気がない、のではない。楽しい悪巧みをするときの顔なのである。

「心配するな。素人さんたちに迷惑はかけん。任せておけ」

芳子は甚三郎の目をのぞき込んだが、甚三郎は笑顔を作った。

「紋付きを出せ。今日はそれで出かける」

芳子はその言葉にしばし目を閉じたが、立ち上がると何も言わず、衣装ダンスのある和室へ向かった。

九

選手権の開始まで一時間となった。参加する二十の屋台はそれぞれ仕込みを終えていた。カオリも準備万端である。二種類のかす、ふた晩かけて煮込んだすじ、豚肉もこの日使用するのは淡路島産金猪《ゴールデン・ボア・ポーク》豚の薄切りバラ肉である。オリーブ特製ソースは完熟野菜とスパイスが混ぜ合わされたばかり。スーパーフレッシュソースだ。ぜんぜんB級やない……カオリは仕込みながら思ったが、他の屋台を視察してみると、もっとB級じゃないのばかりだった。

隣のたこ焼き屋台には大きな籠《かご》が据え付けられていた。中にはハサミをヒモでくくられた大ぶりのオマール海老が重なっていた。カオリは一匹と目があった。

「あなた、スープになるのよ」

浪速屋の店主は無言で笑った。

大会事務局が用意したのはテントとプロパンガスのコンロ、電気配線である。各店が什器《じゅうき》や鉄板を持ち込む。鉄板屋台の商売なら最小限の装備でじゅうぶんだ。しかしカオリは見て驚いた。アンディアーモは店を作っていたのである。ルール上、標準装備品を使う必要はないが、自前で建てるとなると、店を一軒作るのと同じような費用がかかる。たかがひと坪区画の場所に、デザイナーが関わったと思うようなでき映《ば》えだ。什器、厨房機器、レモン色の壁に直付《じかづ》けされた金具からは、真っ新《まっさら》な調理器具が整然と吊《つ》り下がっている。

選手権用スペシャルレシピもすごい。イタリア直輸入の小麦粉を発泡白ワインで溶き、パルマから直輸入の生ハム、シチリア島のオリーブ、ナポリのサンドライトマトにパルミジャーノチーズを載せて焼き、皿に盛ったところに最高級白トリュフを削《けず》ってふりかけるという。

これは反則だ。どこがB級か。原価レベルで一万円を超えるのではないか。白トリュフなど日本で買えば、親指の先ほどの大きさに万札が飛ぶシロモノである。

「B級グルメ」の概念を大きくはみ出すものは評価対象から外れる可能性がある。事務局が勧告《かんこく》を行うこともある。というような一文が開催要旨《ようし》にあったが、オマールのたこ焼きがミシュランで★を獲る時代だ。これも拡大解釈の範囲かもしれない。

こんなのと勝負するのだ。どうしたものかと思いながらアンディアーモの前にいると、そこに山崎が来た。そしてカオリに「ここには関わるな」と言ったのだ。湊組のフロント企業ということである。知った上で見てみれば、シェフやアシスタントの目の据わり方は庶民のものではない気がした。

カオリは訊ねた。

「事務局は何も言わないの？」

「誰も知らないと思う」

山崎は言った。

「ぜったい優勝する気でいるらしい」

その二店舗がひときわ飛び抜けていたが、他の店も、相当の気合いを入れて仕込みをしていた。

ひょっとして、マジなB級はうちの店だけか？？　カオリは思った。

「百グラム千円の金猪豚《ゴールデン・ボア・ポーク》で悩むことなんか、ぜんぜんないわ」

そしてこうも思ったのである。

自分は長田の代表だ。長田らしいB級グルメで勝負しなくてはならない。それが町のためだ。オリーブソースさんや伍福さんや、関わってくれたすべての人のしあわせに、きっとつながる。B級というのは、ついつい思い出し、食べたくなる、そんな料理なのだ。オマールやトリュフは違う。自信を持って焼こう。

カオリは屋台に戻った。

青葉《あおば》小学校の校門に選手権の旗がはためいている。入場を待つ客が校門前で長い列を作っている。テレビクルーはその様子を撮影している。

大会事務局の責任者が開場を控《ひか》え、選手権参加者を集めた。

「皆さん、現在十一時半です。三十分のちに開門いたします。三千円分の食券を兼ねた入場券は、前売りだけで五千枚売れております。歴代の選手権とは桁《けた》違いの期待度です。開門すればお客様が殺到するのは確実です。先日からお伝えもしておりますが、渋滞《じゅうたい》を起こすことなく、どんどん作ってください。それでは準備を始めてください。よろしくお願いいたします」

各屋台の鉄板に、いっせいに火が入った。

カオリは鉄板を二枚設置していた。高温用と保温用である。そばを二十人前ずつ炒める。低温維持《いじ》した鉄板へ移す。それを小分けして売る。この日のために発泡スチロール皿ではなく、昔ながらの経木《きょうぎ》で作った舟皿を用意した。

販売担当として、喫茶店「思いつき」四姉妹のうち、元気な三人が店を休んで手伝いに来た。いちばん上の姉も手伝うと言ったが、おつりを間違えるのでデイサービスへ行かせた。シゲコは材料担当だ。冷蔵庫から出して二十人分ずつに分けたり、ソースを一升瓶からソースポットへ移したりする。

校庭が香ばしいにおいに包まれはじめた。入場待ちの客たちの期待をあおる。時間前から並ぶ数百人が鳴らす腹の音は、牛の放牧場と同じである。

開門二分前となった。校門に吊り下がるスピーカーが鳴った。

「みなさま、長らくお待たせしております。B級グルメ選手権神戸予選、間もなく開門いたします」

ウグイス嬢の声が響いた。

「本日の案内役は青葉小学校六年生で放送部、将来は女子アナ希望の、笹川《ささがわ》はるかでございます」

「ええぞ～」

「ガンバレー」

拍手がわき起こった。

「大会の主催は日本B級グルメ協会、後援は神戸市、協賛は神戸新聞社と神戸テレビ放送、協力は長田商店会と青葉小学校でございます」

また拍手。

「参加のお客様は気に入ったものをどんどんお召し上がりの上、中央事務局にあります投票用紙に記入をお願いいたします。皆様の投票にて優勝者が決まり、優勝者は五月に行われる近畿大会へ進みます。お腹《なか》いっぱいで眠たくなっても、清き一票をお忘れなきようお願いいたします」

小学生とは思えないウイットに客たちが沸《わ》いた。揃《そろ》いのジャンパーを着た会場スタッフたちが校門に集まってきた。地べたにビニールシートを敷《し》いて座り込んでいた客たちも突撃態勢となって、校門前に詰めていた。

「それでは開門いたします」

ゆきが校門の鍵を開け、男性スタッフたちが鉄の門を両サイドへ押し開いた。

「皆さまゆっくりお進みください。売り切れはありませんので、ご安心を」

ウグイス嬢は優しく呼びかけたが、先頭の客は朝の七時から並んでいた家族であった。開門と同時に二手に分かれて駆け出した。目指す店を決めていたのだ。

ひとつはいちばん奥にある「アンディアーモ」。もうひとつは「浪速屋」である。

前評判の高い二店には、先頭の家族が走ったことも手伝い、瞬《また》く間に長蛇の列ができた。

「駒」も列はできたが、「浪速屋」にあふれた客がとりあえず並んだのではないかと思うほど隣の盛況はすごかった。テレビカメラが二台貼り付いていた。一台はたこ焼きの鉄板に固定、もう一台は最初に買った客のインタビューに走っていた。ミシュランの★を獲《と》った店がB級グルメ選手権に参加しているのだ。話題性は高い。

「うちはうちで、しっかりやろうや」

シゲコは隣の行列を見ながら言った。「駒」にも客は次から次へとやって来た。他の店を気にする余裕はなかった。カオリは一時間で四百人前を作った。予定の半分に達した。シゲコは亭主の寅男に電話し、材料の追加を依頼した。

十

午後一時半、屋台を巡回する祥子《しょうこ》が「駒」にも来た。

「おつかれさまです」

「ああ祥子ちゃんか」

シゲコは首に巻いたタオルで、額に流れる汗を拭《ふ》きながら言った。

この日の気温は摂氏三度。朝鮮半島から寒気が流れ込んで、身を切るような寒さである。祥子はダウンコートに厚手のマフラー、毛糸の手袋をしていた。

その時一陣の風が吹いた。

「おお、寒」

祥子は両手でコートの襟を閉めたが、シゲコはゆたんぽのような顔をしている。

「シゲコさんは真夏ですね」

鉄板で格闘を続けるカオリは火の玉のようだ。

「みなさん、すごいですねえ。わたしだけこんな格好して」

祥子は手袋を脱ぎ、脇に抱《かか》えていたクリップボードをカオリとシゲコに示した。

「これ、開始から一時間分の集計です」

「投票の数字か？」

「そうです」

「ウチはどうなんや」

「駒さんは今のところ五位です」

「なかなかやないか。ひと踏ん張りして、銅メダルまではいかんとな」

シゲコはそんな風に言ったが、カオリは、

「近畿大会行けるのは一等賞だけや。優勝せなならん。みんなのためにも。そうやろ？」

「そりゃそうやけど」

カオリは両手にコテを持ったままクリップボードをのぞき込んだ。

「一位はお隣さんか。ミシュランやもんな。朝からすごいし。二位はアンディアーモか。どっちも下馬評《げばひょう》通りや。で、一位とうちの差はどのくらいなん？」

祥子はクリップボードの紙をめくり二枚目を出した。

「今のところ、投票総数が二千二百で、一位が三百六十、二位が三百十五、五位の駒さんはえーと、百八十ですね」

「一位の半分か」

カオリはそうかあ、なかなかきついな、と言いながらそば焼きをひっくり返した。

祥子は言った。

「上位五位までで総得票の六十五％を獲得しています。この五店での戦いに絞《しぼ》られてきそうですね」

シゲコは言った。

「うちもいちおう優勝候補なんや」

カオリは言った。

「ぎりぎりくっついてる状態や。うちの上におる三位と、四位はどこ？」

「三位は花隈《はなくま》の『鈴くら』さんです」

「おやまあ。これまた反則組や」

「鈴くら」とは神戸の山の手にある老舗割烹《しにせかっぽう》だ。高級店で夜に席を持てば料理だけで三万円はする。その店が、若い板前の作る賄いカレーから触発された「カレー焼き大根餅」という創作メニューで参加してきたのである。オーナー板前の鈴倉康志《すずくらやすし》は日本料理界の有名人で、後輩や海外在住シェフの育成にも積極的なひとである。伝統は変化が必要、といつも言っている。事務局から出店を依頼され、ふたつ返事で承諾した。主催者にすれば、B級グルメ選手権に老舗割烹である。大会に多様性が出て箔《はく》が付く。

知り合いがそのカレー焼き大根餅を買ってきてくれた。カオリは味見をしてみた。昆布や干しエビ、干し椎茸などでとった出汁で作ったカレーを米粉大根餅にまぶし、鉄板で焼いている。風味が高い冬の大根は、カレーの辛さに旨みを添えていた。見事な一品だった。

四位は神戸のビーフステーキで一番と評判の高い「三橋《みつはし》」の「肉たこ焼き」である。

祥子が言った。

「それは食べてみました。たこ焼きの鉄板で丸く焼くので見た目はたこ焼きですが、中身はみすじのブロック肉です。ひと嚙みでサクッと切れるほど柔らかい肉です。ほんとうにおいしいです」

「それは食べてみたいな」

「『三橋』って世界からお客さんが来る店なんですってね。なんでもアメリカ、プロバスケットボールの大スター、コービー・ブライアントのコービーという名前は、父親が神戸ビーフに感動して名付けたらしいんですが、彼が食べたのがこの『三橋』なんです」

「どいつもこいつも反則の店ばっかりや。どこがB級やねん」

「駒さんはそこにぴったりつけてるんです。ほんとうにすごいですよ」

「そうかなあ」

カオリは冷静だった。地元の期待を一身に背負って参加した。朝イチから知り合いが応援にいっぱいやってきた。駒に入った票は知り合いの応援票なのだ。それが百六十票、それで五位、一位得票の半数である。上位の四つを全部抜いて優勝できるのか？　カオリは思わざるを得《え》なかったが、考えても仕方がない。

「さあ、昼からもがんばるで。お母ちゃん、材料だいじょうぶやな」

「もうすぐ持ってくる。ソースも一時間後にできたてが届く」

「オリーブさん、追加オッケーなんか？」

「混ぜるだけのフレッシュソースやからな」

「なるほど。そうか」

カオリは祥子に言った。

「祥子ちゃん、ひとつ頼みあんねん」

「何でしょう」

「祥子ちゃんの立場では、どこぞの屋台に肩入れはできんやろうが、地元のためや」

「はい？」

「一時間後にオリーブのできたてソースが来る。工場直送のできたてソースを食べる機会なんてないやろ。お客さんに知らせたいし、オリーブさんの宣伝にもなる。ポスターを貼り出してアピールしたい」

「わたしも食べたいです！」

「食べたらええよ。でもわたしら手が離せへんから、作ってくれんか」

「そうですねえ」

祥子はちょっと考えて言った。

「ウグイス嬢にやってもらいましょう。それがいい」

「ウグイス嬢？」

「校内放送してる六年生のはるかちゃんです。放送室に一日中座って、退屈なんですよ。それに彼女は絵が上手です」

すぐ行って来ます〜、と声を残して祥子は行った。

シゲコは客に舟皿をわたし、ひと息ついて言った。

「やるだけのことをやろやないか。人間万事塞翁《じんかんばんじさいおう》が馬《うま》。正直者に福は来る」

「なんやそれ。まあ、そうやな。全速力で走り切ろ」

カオリは声を上げた。

「長田名物のぼっかけそば焼き〜、長田に来たらこれ食べてよ〜」

カオリはできあがった二十人前を隣の鉄板へ移し、次の二十人前に取りかかった。

三十分もしないうちにポスターができてきた。

「オリーブのできたてソースてか？」

地元の人間がすぐ反応した。一般客が興味を持ち、駒のそば焼きは勢いを増した。

売れる数は隣のたこ焼きより多い。オマール出汁は手間がかかっていて、数をさばけないのだ。

あとは投票してもらえるかだ。二時の集計では健闘《けんとう》し、順位は五位のままであったが、上位との差が詰まりつつあった。

「さあ、選手権も折り返し地点です。ここからは後半戦。みなさま、投票をよろしくお願いします」

はるかのウグイス声がスピーカーから響いた。声が静まるのを待って、NHKのアナウンサーがカメラに向かった。

「近畿大会を経て全国大会につながる大会ですが、神戸は長田区の小学校で行われています。町内会に小学校の生徒まで参加した町ぐるみのイベントは、健全で新しい町おこしのかたちです」

しかしぜんぜん健全でない部分もあった。

校門からいちばん遠い「アンディアーモ」。

そこに湊組組長の湊巧己が、組員を三人連れてやってきたのである。

十一

長い行列を見た湊がほくほく顔で言った。

「めちゃはやっとるやないか。優勝間違いなしやな。全国でも優勝や」

チーズの焼けるにおいが漂《ただよ》っている。最高級パルミジャーノの香りに包まれたチーズお好み焼き、仕上げは白トリュフを使っている。新地《しんち》や銀座《ぎんざ》の高級レストランでもお目にかかることはない超スペシャルメニューである。採算度外視、なりふり構わず優勝を狙いに来ているのだ。一般客も選手権というイベントだからこそ経験できるスペシャルな味に舌鼓《したつづみ》を打っていた。

湊巧己は行列の先頭へ回り込んだ。屋台に顔を突っ込み、鉄板で奮闘する菊池に声をかけた。

「どや、うまいことといってるか」

「く、組長」

「こら。組長と言うな。堅気のイベントや」

「は、はい、がんばっております」

「そうかそうか」

湊は屋台の脇で食べている若い夫婦に声をかけた。

「どうですかいな、ここの味は」

「最高ですよ。こんなの食べたことがない」

夫の方が食べながら言ったが、問いかけてきたのがイタリアンファッションバリバリのやくざとわかり、そそくさとその場を離れた。

そこへクリップボードを抱えた祥子が回ってきた。

「アンディアーモさん、二時の集計結果です」

佐合が祥子に問いかけた。

「集計って、人気投票か」

「そうです。これは二時間分です。失礼ですが、関係者の方ですか？」

「ああ、まあ、ここ手伝《てつど》うとるもんや」

「じゃあ、これお渡しします」

祥子はクリップボードから紙を一枚取って佐合に渡した。

「すごい人気ですね。残りもがんばってください。ご健闘お祈りします」

祥子は去っていった。佐合は集計の表を見た。

「おお、人気投票第二位や」

佐合は湊にも見せた。

「全体の二位に付けてます」

しかし二位と聞いたとたん、湊の顔色が変わった。

「一位はどこなんや」

佐合は悪い予感を覚えながら言った。

「浪速屋です。例のオマールたこ焼き屋ですわ」

湊は列の先頭に再度割り込んだ。

とうする。「あんた何するの。横入りはあかん」

と言った主婦を肘《ひじ》で払いのけ、腕を伸ばして菊池の襟首《えりくび》をつかんだ。

「お前ら仕事してるんか？　オマールを使ったかなんか知らんが、たこ焼き屋なんぞに負けてどうするんや」

佐合はあわてた。公衆の面前である。

アンディアーモは高級イタリアンレストランだ。湊組のフロント企業であることなど一般人は知らない。組長がこんなところにしゃしゃり出たりしたら、「やくざがやっています」と宣言するようなものだ。イベント屋台だけでなく、レストランのイメージが崩壊してしまう。

列を作る客たちの話し声が途絶えた。湊はシェフを金壺眼《かなつぼまなこ》で睨んでいたが、

「親分、自重《じちょう》しとくんなはれ」

と佐合は湊の手を菊池の襟首からゆっくりほどき、屋台の裏へ引っ張った。

佐合は言った。

「勝負はまだ半分です。二位に付けて最後は追い込む。菊池の作戦かもしれません」

「作戦？　逃げ切られたらどないすんじゃ」

また大きな声を出したので、客たちは静まった。佐合はもうひとりの組員と共に組

長を挟み込み、桜の木の下まで移動した。

　佐合は言った。

「親分、なにとぞ、お静かに。堅気のイベントです」

「これが言わんでおられるかい。負けとるやないか！」

　そこへ菊池も走ってきた。

「おまえ、負けたらイメージもクソもない。即刻《そっこく》破門やぞ」

「精一杯やります」

「何が精一杯や。そんなんで行けたら世の中にやくざは要《い》らんわ」

　佐合は怒りがおさまらない湊の肩越しに屋台のほうを見た。長い行列がやくざたちを注視している。

「とにかく、わたしは料理を続けます。どんどん作って投票してもらわないといけません」

　菊池は一礼して鉄板へ戻ろうとした。湊が怒鳴《どな》った。

「勝てるんやろな」

　菊池は意を決して言った。

「選挙も同じです。やれることをやってあとは民意《みんい》です」

湊は菊池の目をのぞき込んだ。

「民意やと？」

湊はまた怒鳴りかけたが、佐合が両手で押さえた。湊も客の目をさすがに意識した。声を低めた。

「しゃらくさいことを言いやがる……まあ、ええわ」

湊は佐合の手をゆっくりと払いのけた。

菊池は一礼して屋台に戻った。湊は言った。

「何が民意じゃ。指くわえてるわけにはいかん。時間もないぞ。うちの上におるたこ焼き屋をなんとかせなあかん」

やくざで親分が何とかしろと言ったら即刻行動である。しかし佐合は沈黙した。堅気のイベントである。しかも小学校の校庭だ。内心では「二位でもじゅうぶん」と思っている。やりたくないことにアイデアは湧《わ》かない。

校庭の端っこで小学生がサッカーの練習をしていた。二十人くらい、ひとりひとつのボールを持ってドリブルの練習をしている。

湊がそれを見ながら言った。

「有りもんで間に合わせよ。あれ借りてこい」

「あれとは？」

「サッカーボールや。一位の屋台をいちびったろ。どないなことしてでも優勝せんといかんからな」

「どうすんですか」

「ボールを浪速屋の屋台へ投げつけるんや。鉄板とか溶いた粉のバケツにも放り込め」

さすがの佐合もげんなりした。

「子供、練習してますよ」

「背に腹は替えられん」

湊はニッと笑った。

「ここは小学校や。サッカーボールが飛んでいくことなんぞ、日常の景色や。誰も文句は言わん。当たり所が悪うて、商売は中断するだけや。しゃあないやろ、子供のすることや」

佐合は子分に指示した。もうやけくそである。

組員たちは大声を出しながら子供たちの中へ突っ込んでいった。驚いてちりぢりになった子供たちからボールを奪い、コーチ役の先生の横にあったカート式のボールケースに詰めた。

「全員集合。サッカーの練習はあっちへ移動する」

カートを動かし、子供たちを煽《あお》り、浪速屋の裏側へ並ばせた。

そこでボールを一列に並べた。

「さあ、あの屋台がゴールや。シュート決まった子にはおもちゃのプレゼント」

子供は尻込みした。

「もうええ」

湊がしゃしゃり出て、ボールを蹴《け》った。素人まる出しのトウ・キックであったが、ボールはまっすぐ屋台に向かい、計ったように鉄板でワンバウンドした。そしてチャポンとオマールスープの鍋に飛び込んだのである。続いてボールを蹴る子供は誰もいなかった。子供たちはてんでんばらばらに逃げ出し、コーチの先生が後を追った。

しかし湊の「いちびり」は効果を上げた。たったひとつのボールに、商売はわやくちゃになったのである。あわてた店員が海老の籠をひっくり返した。二匹のオマール海老が校庭に這いだした。制限時間のある勝負に事故は致命的である。幼稚な戦略でもうまくいくことがあるのだ。

強い運を持つものが生き残る。人生訓のようなものを、湊は感じた。

「ざまあ、見さらせ」

その時である。湊は肩を大きな手でつかまれた。湊が振り返ると、そこにいたのは井野だったのである。

「い、井野組長！」

神戸安藤組組長の井野文禄《ぶんろく》。井野は言った。低い声である。

「平和な堅気のイベントに、ちょっかい出したらあかんで」

「何もしてません。子供のボールが飛び込みましてん。それより組長こそ、なんでここに」

「川本のオジキに頼まれたんやがな」

行列の中の目がぜんぶ見つめていた。井野は大柄な上、西洋人のように胸板が厚い。レイバンのサングラス。背の低い湊が井野の背に腕を回した。

「うちの店へどうぞ」

湊は井野をアンディアーモの前まで引っ張った。

「うちの店です」

「お前とこが出しとんか」

「へえ、三宮のアンディアーモです。うちのフロントですわ」

「はしからはしまでイタリアやの、お前んとこは」

井野は鉄板をのぞき込んだ。

「何を作っとんねん」

興味深そうに見ている。

「よかったらどうぞ」

井野は鉄板の上にチーズが焦げた小さなかけらを見つけ、指でつかみ上げた。

「組長、やけどします。ちゃんと盛りますさかい」

井野は口に入れた。そして振り返ることもなく言った。

「なかなかうまいやないか」

どうしても井野は目立ってしまう。テレビにも最近顔が出ている。

佐合が丸椅子を出した。丸椅子しかないが、屋台の裏に椅子を出して、井野を座らせた。そして井野と湊を隠すように組員たちが並び、一般客から隠した。

井野が訊ねた。

「川本のオジキは来とるか？」

「いえ、今日はまだお会いしておりません」

「そうか」

湊は言ったが、そのとき、視線の先に甚三郎が見えたのである。

十二

アンディアーモの出店場所は学校の裏門にいちばん近い。イベント参加客の退場口として、いま裏門は開放されていた。甚三郎はそこから入った。和服に懐手、物見遊山《ものみゆさん》でもするような雰囲気である。山崎が甚三郎の背中に追いついた。

「親分、遅れました、すみません」

「遅れてはおらん、ちょうどや。みどりもおるんか」

「みどりは事務局を手伝うてます」

「呼んでこい。親分さんたちに挨拶《あいさつ》させとこ」

山崎は事務局へ走った。

甚三郎はゆっくりと歩いた。朝から列が途切れることがなかったアンディアーモだが、井野の登場で、コワイ物見たさの客だけを残し、三々五々客は去っていた。

甚三郎は屋台裏に座る井野の傍《かたわ》らに立った。

「ご足労、恐縮です」

井野は言った。

「川本組を大事にしてるとこを見せとこ思うてな」

「ありがとうございます」

山崎がみどりを連れてきた。

「うちの若い者です」

ふたりが井野組長と直接話す機会などない。ふたりは無言のまま、井野の前で腰を九十度曲げた。

「顔を上げてくれ。堅気の祭りや。堅気を大事にするオジキにも迷惑がかかる」

「ありがたいお言葉です」

井野が立ち上がった。サングラスを外し、甚三郎の顔に自分の顔を寄せた。

井野は言った。

「今後のこと、お願いした通りや。オジキには神戸に付いてもらわんとあかん。頼むで」

井野が甚三郎に、佐合が山崎に、因果を含ませた話である。甚三郎は神戸安藤の相談役となり、川本組は世代交代。山崎は湊組傘下でシマを運営する。

井野がサングラスをかけた。

「ほな、帰るわ」

「しばしお待ち願えますかな。客人がもうひと方来られます」

ちょうどその時、裏門の外に黒塗りのワゴン車が止まった。

甚三郎は言った。

「山崎、お迎えしてこい。井野親分はどうぞお座りになってください。湊さん、お宅のスペシャル焼きは絶品です。井野組長にもお召し上がりいただいてはいかがですか？　優勝ねらっとるんでしょう」

「おお、そうそう。実は接戦なんですわ。組長、ぜひとも投票お願いしますわ」

「わしが投票やて？　おもろいやないか」

菊池は焼き上がったばかりのお好み焼きを皿に載せ、腕に力を込めて白トリュフを削った。

「変わったお好みやの」

そう言いながら井野は口に運んだが、ひとくち食べて、湊をじっと見た。

「く、組長、いかがなもんで」

井野は言った。

「食べたことない味や」

「そうですか！」

「ワインが飲みたいわ」

「おい、お前ら、ワインないんか」

「小学校でのイベントなので、酒は出せません」

菊池が言ったが、隣の屋台で立ったまま食べている客は缶ビールを飲んでいたのである。

「飲んどるやないか」

「あれは」

佐合が言った。

「外の自動販売機で買《こ》うて持ち込んどるんです。違反です」

「違反か。ほたらあいつは逮捕やな」

全員黙った。

「小学校で揉《も》めたりしたらあかんの。ワインは夜になってから飲むわ」

井野がそう言ったので、気が張っていた組員たちも、怒らせた肩を落とした。

十三

山崎は裏門で客人を出迎えた。誰が来るのか聞かされていなかったが、井野組長に引き合わせる人だ。大物に違いない。校長か、商店会長か、政治家か。いや、堅気の人間が公衆の面前でやくざの組長と会うことはできない。待てよ。衆人環視だからこそ会うのかもしれない。現に青葉小学校の畠山《はたけやま》校長と甚三郎は決して密談をしないという紳士協定を結んでいる。料亭などで会えば、ない腹を探られ、堅気の方に迷惑をかける。甚三郎はかたくななのである。

裏門前に止まったのは漆黒のワゴン車だった。側面とリアのウインドウは夜より深い闇である。これは、素人ではない。

運転席から丸刈りの男が降りた。無表情、白い手袋をしている。助手席からは黒スーツの男が出てきて、車の側面に貼り付いた。あたりをひととおりうかがい、運転手に目配せした。運転手は白い手袋をドアの引き手にかけ、おもむろに引いた。

降り立ったのは六代目安藤組組長、北条景勝《ほうじょうかげかつ》である。

山崎は凍《こお》った。至近距離で見るのははじめてだったからである。

浅黒い肌、傷の多い皮膚を大きめのサングラスと、トレードマークのボルサリーノで隠している。北条に続いて降りてきたのは、北条と長年の協業関係を築いてきた喜《き》多良《たら》組組長の喜多良与助《よすけ》だった。喜多良は六代目組織のナンバー2、筆頭若頭を務める男だ。二台目のワゴン車から他に三人が降り立った。ひとりは上村である。上村が山崎の傍らへ来て言った。

「ご苦労さん。甚三郎のオジキは」

「すぐ、そこにおります。呼んで来ます」

上村は山崎が川本組の若頭だと紹介した。

山崎は深く辞儀をして、歩き出そうとしたが、北条が言った。

「あそこにオジキが見える。こっちから行きゃええが」

取り巻きがちょっと色めいたが、北条はさばけた性格なのである。

「賑《にぎ》わうというのはええもんじゃ。なあ」

喜多良は「なあ」と言われ、苦笑いで返した。北条は言った。

「オジキにはぜひともうちに付いてもらわんとな。神戸は上村ががんばるにしても、神戸組に包囲されよる。甚さんがおるとおらんとではまるで違う。そやの、上村」

「は、はい」

「ここのシマはしっかり守ってくれよ」

「ひあ」

「なんじゃその声は。ほなら、行こうか。今日はうまいもん、食えるらしい」

北条は校庭に入った。取り巻き六人が左右に付いた。晴れた日の校庭に似合わない黒い集団である。客たちは息をひそめ、遠巻きに眺めていた。北条は屋台村へ進んだ。まっすぐアンディアーモの方へ。

甚三郎は北条に気づいて近づいた。北条が遠目から言った。

「オジキ、いい天気じゃのう。商売繁盛じゃ」

北条のくちびるがほどけたが、それは寸時であった。くちびるは堅く引き結ばれた。

甚三郎の後ろに、井野がいたからである。

北条の脇から上村が飛び出した。

「オジキ！　これはいったいどういうことや」

アンディアーモからは佐合が飛び出した。

「上村！　おまえこそ、のこのこ出てきやがって。シマから手を引けと言うたはずや」

「聞く耳持たんわ」

親の横で弱気を見せられない子犬は吠《ほ》える。コワイ物見たさの客、動くこともできず、立ちすくむ客もいたが、ほとんどの客は蜘蛛《くも》の子を散らすように逃げた。みどりがあわてふためく群衆に分け入った。

「落ち着いてください」

こんなトラブルの処理は自分の仕事だ。学校の先生にまかせられない。みどりは介《かい》入《にゅう》しようとしたのだが、そこは酔っ払い客が揉めるようなレベルのトラブルではなかった。

祥子もやってきた。

「祥子ちゃん、だめ。来ないで」

みどりは声を張り上げた。

「お客様も下がってください！」

みどりは両手を広げ、客を下がらせようとしたが、ひとりではどうしようもない。

シゲコも走って来た。

シゲコは一瞥《いちべつ》で情況を把握《はあく》した。シゲコはどこからそんな声が出るかと思うような声を上げた。

「みんな、下がれ！」

動かない客にシゲコは怒鳴った。

「あんたら、死ぬで、死ぬで！」

「死ぬで、とか大げさや」

そんなことを言う客がいたが、大げさでもなんでもなかった。素人にははかりしれないことが起こったのである。

井野と北条は視線を交えていた。怒りなどない。ただ視線をまっすぐ相手に据えていた。

ふたりは共に弾の下をくぐってきた。付き合いは永く深い。ふたりの間に横たわる感情は友情を超え、乾いた思いへと昇華《しょうか》している。怒りも、ましてや殺意などない。

しかし運命が二人を分けた。両サイドの首領に祭り上げられ、最大の標的となったのである。

小学校の校庭に、その二巨頭がいる。

抗争の最前線にいる構成員たちの何人もが心を荒縄で縛り、いつでも命を捨てる覚悟をしていた。

十四

アンディアーモのシェフ菊池も、そんな一人であった。

菊池の二十メートルほど先に北条がいる。取り巻きもたった六人だ。安藤組総本部は神戸市灘《なだ》区にあるが、六代目の実質的な本部が名古屋に移ってから、北条が神戸に現れることは月に一度の総会だけとなっていた。

偶然転がり込んだチャンスである。

菊池は心を真っ白にした。湊に罵倒《ばとう》されたことなど、どこかへ飛んだ。やくざの地面は血が流れてこそ固まっていく。

菊池は動いた。

鉄板の下に手を差し込み、貼り付けておいた拳銃を取り出した。

ベレッタ950BS。護身用の二十二口径ショート弾自動拳銃である。殺傷《さっしょう》能力は低いが、コンパクトで隠しやすい。至近距離なら仕留められる。

菊池は拳銃を握り、佐合の後ろへ付いた。マガジンを取りだし、弾の装塡《そうてん》を確認した。八発＋一発のフル装塡であった。マガジンを嵌《は》め直し、佐合の前に出た。

正面に上村がいる。すぐ後ろが北条だ。菊池は銃を持ち上げた。

上村は銃口を見た。

「あ」

上村はたったひと言発したが、身を銃の前にさらしはしなかった。なんと、上村はしゃがんだのである。とっさの回避行動だったのだろう。

菊池から北条への視界が抜けた。

「くたばりやがれ！」

菊池は引き金を絞った。

しかし発射された弾は空へ高く飛んだ。

みどりが走り込み、菊池の右腕を下から突き上げたのだ。

「おのれ！」

菊池はみどりの腹を足で蹴った。みどりは尻から校庭の土へ飛んだ。

そのみどりを菊池は撃ったのである。至近距離だった。みどりは胸をまともに撃たれた。みどりは両手のひらをぴくと空に向けたが、そこで動かなくなった。

「みどり！」

山崎が飛び出した。菊池は叫んだ。

「じゃますんな！　お前もはじくぞ！」

山崎は伏せ、みどりに向かって這った。

北条はその隙に裏門を出て、車へ乗せられようとしていた。菊池は走りながら銃口をあげた。しかし甚三郎が弾道に立ち、視界を防いだのである。

「どけ、どけ、じゃまや」

甚三郎はどかない。

「殺す！」

菊池は引き金を絞《しぼ》った。銃は火薬を吐いた。

ところが弾は発射されなかった。菊池は何度も引き金に力を込めたが、カチリという音が鳴るだけだった。

菊池の横にシゲコがいた。シゲコの手のひらにはベレッタのマガジンが握られていた。

「楽勝や」

シゲコはマガジンから弾七発を抜いて地面に落とした。背の低いシゲコ。百八十センチの菊池を勝利の微笑みで見上げていた。

「二十二口径のシングルカラム・マガジンやな。よう手入れしたある」

「おのれ！」

菊池は鬼の形相《ぎょうそう》でシゲコを空中に吊り上げた。しかしその瞬間、警官がタックルし、菊池は吹っ飛んだのである。あおりを食ってシゲコも尻もちをついたが、菊池はさらに駆けつけた刑事ふたりにも手足を押さえつけられ身動きできなくなった。

菊池の背中にまともに飛びついたのは巨漢の大城であった。大城は菊池の上にからだを預けたまま、手錠を取り出した。

「お前は、なんちゅうことをしよるんや。小学校やぞ」

大城は菊池の両腕を背中へ回し、手錠をはめた。

十五

みどりは仰向《あおむ》けのまま動かなかった。流れる血がスタッフジャンパーの胸を染めていた。厚手の防寒ジャンパーはフリース生地だったが、あふれ出る血は流れ、校庭にも丸いシミを作りはじめていた。

大城はみどりのジャンパーのファスナーを引きちぎった。中に着ているトレーナーも大量の血に濡《ぬ》れていた。弾は右胸に命中していた。乳房に穴が開き、脂が流れ出ていた。脂には血が混じっていて、みどりの顔からあっという間に血の気を奪《うば》っていた。

ゆきが救護バッグを持って走ってきた。

「救急車を呼びました。五分で来ます」

ゆきは言いながら救護バッグから脱脂綿を取り出した。

「みどりちゃん、痛むだろうけど、血を止めないといけない」

ゆきはありったけの脱脂綿で傷口を押さえた。みどりの肩の下にバッグを差し込んで背中を少し浮かせ、さらしでみどりの胴体をきつく縛った。

「がんばれ、みどりちゃん！」

パトカーが二台、到着した。県警捜査一課強行班の佐藤拓朗《さとうたくろう》が走ってきた。佐藤は情況を一瞥すると、黄色いビニールの犯行現場保全用テープを張るよう指示したが、それぞれの屋台に青いビニールシートがあるのに気づいた。突然の気象変化に備えているものだ。佐藤は言った。

「ブルーシートで隠せ。学校でこんな景色を見せたらあかん」

みどりはあっという間にシートで囲われた。そこへ救急車がやって来た。

佐藤は大城に訊ねた。

「現行犯ですか？」

「ああ、証人だらけや。わたしも証言できる」

「井野と北条が同時にいたとか」

「あいつらにはあとで話を聞かせてもらう」

すでに井野たちは姿を消していた。裏門の外にいた漆黒のワゴン車も消えていた。

「ここはうちが引き受けます。大城さんはそっちを追ってください」

自分が確保した犯人は自分で取り調べる。手柄を渡してなるものか、といがみ合うこともある。しかし、巨頭ふたりが現れたのだ。殺人未遂は捜査一課へ渡すことにした。

「よろしく頼むわ」

「わかりました」

佐藤は言った。

「おい、連れてけ」

菊池は客が遠巻きに見守る中、正門前に停まるパトカーへ引っ立てられた。

一般客は全員学校の外へと出され、正門は閉められた。

佐藤は地面に転がる拳銃を拾い上げ、透明の証拠袋に入れた。そこへ声がした。

「学校はピストル禁止です」

佐藤は振り向いた。いたのは畠山である。

「校長の畠山です」

「兵庫県警の佐藤です」

佐藤は会釈をした。

「校長先生、校庭が犯行現場となってしまいました。封鎖《ふうさ》させていただきます。大会は中止ですね」

「そうしなくてはなりますまい」

佐藤は周りを見渡しながら言った。

「他にけが人はいませんか……おや、あれは何でしょう」

裏門から校庭に入ったあたりの場所に関係者が溜《た》まり、大城が首を伸ばし腕を上げていた。

「佐藤さん！　すぐ来て」

佐藤は走り寄り、人だかりの輪に入った。

十六

甚三郎が地面に突っ伏していた。

大城は甚三郎の顔に自分の顔を当てていた。大城が顔を上げた。

「息をしていない」

「なんですって」

佐藤は救急車へ走った。今にも出発しようとしていた隊員の腕をつかんだ。

「もうひとり、おるんです」

隊員は怪訝《けげん》な目をしたが、佐藤は指さした。

「あっちは息がないように見える」

隊員は走り、情況を確認するとすぐ救急車へ戻ってきた。

「もうひとり乗せる。心肺停止や。ＡＥＤしながら走る」

「ええ！」

「その女性はどうだ」

「すぐに輸血が必要だと思います」

隊員が佐藤に言った。

「大量出血と心肺停止です。ふたりとも一刻を争います。あと一台待つより、とにかく救急に運びます。ストレッチャーが一台しかないので手伝ってください。ここへ乗せます」

刑事たち四人で甚三郎を持ち上げ、車内のベンチシートまで運んだ。

「患者さんの情報もお知らせ願いたい。関係者の方はいらっしゃいますか。同乗お願いします」

「わたしが乗ります」

大城が進み出た。山崎にも言った。

「お前も乗れ」

山崎は顔面蒼白《そうはく》になっていた。場数を踏んだ男とて、とんでもない事態を前に、全身から力が抜けていた。大城は山崎の頬《ほお》を張った。

「悩むのは後でええ」

山崎は救命隊員に急《せ》かされて救急車に乗った。後部の扉が閉まり、救急車はサイレンを鳴らし、発進した。

みどりはストレッチャーに寝かされ酸素吸入マスクを付けていた。

「ストレッチャーを押さえていてください。酸素マスクが外れないように」

甚三郎はベンチシートに寝かされた。隊員が甚三郎の胸をはだけ、電極パッドを当てた。

甚三郎に一回目のショックが入った。

反応がない。

二回目。

反応がない。

三回目。

隊員は計器を見ている。山崎はストレッチャーを両手で押さえたまま隊員を見た。

隊員はパッドを外した。

窓の外、波状の雲が空を覆っていた。

大城が言った。

「し、死んだのですか……」

「救命士は診断をしません。心肺停止でも、心肺蘇生法などの処置をしながら病院に向かいます」

「心肺停止なんですか……」

「とにかく、病院はすぐです」

甚三郎の顔からいっさいの血の気が引いている。

みどりの顔も雪のように白い。もともと色白だが、大量の血が流れ漂白《ひょうはく》されたかのようだ。からだにどれほどの血が残っているのか。

生きてくれ。お願いだ。山崎は祈った。

救急車は神戸西市民病院の救急に滑り込んだ。病院の中から白衣の集団が出てきて、すぐにみどりのストレッチャーが下ろされた。一人の医師がみどりを目視しながら救命士の説明を受けた。医師はペンライトの光を眼球に当て、胸を開いた。銃創で開いた乳房の穴をガーゼで押さえていたが、皮下脂肪に混じって血がにじみ出していた。

医師は顔を上げた。

「出血は肺の動脈かもしれない。すぐに開胸だ。輸血を準備」

みどりのストレッチャーは手術室へ直行した。医師は救急車に乗り込み、甚三郎の顔に光を向けた。聴診器を胸に当て、眼球をのぞいた。そこで医師の動きはゆっくりとなった。医師は顔を上げて言った。

「この方は……ストレッチャーに乗せてブースだ」

医師は横にいる山崎を見た。

「あなたは関係者の方ですか？」

「は、はい……会社の者です」

「いったい、何があったのですか？」

それには大城が答えた。

「いま運ばれた彼女は銃で撃たれました」

「そうなんですね。あなたは？」

「兵庫県警の大城です」

「刑事さんですか」

医師はちょっと声を上げたが、すぐに声を低くした。

「こちらの男性はどうされました？」

「わかりません。倒れたのも気づきませんでした」

救急入口からストレッチャーが出てきた。救命士と看護師はそこに甚三郎を横たえ、中へ運んだ。医師も大城も山崎も病院に入った。

みどりは救急入口から続く手術室へ運び込まれた。ドアが閉まり「手術中」の赤いランプが付いた。

甚三郎が乗ったストレッチャーは手術室を通り過ぎ、カーテンで仕切られた一角まで運ばれた。甚三郎の胸に計器がつながれた。

モニタに数字と直線が現れた。

医師と看護師ふたりはそれをただ、じっと見た。大城と山崎もじっと見た。

医師は救命士といくつかやりとりをした。一分ほど話しただけで終わった。

医師が全員をカーテンの外へ出した。

救命士は大城と山崎の前でヘルメットを脱いだ。そして腰を深く曲げて一礼し、病院の外へ出て行った。

十七

医師は言った。

「そちらへ座りましょう」

壁際にあるビニール張りのベンチに、三人は並んで座った。

「男性は死亡されています」

大城も山崎もからだを回して医師を見た。何も言えなかった。

山崎はまばたきを止め、息も止めた。

大城も絶句したが、息を吐き出し、言った。

「彼女のほうは」

「弾創です。右胸から肺へ届いている模様です。肺の損傷は開胸しなくてはわかりません」

手術室の赤いランプは付いたままだ。

「おふたりとも、ご家族に連絡されるのがよろしいかと思います」

「川本甚三郎さんは奥様がいます。山下みどりは、どうなんや、山崎」

「小豆島です」

大城は言った。

「川本さんの奥様はわたしが迎えに行きます。こういう場合は、直接伝えるのがいいでしょう。山崎はみどりの実家に連絡付けろ」

医師は言った。

「では来られましたら、わたし、深田《ふかだ》を呼び出してください」

「わかりました」

視線の先に手術室の赤いランプがある。山崎はその色をじっと見ていた。

十八

三十分も経たないうちに川本芳子がやってきた。川本家の自宅は病院から五キロの距離だが、迅速《じんそく》だったのはパトカーがサイレンを鳴らし、信号を突っ切って来たからである。

廊下に現れた芳子を見て、山崎は立ち上がった。

「お母さん……」

「山崎さん、ご苦労さまです」

そこへ深田もやって来た。病院事務長も現れたが、事務長は三メートル後ろに立って様子を見ているだけだった。

やくざの親分の妻、と知った事務長は臨戦態勢のような指示をまわりに飛ばしたが、恐怖が先に立った指示は順序立たず、具体的でもなかった。入院病棟は満床であった。症状の軽い患者に頼み込んで一室空けるような算段も念頭に上ったが、大城が短時間で芳子を連れてきたので、結局何もしていなかった。

甚三郎のストレッチャーは、フロアの端に位置する、カーテンブースに置かれていた。

　事務長は芳子がカーテンの前に立ったのを見て冷や汗を吹き出したが、芳子は医師と事務長に深く腰を曲げ、穏やかな物腰でカーテンをくぐった。枕元に一輪の花さえなかったが、事務長が心配するような思惑など、芳子には無縁だった。

　甚三郎は顔に白い布を掛けられ横たえられていた。

　芳子は指先で布をめくった。

　死後硬直ははじまっておらず、眠っているような顔だった。

　芳子は穏やかな目で甚三郎を見つめ、閉じた甚三郎の目尻を指でなぞった。そして甚三郎を真正面に見ながら言ったのである。

「ほんとうにたいへんな人生でしたね。どうぞゆっくりしてください」

　芳子は山崎も呼び入れた。

　山崎は甚三郎の死に顔を見つめたが、親分の死を悲しむ余裕がこころになかった。みどりが手術中で、気持ちをどこに向ければよいものか、コントロールできない状態だったからである。

　そんな山崎の手に芳子が手を重ねた。

「遺体をうちへ連れ帰ります」

視線さえ定まらない山崎を芳子は見据えた。

「葬儀の手配はわたしがいたします。若い人たちにもわたしから伝えます。あなたはみどりさんについていてあげてください」

ふたりはブースから出た。医師におじぎをして遺体搬送の段取りを相談しようとしたとき、別の医師がやって来た。

みどりの緊急処置をした外科医だった。手術は終わったのだ。

医師は深田とひとことふたこと話すと、芳子と山崎に向き直った。

「緊急手術を担当した外科医の岡部《おかべ》です」

岡部は会釈をして、すぐに言った。

「彼女は危険な状態です」

「ああ、なんてことでしょう」

芳子が深いため息をついた。岡部は言った。

「右胸から入った弾が肺に穴を開けました。弾は小さいものでしたが、肺の中で止まり、肺組織を傷つけています。弾を取り出すか、残したまま様子を見るか、経過を見て判断します。どちらにしても再手術が必要です」

山崎は床に両膝をついた。下半身の力が抜けていた。芳子は山崎の肩に手を置いた。

手術室からストレッチャーが出てきた。大城は山崎の腕を取って立たせた。

「しっかりせんか」

酸素マスクを被せられたみどりは全身麻酔で眠っていた。

「最善を尽くします」

岡部は真剣な眼差しで言った。

十九

新聞は大見出しだった。ＮＨＫも民放もトップニュースだった。小学校の校庭で発砲事件が起こったのである。学校には全国からマスコミが集まり、レポーターたちは周辺住民にマイクを向けた。

「校長並びに教育長は国会へ呼ばれることになるかもしれません」

大げさで有名なメディアはそんな風に表現したが、安藤組分裂騒動のまっただ中なのである。大げさだとは誰も思わなかった。小学生を持つ親には身近すぎる恐怖だった。いくつかの家族は転校を要望した。

幸い、休日のイベントだったこともあり、事件現場に居合わせた生徒はいなかった。

血を見たことでトラウマを抱えるような事態が発生しなかったのは不幸中の幸いだった。

週明けの月曜日、学校は臨時休校となり、警察はまる一日かけて先生たちから事情聴取を行った。

狙撃犯が湊組の組員であったため、刑事たちは大挙《たいきょ》して湊組事務所を家宅捜査した。しかし発砲事件につながるものは何も出なかった。

大城はひとりで川本組へ向かった。

ガサ入れの最中に、川本芳子からケータイに直接電話が入ったからである。

川本組に招き入れられると、事務所に組員たちが揃っていた。若頭の山崎、二番手のマサオ、若い衆の裕治と良男。男たちの中心に黒い和服姿の芳子がいた。

そしてもうひとり、スーツ姿の男性がいた。上衣に天秤《てんびん》のピンを刺していた。

芳子は大城に頭を下げた。

「無理をいいまして申し訳ございませんでした。どうぞお座りください。こちらの方は弁護士の久須岡《くすおか》先生です」

大城は勧められた椅子に座った。

組員たちも背筋を伸ばして無言だったが、そこには普段にはない緊張が読み取れた。

何が起こるのか、わかっていないのだ。芳子は言った。

「皆さんにお伝えしなくてはならないことがあり、集まっていただきました。何の件か事前にお伝えしなかったので、不安でしょうけれど、主人は遺書を久須岡先生に託しております。内容はわたしも知りません。自分の身に何かあったとき、川本組の全員を集めて伝えるように、とだけ言われておりました」

組員たちは全員、口を半開きにじた。しかし誰も何も言わなかった。

大城は訊ねた。

「いったい、どういうことですか？　わたしが同席する理由はあるのですか？」

「大城さまあての一通もあるからです」

「わたしあてですって？」

久須岡が言った。

「遺書は三通あります。奥様あて、大城様あて、それから山崎様あてです」

久須岡はテーブルに三通を並べた。白い和紙の封書だ。

「全員の前で最初に大城様あてのものを読むように、という遺言を預かっております。山下みどりさんの欠席は致し方ありません。ということですので、さっそく開封いたします」

久須岡は大城あての封筒を取り上げ、ペーパーナイフで封を切った。中身は三つ折りにたたまれた紙、一枚だけであった。

「ちょっと待ってください」

大城は言った。

「警察官は複数で立ち会うべきです。この事件は国会へも行きそうな勢いなんですよ。県警の広報官を同席させたほうがいいかもしれない」

芳子は言った。

「いいのですよ。ここにいる誰も嘘はつきません」

「そういう問題ではありません」

さすがの大城もあせったが、久須岡は大城を手で押さえた。

「故人の遺志に従って、この場にて読み上げます。ちなみに刑事さん、断っておきますが」

久須岡は言った。

「私は川本組の顧問《こもん》弁護士ではありません。私は故人の人柄を存じており、川本組が反社会的勢力ではないと信じておりますが、社会はそれを許容《きょよう》しません。ですからこの場にて業務を遂行《すいこう》させてください。今後も記者会見のような場に登場することはお断りします。広報的な質問もお受けしません。よろしいですかな?」

何がよろしいですか、かと大城は思ったが、黙っていた。久須岡は沈黙を許諾と受け取り、大城あての遺言を読みはじめた。

「条項一。私が死んだ場合、その日付を期して、山崎以下の川本組構成員全員を破門とする」

「えーっ!」

マサオ、裕治、良男の三人が同時に声を上げげた。

山崎は黙っていた。芳子も黙っていた。

大城は訊ねた。

「それはいきなり、どういうことですか。死んだ日を期してとは、前々から考えていたってことですか」

「私にお訊ねですか?」

「どうでしょう。芳子さんに訊ねるのがいいですかね」

久須岡は言った。

「甚三郎さんは私のオフィスにおいでになり、私の目の前でこれを書かれました。私が申し上げられるのは、この遺書が本物であるということです」

「そうですか。しかし、わたしが訊ねたいのは」

大城は言った。

「破門すると言っても、川本組は指定暴力団ではありません。破門するとかしないとか、警察に届けることはない。どうしてわたしあてなんですか。しかもよりによって遺書って」

「刑事さん、もう一度申しますが、私は遺言を伝えるのが役割です。内容に関して質問を受けることも答えることもできません。続けてよろしいですか？　続きがあります」

大城は黙った。組員たちも黙って次を待った。

「条項二。元組員が決して他の組へ移籍しないように、または勧誘されないようにご指導いただきたい。大城様あては、以上の二条項です」

「川本組は消滅するということですか？」

「私は質問に答えられません」

大城は「ううう」とうなっただけで、黙った。

「さて、次は奥様あてです。これも全員の前で読むようにという指示です。よろしいですかな、芳子さん」

「はい、もちろんです」

久須岡は二通目の封を切り、便せんを取り出して開いた。

「これも正式な遺言状であることを証言します」

久須岡は読んだ。

「川本家の所有する土地のうち、青葉小学校内の敷地および通学路にあたる私道部分は、すべて学校に寄贈《きぞう》する」

芳子は耳に全神経を集中しているようであった。久須岡は言った。

「これに関しては相談を受けております。自分の死後、自宅を含む土地建物にかかる相続税額を寄贈する土地の代金と相殺《そうさい》できないか、行政にかけあってほしいということです。これに関してはお預かりします」

「久須岡先生、難儀なご依頼ですが、なにとぞよろしくお願いいたします」

川本組と学校との土地貸借契約は、九十年間、問題を起こすことなく続いて来た。しかし昨今の情勢だ。甚三郎は自分が死ねばきっと、いざこざが生じる。それを予想し、遺言を用意したのだ。

親分らしいことだ。山崎は思った。しかし川本組の収入源は神戸市からいただく賃料と学校前の私道で店開きする露天商からの上がりである。

どちらもなくなる。やっていけるのか？

とはいえ、自分たちは破門された。どう考えればいいのか。

組員たちの目が泳いでいた。集中力をなくしているのが明らかだった。

久須岡は言った。

「次、よろしいですかな」

三通目の封筒はA４サイズの大きなものだった。表書きは若頭山崎あて、となっていた。しかし久須岡が封を切って中身を出すと、中には組員全員あての封筒が入っていたのである。山崎進、藤井《ふじい》マサオ、原《はら》裕治、福富《ふくとみ》良男、山下みどり。すべてに「親展」の赤い印があった。

「親展扱いですので、読み上げはいたしません。手続きに不審な点があれば訊ねていただいて結構ですが、個別の内容については、私は関知いたしません」

男たちはおそるおそる封筒を持ち上げた。誰もその場で開けようとはしなかった。良男に至っては封筒を持ち上げた指に力が入らず、机に突っ伏して泣き出してしまった。山崎はしばし、良男が泣くにまかせていたが、言った。

「みんな、二階でも外でも行って読め」

三人は無言で頭《こうべ》を垂れた。

芳子は言った。

「先生、本日は以上でしょうか？」

「はい、以上です。山下みどりさんの分は私が直接本人にお届けします」

そう言って、久須岡はテーブルの封筒を取り上げた。そして気づいた。

「おや？」

封筒の底に、何か入っているのである。

「私の前で署名されたのは以上の七通ですが。はて、これは知りません。もう一通ありますね」

と言いながら封筒を取り出した。宛先を確認した。

「郵便屋さんへ」

とある。

久須岡は怪訝な顔をしながら封筒を返した。裏にはこう書いてあった。

……山崎からお渡しするように……

久須岡は言った。

「故人の直筆に見えますが、これは私の業務範囲外です」

久須岡は封筒を山崎に渡し、みどりあての遺書はカバンにしまった。

「それでは、皆さま、私はこれにて失礼いたします」

「わたしも失礼します」

大城は言った。

「故人のメッセージは受け取りました。刑事として、やるべき事を精一杯やらせてもらいます」

弁護士と刑事は帰っていった。

若衆たちも二階へ上がったり、外へ出ていったりした。

芳子と山崎が残った。芳子は言った。

「山崎さん、お茶にしませんか。うちへ上がりましょう。葬儀のことで相談もあります」

それは大きな課題である。

甚三郎は有名人なのである。

実際、昨日の夜は電話が鳴り止まなかった。大規模な葬儀になるのかもしれない。

しかし山崎は言った。

「じぶん、破門です。葬儀に出ることはできません」

「だから相談なんですよ。実はそこにも、主人の希望があるんです」

「希望ですか？」

「まず、お茶にしましょうよ」

芳子は爽《さわ》やかな目をしていた。

二十

「やくざとして葬式を出す、ということです」

甚三郎は自分の葬儀に関して、芳子に伝えていた。

「やくざとして葬式を出せば弔問客はやくざだけになります。そうしてほしいの」

「ほんとうですか……？」

「町の人たちとのお付き合いは古いです。みなさん主人を送ってくれようとしておられるけど、それはいけない。やくざの葬式に来れば付き合いを疑われる。いっさいの火種をおこしてはいけない。いっさいの迷惑を排除しろ。堅気の方の出席はいっさいお断りしろ。ということなのよ」

甚三郎が生前言い続けたことと反対の遺言ではないか。堅気になりたい、堅気として死にたい、山崎は親分の口から何度となく聞いていた。

「しかし、いったい、どうすれば」

やくざとしての葬儀も仕切りはむずかしいのである。

川本組は安藤初代の直系だ。分裂のいがみ合いがあろうと、葬儀にはセクトを超えて参列してくる。それがやくざの義理だが、いつ鉄砲玉が飛ぶかわからない憎悪の連鎖が起こっている情況下である。小学校の校庭で弾が飛ぶなら、やくざの葬儀にヒットマンが現れて不思議はない。

やくざとして葬儀を出せ、堅気は来てはいけない。

川本組の構成員たちは甚三郎の死亡日にて破門されている。

誰が故人を送るのか。妻だけが立ち会うのか。

甚三郎は最後の禅問答を残して逝ったのである。

破門されたとはいえ、山崎の親は甚三郎である。生みの親より育ての親。親の愛は空よりも高く海よりも深い。子が親を送らなくてどうするのか？

「それで、わたし考えたんですよ。それがいいのかどうか、わからないけれど。それが相談っていうことなんですけれど」

芳子は言ったのである。

「あなたたち、一日だけ、葬儀社の社員になってくださいませんか？　葬儀社の社長にはわたしから話を通します」

「どういうことですか？」

「葬儀社なら立場を気にしなくていいでしょう。仕事なんですから」

「仕事……」

「はい、仕事です。うちから斎場へ遺体を運び、火葬に付します。そして直葬《ちょくそう》にします。葬儀はなし」

「直葬ですって！」

親分の葬儀に直葬など有り得ない。

「はい、その段取りで、お手伝いしてもらいたいの」

山崎は芳子の目を見つめた。

「ほんとうにそれでよろしいのですか？」

芳子は山崎の問いに答えず言った。

「それから、これも大切なお願いなんですが、棺桶《かんおけ》に入れて焼くとき、代紋を一緒に入れてください。川本は極道として死に、川本組は極道の歴史を閉じます」

山崎は芳子の言葉に、万感の思いが満たされた。

甚三郎のここ一年間の言動や振る舞いで、山崎には予感めいたものがあった。突然の死ではあったが、山崎は「来るものが来た」という心で受け止めていたのである。

「わかりました。最後のおつとめとしてやらせていただきます」

「違うのよ。おつとめじゃない」

芳子は毅然《きぜん》と言ったのである。

「あなたたちは葬儀屋として、川本家の依頼に応《こた》えるだけです。よろしいですね」

それはどちらでも同じだ。子が親を送るのだ。誠心誠意やらせていただく、それしか考えなかった。

しかし山崎は、芳子の言うところの意味をこの時、理解していなかったのである。

二十一

山崎とマサオと裕治の三人は葬儀屋として、自宅に連れ帰った遺体を引き取り火葬場へ向かった。

芳子は良男に手伝わせ、玄関の代紋、事務所に残る代紋入りの額、布地などすべてを取り外した。火葬場に到着するとすぐ、火葬炉のあるロビーに入った。炉へ送る化粧扉の前に、棺桶と質素な焼香《しょうこう》セットが並んでいた。

川本甚三郎にして、寂しすぎる葬送である。

山崎、マサオ、裕治は葬儀社の制服を着ていた。山崎の心は泣いていたが、傍目《はため》には悲しみを仕事にしている業者の、身についてしまった態度にしか見えなかった。

芳子は焼香を済ませると、棺桶に寝かされた甚三郎の上に、代紋の入ったものをていねいに並べた。最後に、玄関に長年掲げていた代紋を甚三郎の胸に載せ、その上に生花を散らした。

芳子は甚三郎の顔をじっと見ていたが、火葬担当の職員に腰を折った。

「名残《なごり》はありません。よろしくお願いします」

職員は棺桶を閉じた。焼香の道具を片付け、化粧扉を開いた。

職員は棺桶をゆっくりと炉の中へ押し入れた。全員が手を合わせて見送り、職員は扉を閉じた。

「それでは」

職員はていねいに礼をし、炉のスイッチを押した。

甚三郎は灰になった。代紋を抱き、やくざとして送られたのである。安藤組直系団体の親分とは思えぬ簡素な葬送であった。

しかし極道社会は簡素ではなかった。大騒動となっていたのである。

甚三郎の死は安藤組はもとより全国の極道組織に伝わり、親分衆は取るものもとりあえず神戸へ向かう準備を始めていた。しかし芳子の動きは電光石火で、知らせを聞いた一時間後に、甚三郎は骨壺に納まっていたのである。親分たちはそれを知ってさえ、芳子に悔やみを言うため神戸へ向かおうとしたが、警察が時を同じくして行動を起こした。

「集会は禁止」

と、やくざの動きを徹底的に押さえ込んだのである。

「葬式も邪魔するとは、お前らは人間か！」

極道組織はどこも色めき立ったが、警察も必死であった。対立する親分ふたりが同時に現れた現場で発砲事件が起こったのだ。二次災害を防ぐのは最重要課題。葬儀であれなんであれ、暴力団が集合するような場面を作らせることはできない。

警察庁はもちろん、総理官邸も兵庫警察に迅速・適確な対応を求めた。

ということもあり、やくざというやくざは足止めされたのである。

甚三郎は遺言どおり代紋に囲まれて死に、堅気にいっさいの迷惑をかけなかった。

山崎たちは、火葬場の隣りにあるロビーのソファに座っていた。力が抜けていた。はめ殺しのガラス窓から冬枯れの庭が見えていた。

芳子は骨壺を腕に抱えている。

「さあ、わたしは主人を家に連れて帰ります」

芳子は言った。

「みなさん、代紋は主人と一緒に燃えました。川本組は消滅しました。あなたたちも、もうやくざじゃない」

芳子の語尾が震えた。張っていた気持ちが、折れたかのようだった。

男たちは全員、無言で泣くだけだった。

山崎のケータイが鳴った。山崎は鳴るがままにしようとしたが、発信元を見るとそれは病院だった。

「病院からです……はい、山崎です」

「みどりです」

「み、みどり!!」

山崎の声に全員が目を剝《む》いた。

「お、おまえ」

電話の向こうはささやき声であった。

「大きな声を出さないでください。胸が痛いんです」

「そ、それは、すまん……」

みどりは言った。

「ご心配かけました。今朝目覚《めざ》めて、検査をして、いま、電話をかける許可をいただきました」

全員が山崎を見ている。山崎はケータイを握りしめた。

「お、おまえ……生きてたんやな……よかった……よかった」

山崎はこみ上げる感情に声が詰まった。みどりの声はさらに小さく、かすれはじめた。

「これ以上喋れません。声を出すと胸がとんでもなく痛いんです。それに痛み止めのせいか眠たくてしかたがないし」

「いい、いい。喋らなくていい」

山崎はケータイを、耳が潰《つぶ》れるかと思うほど強く押しつけた。

「何も喋るな。おまえの無事がわかっただけでいい」

「で、でも、これだけは……親分さんが……刑事さんからお聞きしました」

山崎はまた息が詰まった。送話口を手で押さえ、ひたすら嗚咽《おえつ》をこらえた。芳子と目があった。山崎を見ている。山崎は言った。

「先生の許可が出しだい面会に行く。ゆっくり休んでおけ」

「はい」

山崎は電話を切って、芳子の視線に応えた。

「みどりです」

芳子と男たちの目に光が戻っていた。良男がすがりつくように、山崎の胸元を下からつかんだ。

「ねえさん、無事だったんですね、くっ、くっ、うおおおお！」

火葬場に場違いな歓喜が響いた。他の火葬炉の前では、今から焼かれる棺桶の前で最後のお別れをしている人たちがいる。男たちは口を手のひらで塞《ふさ》ぎ、身を縮こませながら車寄せへ出た。

そこには明るい光があった。

真っ黒な霊柩車が連なって到着していた。

芳子は言った。

「逝く人残る人。寿命は自分で選べません。喜ぶべきことは喜びましょう。それが人生。さあ、帰りましょう」

二十二

事務所へ戻ると酒になった。

芳子は極上の料理を取り寄せた。

「笑って送りましょう」

芳子が言い続けたので、男たちは、酒を飲み、鮨をつまんだ。

夜を明かして飲もう、と全員気合いを入れたが、酒は積み重なった疲れを一気に引き出した。夜の八時を回った宵の口に、男たちはひとり、またひとり、その場で寝はじめた。

「さあ、わたくしも休ませていただきますよ。さすがに疲れましたね」

その時、玄関のチャイムが鳴った。ドアを叩く音もした。若い衆は熟睡している。

山崎が立ち上がろうとした。

「いいですよ。わたしが出ます」

芳子が玄関へ向かった。

「す、すみません」

山崎も酒が回ってからだが重かった。マサオたちは事務所の床に寝転び、全員夢の中である。

「いい気なもんだ。お母さんを働かせてどうする」

芳子は外に出ていた。

山崎は気がついた。閉じた玄関の向こうに人の声が重なっている。

川本家は閑静な住宅街にある。冬の日没後、このあたりは静寂に包まれる。

山崎は立ち上がった。危機のにおいを嗅ぐと、酔いが覚める。これも習性だ。山崎はいぶかしげに玄関へ向かった。するといきなりドアが外側から開いたのである。

「わっ」

山崎は驚いて声を出したが、飛び込んで来たのは芳子であった。

「山崎さん、どうしよう」

山崎は何のことかわからなかったが、芳子を背中へ回し、外へ頭を出した。

夜の静かな住宅街のはず。しかしそうではなかった。

玄関前から見渡す限り、人間が鈴なりに集まっていたのである。

「こ、これは、いったい……」

やくざの悲しい習性か、山崎は殴り込みかと一瞬思ったが、それは違った。先頭の男性が玄関に入ってきた。

「山崎さん、薄情やないか。芳子さんにも言うたが」

「は、薄情？」

「甚三郎さんが亡くなったやて？　通夜も告別式もせんと火葬したってか？」

丸与那《まるよな》精肉店の店主《あるじ》だった。丸与那は奄美大島《あまみおおしま》出身で、苦労に苦労を重ねてきた商売人で甚三郎とは同い歳《どし》だ。堅気・やくざ関係なく、古い知り合いである。丸与那の後ろからもうひとり、眉毛が濃く大きな顔の男性が玄関へからだをねじ込んできた。こちらは徳之島《とくのしま》出身、今や大病院の院長となった虎田《とらだ》である。

「なんで直葬なんてことを。わたしらに言うてえな。りっぱな葬式を出させてもらうやないかい」

芳子が山崎の脇からからだを出した。住民たちに向き合い、腰を深く折った。

「みなさま、平《ひら》に、平に、お引き取りください。堅気の方には絶対迷惑を掛けてはいけない。故人がそう言い残しました。ここに来られてはいけません」

住民たちはいっせいに話し出そうとしたが、丸与那が全員を制した。丸与那は言った。

「人間、死んだら仏や。やくざも堅気もない。あの世へきっちり送らせてもらうのが人というものやろ」

「いいえ、川本はやくざです。町のゴミが死んだ、縁があるなど決して申されるな。それが川本の言葉でございます」

「なんということを」

丸与那の目から涙がこぼれた。

「わたしらな、親分さんのそういうところが好きなんや。芳子さん、迷惑なんて、何もない。わたしらのことは心配してくれんでもええ」

「いいえ、決して」

芳子は尚《なお》も言い、頭を下げた。しかし山崎は見たのである。川本家から青葉小学校の校門へ至る道に、数え切れない人間が詰めかけているのだ。

「お母さん」

山崎は芳子の肩に手を置いた。

「これは受けんとあきません。顔を上げましょう」

「え？　何？」

「わたしに任せてください」

山崎は思いついたことがあった。山崎は丸与那に言った。

「丸与那さん、そしてみなさん、お気持ち、ありがたく受けさせていただきます。しばし、お待ちいただけますか。寒い中申し訳ありませんが十分間ください。それから中へお入りいただきます」

山崎は芳子を家に入れ、ドアを閉めた。

山崎は夢の中にいる男たちをたたき起こした。

さすがにやくざである。全員目を覚ますと、たちまち部屋の片付けをはじめた。家具を壁際へ寄せ、中央にテーブルを移動し、骨壺と甚三郎の写真をその上に配置した。三階の仏壇から線香とろうそくを持って下り、焼香場所を作った。

きっちり十分後、山崎は玄関を開けた。

この夜、気温はマイナス一度であった。やって来た人たちは手のひらをこすり、耳を真っ赤にしていたが、甚三郎の遺影の前に座ると、誰もが顔を赤らめ、からだを震わせ涙を流した。

町の人たちがつぎつぎ焼香した。進むにつれ、夜が遅いのにもかかわらず、持ち込まれた花束で、殺風景な事務所はどんどん華やかになった。

焼香客は途切れなかった。伍福の会長や社長、他の町からも知らせを聞いてやって来た。

ただ、やくざはひとりも来なかった。警察が徹底的に封じ込めた成果でもあった。たしかに今は下手に動けないだろうな。指定団体ならなおさら、何かと理由を付けて、警察に引っ張られてしまう。やくざはたいへんな稼業だ。山崎は他人事《ひとごと》のように思うのである。

空が白みはじめ、客はいったん引いた。

陽が昇ってからはまた、客は訪れるだろう。

「焼香する場所は今日も残しましょう。まだまだ来られると思いますから。お母さんは少しだけでもお休みください。からだが保《も》ちません」

芳子はそう言われ、疲れを思い出したようだった。

「そうね、疲れました。少し休ませていただきます。何かあれば起こしに来てね」

芳子はエレベータへ向かったが、振り返って言った。

「でも、町の人が関わってしまったこと、いいのかしら。主人に怒られる」

「お母さん、問題なんてないんですよ。いいですか」

山崎は言った。

「親分は仏になりました。住民の方は仏を拝みに来られたのです。そしてここに代紋はない。わたしらは全員破門されています。どこがやくざの事務所で、誰がやくざですか？」

山崎は自分の思いつきを解説したつもりだったが、その時、気づいた。

これはすべて、甚三郎の深慮遠謀《しんりょえんぼう》なのかもしれないと。

芳子は山崎の言ったことを考えたが、自分の拳《こぶし》で、とんとんと肩を叩いた。

そして言ったのである。

「わたしにはわからないわ」

芳子はちょっとだけ笑った。

第二章　甚三郎親分の作戦

一

川本《かわもと》組の組員たちは失業した。

川本組は任侠《にんきょう》である。反社会的組織ではない。葬式には町じゅうの人がやってきて甚三郎《じんざぶろう》との別れを惜しんだ。とはいえ、彼らはやくざであった。やくざ上がりを雇《やと》う会社など、おいそれとは見つからない。山崎《やまざき》は若い連中のために、縁のある先を回ってみたが、現実は厳しかったのである。

四人は川本家の厄介者《やっかいもの》となっていた。

芳子《よしこ》には金があり、男たちが居つこうが懐《ふところ》には響かなかった。土地の売却益が入ったからである。

甚三郎は土地を学校に寄付すると言い遺《のこ》した。しかし、神戸《こうべ》市と教育委員会は寄贈されることをかたくなに拒否した。やくざに土地を寄付されるなどもってのほか。金の問題ではない。市議会は嚙《か》みつくだろうし、世論もうるさい。結局、久須岡《くすおか》が芳子の代理人となり、土地を神戸市に売却することで決着したのである。市長はこれで未来永劫《えいごう》やくざと縁が切れると安心し、税務署にも掛け合った上、売買にかかる税金を免除させた。

そういうことで芳子のもとには、余生を生きるのにじゅうぶんすぎる金が残ったのである。男たちはこの家にいる限り路頭《ろとう》に迷うことはない。

しかし、人間というものは、穀潰《ごくつぶ》しでは生きられない。人生には目的が必要なのである。

甚三郎は、こんな情況になることまで読み切っていたのかもしれない。ヒントをひとつ残していた。

それが、「郵便屋さん」あての遺言状である。

山崎はそれを届けに神戸中央郵便局へ出向いた。

二

対応することになったのは武藤《むとう》である。武藤は神戸西局の配達課長から再度の異動で中央局営業部に戻っていた。新しい役割は新規事業の開発担当課長である。

「ゆうパックを拡大する事業を企画せよ」

局長はこうも言った。

「うまくいけば部長になれるぞ」

だいたい新規事業開発など、うまくいく確率が低い仕事である。それに新しい商売のアイデアなど、事なかれ主義で生きてきた人間に、おいそれと湧《わ》くはずがない。しかも宅配はクロネコヤマトとか佐川急便などが先行した市場である。巨大郵政とはいえ、後発なのだ。

ゆうパックだけでいいじゃないか。もうひとつ新規事業を考えろなど、体《てい》のいい左遷《させん》だ。できない人間の評価を下げて、給料も下げるというイジメだ。

武藤はふてくされ、定時退社で毎晩飲んでいた。そんな折、川本組に会えと、部長に言われたのである。

そして山崎が局にやってくる当日、部長は欠勤した。部長だけではない。局長と部長職が揃《そろ》って有給休暇を取ってしまった。

武藤はタケシを呼んだ。タケシも武藤とセットの人事異動で神戸中央局の営業部営業課へ戻っていた。

「お前は同席しろ」

「なんで僕なんですか」

「同じ課に戻ってきたんだから当たり前だろう」

「でもこれは部長案件、いや局長案件でしょう。ぺーぺーの僕なんか」

「はは、何か？　災難をわたしに全部背負わせるつもりか？　だいたい、元を辿《たど》れば、お前が持ち込んだ災難じゃないか」

「配達地区に川本家があっただけです。災難を持ち込んだなんて言いがかりですよ」

タケシはむくれたが、実は興味もあったのである。

何の用で、向こうから郵便局にやって来るのだろう。親分は死に、川本組も解散するという噂だ。話の内容は皆目《かいもく》見当が付かなかった。

そして山崎は局にやってきた。管理職は全員いない。総務部長の田中《たなか》だけが立場上仕方なく出勤していたが、決して自席を離れようとしなかった。

田中は武藤に山崎を応接室で迎えるように指示した。部長以上でしか使わない部屋である。分厚く大きなマホガニーのテーブル。大きな肘掛《ひじか》け付き椅子が十八脚。山崎は片側九脚の真ん中に座り、真正面に武藤が座った。

山崎は黒いスーツをビシッと着こなしている。やくざをやめたとはいえ、堅気《かたぎ》にはないオーラを全身に纏《まと》っている。

武藤は貧乏揺すりをしていた。視線はテーブルに落としたままだ。

仲良くなったんじゃなかったのか？

タケシは山崎に怖さなどひとかけらも感じなかった。ふるさとの懐かしい友が訪ねて来たような気分にさえなっていたのである。女子局員がお茶を出して、すぐに引っ込んだ。

武藤が話し出しそうにもなかったので、タケシは言った。

「山崎さん、お元気ですか？　いろいろたいへんだったとお聞きしました」

山崎は、世間話の気楽さで応《こた》えた。

「こちらこそ、郵便屋さんにはたいへんお世話になりました」

お世話なんてしてない、と武藤の目は言っていたが、山崎とタケシは、微笑《ほほえ》みを交《か》わした。山崎は言った。

「お時間もないでしょうから、さっそく」

山崎はセカンドバッグから白い和紙の封筒を一通取り出し、テーブルに置いた。

表面に「郵便屋さんへ」と書いてある。タケシは訊《たず》ねた。

「これは……」

「川本甚三郎の遺言です」

「ええっ!」

武藤が胸をテーブルにぶつけながら、からだを乗り出した。

「ゆ、ゆいごんじょう……」

「遺言は複数の人間あてに残されました。親分が亡くなった後、弁護士の先生が全員を集め、それぞれに渡しました。これはその中の一通です。宛先が『郵便屋さん』なのでお持ちしました」

「ゆ、ゆうびんや、と言っても、いろいろあります」

武藤は声がひっくり返っていた。

「よりによってうちなんかじゃ」

山崎は言った。

「お宅だと思いますよ。さん付けするほど懇意《こんい》にさせていただいていた方は、わたしの知る限り、あなた方おふたりの他におられません」

「懇意なんて……」

武藤は恨《うら》めしさいっぱいの目でタケシを睨《にら》んだ。タケシはあっさりと言った。

「わたしたちでしょうね。担当地区でしたから」

武藤の目には「わたしたち」ではなく「わたし」だろう、という恨みが貼り付いている。

タケシは言った。

「確認しましょう。封筒を睨んでいても仕方がない」

「おいおい、お前、まさか」

「課長、何がまさかですか」

山崎は言った。

「ご確認ください。それでなければ、わたしも帰れませんので」

武藤は固まっていたが、腹をくくった。

「わかりました。山岡《やまおか》、開《あ》けてくれ」

タケシはポケットから簡易ペーパーナイフを取り出した。慣れ親しんだ手順で封筒の上部をすぱっと切った。

「さすがプロ」

山崎の反応に武藤は目を斜にしたままだったが、タケシは封筒から三つ折りにたたまれた紙を引き抜いた。開くと、A４サイズに手書きした六枚の用紙であった。一枚目から文字がぎっしり詰まっている。

山崎も興味深そうに見ている。

「他の人間に宛てた遺言状とは違うようですね」

タケシは武藤に手紙を渡した。

武藤の目には、迷惑千万、なんで自分がこんな羽目《はめ》に、という光が映《うつ》り込んでいたが、読みはじめると一枚目からいきなり引き込まれた。二枚目に移り、三枚目では食い入るように読み進めたのである。四枚目には数字が並んでおり、五枚目には写真が貼り付けられていた。六枚目は自筆の署名であった。川本甚三郎が書いた、という証明である。

武藤は紙を握ったまま留《とど》まった。じっと考えている。膝の揺れはなくなり、腕の震《ふる》えも消えていた。

「どうしたんですか、課長」

タケシが訊ねると武藤は言ったのである。

「これは、面白い」

「え？」

「しかし、こんなことが本当にできるのか？」

「いったい親分は、郵便屋さんに何を遺したのですか？」

山崎も真剣な目になった。素人にはない独特の光が瞳に宿ったが、武藤は山崎の視線を避けなかった。その上「フフフ」と笑みさえこぼしたのである。

武藤の手にある紙から、五枚目がのぞいていた。山崎はそこにある写真を認めた。

「それは、もしやうちの連中じゃないですか」

武藤はその紙をいちばん上に出した。

「そうでしたかな」

「それに、おや？　わたしの写真もそこにある」

山崎は手を伸ばそうとしたが、自制した。

「申し訳ない。わたしが見て良いものかどうか。失礼しました」

「何ですって？」

武藤は驚いた。

「内容をご存じないのですか？」

「はい。まるで。それに宛先がわたしではありませんので、お届けに参った次第です」

「それはまあ、律儀《りちぎ》なことですな。さすがというか、たいしたものです。いえ、この内容は、怪しいものではありませんぞ。や、違うかな、やはり怪しいかな」

「課長、いったい何なんですか」

山崎は困った目をした。郵便屋あての「怪しい」遺言に自分を含め、川本組面々の写真が含まれている。

武藤は手に持つ紙をタケシに渡した。

「見てみろ」

「いいんですか?」

「いいもくそも、わたし個人あてに来た内容ではない」

タケシは山崎の目を見た。山崎の目にも静かな感情の揺れがあった。タケシは一枚目を読み終えた。

「これは……」

タケシは読み終えた紙を山崎へ回した。

「いいのですか」

そして三人とも、甚三郎が遺したメッセージを確認したのである。

会議室にノックの音がして、女子局員が入ってきた。武藤に近寄り、メモを差し出した。武藤は女子局員を見上げたまま、返事を迷ったが、その時ドアが開いた。

会議室に入ってきたのは巨体の大城《おおしろ》であった。三人は同時に立ち上がった。

大城は大テーブルに近づいた。山崎が会釈《えしゃく》をした。

「いろいろ大変やったな」

大城は武藤に向き直った。

「総務部長から、絶対来てくれ、と拝み倒されました」

「そうでしたか」

タケシは言った。

「見張りですね」

「何を言うんや」

武藤は言った。タケシは立ち上がり、大城に椅子をすすめた。

「どうぞ、おかけください」

大城は山崎の隣に座った。

「わたしが出てくることなんかないですな、課長さん。穏《おだ》やかに話しとるようやし。

それにご存じかどうか知りませんが、川本組は解散しました。この男も足を洗いよったんです。いまは一般人ですわ」

解散は事実だったのだ。タケシはいま知った。

大城はそこまで言って、テーブルに置かれた封筒を見た。

「遺言状の件やったんですな」

「刑事さん、これが遺言状やと、知ってはるんですか？」

大城は答えた。

「弁護士さんに呼ばれまして、遺言状の開示に同席しました。実はわたしあてのもありました。組員たちが他の暴力団へ流れないようにとお願いされました。ドンパチが止まらんご時世《じせい》ですよ。えらい役割ですわ」

大城は笑った。

「それで、郵便屋さんには、何を伝えてきたんですか？」

武藤は六枚の紙を大城に渡した。

「いっぱい書いてあるようですね。わたしあてのは数行でしたが」

そう言いながら大城は読みはじめた。二枚目を読みながら言った。

「これは何ですか？」

誰も返事をしない。大城は読み続け、最後の紙にある甚三郎の署名も確認した。

「甚さんがこれを残したって？」

大城は用紙を、向かいに座る武藤へと渡した。

「いろいろ考えておられたんですな。苦労が絶えないというか、楽しんでやっているような」

武藤は言った。

「刑事さん、どうしたらよろしいですか？　川本組が何か言ってきたら、それがどんな内容でもすぐ警察に知らせる、というのが局の決まりです。今日は事情があって管理職全員おりませんので、日を改めて、対応を検討する必要があるかとも思うのですが」

「警察は民事に介入しません。ですから対応は御社でお決めください。刑事事件になりそうなら、相談に来ていただいて結構ですが」

大城は言った。

「それに申したではないですか。川本組は解散しました。親分の遺言で、組員は堅気になるんです。焼香《しょうこう》に行かれたとき気づきませんでしたか？　代紋がなくなっていたでしょう。水牛の角《つの》も『任』とか『俠』とか書いた額縁もない。住民の皆さんが供えた花がいっぱいで、『元』やくざの事務所は、春の草原みたいになっていました」

タケシは思いだした。色とりどりの薔薇《ばら》、子供たちが摘んできた野草、折り鶴などもいっぱいあった。故人の人柄が偲《しの》ばれる景色だった。

大城は立ち上がった。

「ということで、わたしは失礼します。びびりの総務部長を慰《なぐさ》めて帰りますわ」

大城は太った頬《ほお》をふくらませながら、敬礼し、部屋を出て行った。

武藤は大城が閉めたドアをしばし見ていたが、頭を正面の山崎に向けた。そして言ったのである。

「親分さんのご提案、ありがたく検討させていただきます。そのうえで、具体的なお願いをさせていただくかもしれません。しかし、本当にこれ、やっていただけるのですか？」

タケシも山崎を見た。山崎からオーラは消えていた。そこにいるのは判断に迷う、ひとりの素人であった。しかしさすがというか、素人くさい逡巡《しゅんじゅん》は刹那《せつな》に消えた。腹をくくれば覚悟が決まる。修羅場《しゅらば》をくぐり抜けてきた渡世人《とせいにん》なのだ。

山崎は言った。

「親分の遺言です。やると決まれば誠心誠意やります。われわれも新たな人生を考えねばなりません。よしなに、お取りはからいください」

山崎は立ち上がり、腰を深く曲げた。しかし顔を上げたとき、決意を込めた顔にしてはくちびるがゆるんでいたのである。笑顔は武藤に伝染する。武藤の目尻もゆるんだ。

タケシは声を上げてしまった。

「やったー」

それほど心が弾《はず》んだからである。

その時、タケシは甚三郎と会話した場面を思い出した。

「あ、そうか」

タケシは言った。

「わかった、あの時です。あれで親分さんは思いついたんです。山崎さんもそこにいらっしゃったじゃないですか」

山崎には何のことかわからなかった。タケシは言った。

「佐川男子ですよ。それにこれは、ああ、なるほど。やくざだからこそ考えられた案です。すごい企画だ。他には絶対真似できません。やりましょう。課長」

甚三郎が考えた郵便局の新規事業案は神戸中央局におけるテスト案件として承認された。

郵政事業のような公務員体質の会社にしては前代未聞のスピード判断であった。企画を知った県警から警察庁に伝わり、

「すぐにやれ」

警察庁長官が総理官邸に進言し、総務省も動いたのだ。

武藤がプロジェクトの担当課長となった。

プロジェクトは甚三郎の地元である神戸西地域でそろりとはじまったが、その新サービスは、熱狂的に受け入れられたのである。

三

菊池が使ったベレッタ950BSから発射されたのは二十二口径ショート弾であった。五・六ミリの弾に一発で頭を吹っ飛ばす威力はないが、みどりは至近距離から撃たれたのである。致命傷になって不思議はなかったが、右胸であったことが幸いした。そして撃たれる瞬間、からだをねじったこと、さらにみどりの柔らかく大きな乳房が

着弾スピードをゆるめたことで弾は貫通せず、肺の中で留まったらしい。

それで命は助かった。ただ乳房と肺組織はひどく傷ついてしまった。

みどりは十日間の集中治療の後も、からだの動きを取り戻すまで四十日かかった。

肺組織はすっかり治ったが、乳房には縫い跡が残った。

入院中、仲良くなった看護師が言った。

「こんなきれいなおっぱいなのに、傷がついちゃったわね」

「いいんですよ。人様に見せるわけでもあるまいし。助けていただいて感謝しています」

「みどりちゃんは、ぜったい女優になれるわよ。今の芸能界でも、みどりちゃんに勝つ人はいないわ」

みどりはほほえみを返したが、何も言わなかった。

もちろん、二度とカメラの前に立つ気はない。

筋力は落ち切り、歩くだけでも疲労は激しかったが、それも一週間程度のことだった。救急で運ばれてから五十日、みどりは還《かえ》ってきたのである。

みどりは朝イチで退院し、タクシーで川本家に向かった。

事務所には誰もおらず、みどりは三階に上がった。

ドアを開けると、芳子がいた。

「みどりちゃん！」

芳子が飛びつくように抱きしめに来た。

ふたりとも玄関に立ったまま、無言でしばし時を過ごした。

ひと息つき、涙を拭《ふ》いた。芳子はしげしげとみどりを眺めた。

「もう大丈夫なのね」

「ご心配おかけしました」

「あなたは悪いことを何もしていないのよ。ほんとによかった」

「はい」

「それに、前よりきれいになったんじゃない。もともときれいだけど」

「たぶん、悪いところが全部なくなったんですよ。ほとんど死にかけましたから」

「そんなこと、言うんじゃないのよ」

ふたりはほほえみを交わした。

「親分にご焼香させていただきます」

みどりはていねいに靴を脱いで揃えた。家に上がり、まっすぐ奥へ進み、仏壇の前に正座した。目の前には甚三郎の遺影があった。

みどりの大きくて黒い瞳からまた涙が落ちた。

みどりは線香をともし、手を合わせ、そのまま静止した。

芳子が茶を淹《い》れてきた。テーブルに置き、正座したみどりの肩にそっと手を置いた。

「四十九日も済みました。主人はもう仏さんです」

ふたりはソファに並んで座った。

みどりは熱い茶を飲んだ。

「ああ、生きてる感じがします」

「ふふ、一度死ぬのもいいことね」

みどりは訊ねた。

「一階に誰もいませんけど、みんなどうしたんですか？　解散したあとどうなったか、ぜんぜん知らないです」

「今日は朝から、全員郵便局なんですよ」

「郵便局？　まさか、郵便局員になったんですか？？　ほんとうに皆さん、堅気になったんですか？」

「そうだねえ。そうとも言えるかねえ。でもあれは堅気かねえ」

「ええ？　それはまた、いったいどういうことですか？」

「とにかく、みんな、昼ご飯食べに戻ってくるよ。その時に訊ねればいい。わたしもイマイチ、よくわかってないんだよ」

「そうですか。どちらにしてもその時ですね。じゃあわたし、ごはん作ります。材料何かありますか」

「事務所の冷蔵庫にいろいろあるよ。昼は自分たちで作って食べるから」

「張り切ってやります。良男《よしお》くんみたいに上手《うま》くは作れないけど」

「そうしておやり。みんなよろこぶよ」

昼になった。山崎、マサオ、裕治《ゆうじ》、良男が帰ってきた。マサオが玄関を開けるなり言った。

「腹ぺこや。良男、さっさと作ってくれ」

と声を上げたが、事務所に漂《ただよ》うにおいに気がついた。

「お母さんが作ってくれてはるわ。お母さん、良男がやるからよろしいのに」

と言ったとき、台所ののれんを分け、みどりが顔を出したのである。

「み、みどり!!」

「みどりねえさん!」

マサオと良男が同時に口を開いた瞬間、ふたりの間から山崎が飛び出し、みどりを抱きしめたのである。ぜんぜんやさしい抱きしめ方じゃなかった。プロレスの背骨折りだった。みどりは海老《えび》のようにのけぞり、倒れることも、壁に手をつくこともできず、おたまを持った手を空中に突き上げていた。

「や、山崎さん、苦しい」

と言ったが、涙がぼろぼろの山崎の顔を見て、みどりの黒い瞳も一気に濡《ぬ》れた。

みどりは仕方なく、苦しい息をこらえ抱かれるままにした。

山崎はようやくみどりを離した。男たち三人は半ばあきれ、半ば興味津々《きょうみしんしん》の目付きで山崎を見ていた。

「なんや。何見てるんや」

「何見てるて、アニキ。映画でもこんなラブシーンありませんで。ごちそうさんです」

「マサオ！」

山崎は拳《こぶし》を振り上げたが、裕治と良男が山崎を止めた。

「よろしいですやん。もう」

みどりが頰の涙を手の甲で拭いている。

「みなさん、ご心配かけました。先ほど戻りました」

良男がみどりにかけよって抱きしめた。

「ああ、やっぱりこの匂いや」

良男はみどりのうなじを嗅《か》いだ。

「やめてよ」

みどりが顔を背《そむ》けた。嫌がっているわけではない。犬に顔を嘗《な》められた感じだったのである。

革ジャン姿の裕治が良男をはぎ取り、無言でみどりをハグしたが、マサオがすぐに裕治をはぎ取った。

山崎は壁際にさがり、それを見ていた。

マサオはみどりを離し、空中に鼻をクンクンさせた。

「メシ、作ってくれたんか。旨《うま》そうや」

「すぐ用意します」

みどりは言った。

「お母さんが、みなさんここでお昼にするって。だから作ったんですが」

みどりは男たちをしげしげと見た。

「郵便局の仕事をしているんですって？　でも、何です？　制服着てないですね。逆にみなさん、今までにもないほど、激しいお洋服で」

　マサオは浮世絵柄のアロハシャツにオレンジ色のパンタロンだ。コバルトブルーの太いベルトに、黄金のバックル。あごひげを生やしている。裕治は寒空に裸の胸をはだけ革の上衣《うわぎ》を着込んでいた。革のパンツ、スタッズだらけの腕輪。シルバーやらターコイズやらの指輪。腰には鞭《むち》を提《さ》げている。頬には、みどりが知らないかさぶたがある。良男はどくろを染め抜いた赤いシャツの上に、金と銀の格子柄ジャケット。白パンツ。パンダ柄の靴下、眉毛は完全に剃《そ》っている。顔に関しては良男がいちばん怖い。山崎はトレードマークの黒いスーツだが、はだけた黒シャツの胸に、金のチェーンを三本ぶら下げている。白いエナメル革のベルト。髪は油で後ろへ撫《な》でつけている。

　甚三郎が「脱やくざ」路線を事あるごとに話すようになってから、組員の服装もおとなしくなっていた。それが完全復活している。

　かつてないほど派手だわ。

　みどりは訊ねた。

「やっぱり、やくざですよね」

　ところが、マサオは言ったのである。

「ほんまに、郵便局で働くことになったんや。この格好でゆうパックを配達するんやがな」

「ええっ？　ほんとですか？」

山崎は壁際からソファへ移動して座った。

山崎が話し出すかと思ったマサオは黙ったが、何も言わないので続けた。

「郵便局の新しい商売でな」

甚三郎が思いついた案は、ゆうパックを拡散するための、ひとつの個性としてはじまった。それは「配達人指定サービス」というものである。佐川男子でひらめいたのだ。

佐川男子は男前社員の写真集を作り、ブランドイメージを高める活動である。最初は企業のブランディングでもなく、巷《ちまた》のファンの声を、写真家が面白がって出版したことに始まった。結果的に企業イメージアップに貢献《こうけん》したが、配達サービスの一環ではない。配達人を指定することはできない。

甚三郎の案は「配達人指定サービス」で、その企画第一弾が「極道男子《ごくどう》」だったのである。

とんでもなく怖いお兄さんがやって来る。呼《よ》び鈴《りん》を押すこともなく扉を素手で叩《たた》く。開けると、お兄さんはメンチを切るが、手にはゆうパックである。

武藤とタケシの「企画チーム」は、指名料を含め配達料を通常料金の三倍にした。たかが配達だ。誰がそんなことに三倍の料金を払う。と武藤は思ったが、タケシが強硬《きょうこう》に主張した。こういうのは高い料金設定でなくては値打ちがない。

そしてこのサービスに、申し込みが殺到したのである。

「やくざはしょせんやくざだ。続くはずがない」

疑いの目も多かったが、それは杞憂《きゆう》であった。男たちは真面目《まじめ》に働き、商売は軌道《きどう》に乗った。「街で見かけた極道男子」というインスタグラムは人気が沸騰《ふっとう》した。写真集の企画が大手出版社から持ち込まれた。

さらにこのサービスには、誰もが予想しなかった成果が伴った。町の浄化に役だったのである。悪質な訪問販売や、ひとり暮らしの年寄りを狙う振り込め詐欺が町からなくなったのである。半グレ連中は「本物」が街中を巡回しはじめてから、怖《お》じ気《け》づき、「極道男子」のなわばりに手を出すことがなくなったのである。

県警は新手の詐欺が神戸西地区で激減した事実を広報発表した。大城は手を叩いてよろこんだ。

「まさか、こんなおまけがついてくるとはな。配達の人数、もっと増やしてほしいわ」

山崎たちはみどりが作った昼飯を平らげ、洗面所で歯を磨き、髪を整えた。

午後の配達に出かけるとき、良男は言った。

「みどりねえさん、今夜は復帰の宴会ですよ」

「ありがとう」

良男は怖い顔に笑顔を貼り付けた。裕治はバイカーのヘルメットを頭に乗せた。マサオは先の尖《とが》った靴を履いた。無言を貫いていた山崎もしんがりで続こうとしたが、そこへ芳子が出てきた。芳子は山崎の背中に呼びかけた。

「山崎さん、ちょっと残ってくださいますか。みどりちゃんも。お話ししたいことがあります」

山崎は逡巡したが、マサオが言った。

「アニキ、お気になさらずに。俺らでカバーしときまっさかい」

マサオは二人の男の背中を押し出し、自分も一緒に出て行った。

芳子は言った。

「上へあがりましょう。おいしいお茶淹れます」

四

「主人の心臓はいつ止まってもおかしくなかったのですよ。あの日の朝も、そんな状態でした」

芳子は語った。

「覚悟はできていたし、倒れたと聞いても、『ああ、お迎えが来たのね』と思っただけだったのです。主人は寿命をまっとうしました。ただひとつ心残りだったと思うのは、みどりちゃんが助かったことを知らずに逝ったことです。でもいま、空の上からみどりちゃんを見てるでしょう。ニコニコしていると思うわ」

山崎とみどりは黙って耳を傾けた。

「あとはぜんぶ、主人の筋書きどおりになったようですね。しかし、これを全部予想していたのかしらね？」

「筋書きどおりとは」

「だって、そう思わない？」

芳子は言った。

「主人が言い続けてきた『脱やくざ』は成りました。組は解散し、あなたたちは足を洗いました。足を洗った人でも、舞い戻る人は多い。やくざの就職は困難ですからね。ところがあなたたちはなんと郵便局で働いている」

「はあ」

山崎の返事は気が抜けている。芳子は言った。

「主人は両方の安藤《あんどう》から誘われていたけど、死んでしまったらしょうがない。あなたたちも、もう勧誘されることはないでしょう。小学校で発砲事件があってどこもかしこも警察だらけ、安藤の人たちは葬式でさえ動けない。川本のシマ争いだって、土地を神戸市に売ったから、手出しできなくなった。ねえ、進《すすむ》さん、みどりちゃん。こんなふうになるって、主人は考えていたと思いますか？」

「はあ」

山崎はまた、抜けたような相づちを打ってしまった。

それを見て、みどりが笑った。

「みどりちゃん、やっぱり笑顔がかわいいわ」

芳子はしげしげとみどりを見つめた。顔を見て目を見て、くちびるを見て、胸を見た。

「みどりちゃん、本当に美人ね。女のわたしでさえ、ドキドキしちゃうわ。ねえ、進さん」

「はあ」

芳子は山崎のさらに弱々しい相づちに、目尻のしわを深くした。

「で、どうなの進さん、今の仕事やっていけそう？　若い人たちは張り切ってるようにみえるけど、さすがというか、進さんがいちばん人気らしいじゃない」

配達サービスがはじまってみれば、山崎の指名がダントツで多かったのである。見るからに荒くれ者のマサオたちのファンもできたが、美形のうえ、世の苦労を背負ったような憂《うれ》いのある元やくざに会いたい、という女性客があふれたのだ。ブログには多くの写真がアップされた。他府県からわざわざやって来て神戸市内に宿泊し、配達依頼をする客さえいたのである。

堅気になるには相当の苦労が伴う。山崎は多くの厳しい現実を知っていた。ホストクラブまがいのサービス業かもしれないが、こんなのはきっと苦労のうちにも入らないのだ。

しかし……

「で、どうなの進さん、今の仕事やっていけそう？」

山崎は芳子の端的な問いかけに戸惑《とまど》ったのである。

仏壇に置かれた甚三郎の遺影が笑っている。芳子が山崎の視線に気づいた。

「ブルドッグもいまは仏さんです」

昼下がりの住宅街にある一戸建ての三階。車が走る音もなく、時が静かに流れている。

「わたしの心配はね、進さん」

芳子は言った。

「進さんは、川本組でしか仕事をしてこなかったでしょう」

「はい、親分のおかげで生きてこられました。恩を返すこともできず、心残りです」

「それはいいのよ。わたしが言いたいのは、進さんはやくざとしてしか、仕事をしてこなかったということ。主人はやくざじゃないとか禅問答をしていたけど、やくざはやくざ。だから進さんもやくざだった。堅気として仕事をしたことがない。配達の仕事を続けるかどうかは考えるとして、とにかく、やくざではない生き方をはじめてほしいのよ」

山崎はじっと聞いている。

「それはね、仕事以外にも、とても大事なことがあるからなの」

芳子は背筋を伸ばした。

「わたしね、主人の希望はもうひとつある、と思うのよ。遺言もなかったし、わたしに話したこともなかったけれど」

山崎は、そろそろ町を出た方がいい、とでも言うのかと思った。この町には因縁が多すぎる。山崎を勧誘してきた湊《みなと》組もいるからだ。

しかし芳子が言ったことは、全然違ったのである。

「主人は進さんとみどりちゃんを、一緒にしてあげたかったんじゃないかと思うのよ」

「え」

山崎とみどりは同時に目を見張った。ふたりの頬は同時に染まった。

それを見た芳子の口元が一瞬でゆるんだ。

「あらまあ、ふたりとも、わかりやすいのね」

山崎はあわてた。

「ちがいます」

みどりはうつむいたままだった。

「いいんだって」

芳子は言った。

「でもね、やくざもの同士で一緒にさせることはできない。不幸にしかならない。主人はそう思っていたから何も言わなかったと思うの。でも、もういいじゃない。だって、郵便局員でしょ。ねえ、どうなの。みどりちゃん」

みどりは下を向いていたが、くちびるから小さなひと言を漏らしたのである。

「はい」

「あらまあ、女は素直ね」

「困ります」

山崎は言った。

「こんな宙ぶらりんなままで、そんな話、ぜんぜん考えられません」

「いいんだって。ふたりの新しい生活のアイデアは考えてあります」

「ええ？」

「もう来られると思うわ」

「もう来られるって、誰ですか？」

タイミングを計ったように一階の呼び鈴が鳴った。

五

やって来たのは伍福《ごふく》社長の山中和彦《やまなかかずひこ》であった。

「山中社長！」

山崎とみどりは同時に立ち上がった。山中はコートを脱ぐ時間も惜《お》しむよう、みどりに歩み寄った。

「ご帰還おめでとうございます」

「ありがとうございます」

「順調に快復されていると聞いてはおりましたが、見舞いにも行けず申し訳ありません。でも、ほんとうに良かったです」

「いいえ。見舞いなんて、社長に来ていただくようなものではありません」

芳子が言った。

「違うのよ、みどりちゃん。山中社長のお見舞いはわたしが丁重《ていちょう》にお断りしていたんです。企業トップの方は慎重の上にも慎重でいてほしい。主人の言いつけでもあったわ。安藤の抗争事件、暴力団反対運動、誰がどこから見ていて、何を言うかもしれない」

芳子は微笑んだ。

「でも、もう大丈夫、それでお越しいただきました。素敵な提案を持ってね」

「提案？」

みどりは目を丸くした。和彦は言った。

「早速ですが、山下《やました》さん、あなたにぜひ伍福の業務を手伝っていただきたいのです。あなたの仕事ぶりは感心することばかり。ほんとうに優秀です。わたしとしては、あなたが川本組であろうとなかろうと、社員になっていただくようお誘いしたかったのですが、芳子さんの再三のご留意《りゅうい》もあり、我慢をしていました。でも学校の事件から五十日、みどりさんは快復され、川本組の情況も変化しました。そして、わたしの会社にも変化が起こりました。オリーブソース株式会社と事業提携をすることになったのです。社長が企業生命をかけて開発したグルメソースは大成功、引く手あまたです。しかし社長夫婦はご高齢で、誰かが引き継がないと、ブランドは消えてしまう。大野《おおの》社長と協議し、オリーブソースののれんとレシピを伍福で引き継がせていただくことで同意しました。ブランドを永久に守るため、努力させていただきます」

グルメソースは多くの人を引きつけた。カオリのレシピも、地元伝統の味を一段階高めていた。

ところが、B級グルメ選手権神戸予選は中断され、「優勝該当者なし」という結果で終わっていた。やくざが発砲事件を起こした大会に、優勝者を出すことができなかったからである。主催者は参加者の総意を取り付け、近畿大会出場を辞退することにした。

カオリの全国制覇の野望は持ち越しになったが、事件が起こったのは大会終了の一時間前で、予想投票総数の九割は集計されていた。事務局が集計したところ、「駒《こま》」が追い上げ、その時点で二位、あと一時間あれば一位になっていたかもしれなかったのである。オマールスープのたこ焼きや、白トリュフのお好み焼きは材料切れでラストスパートが利かなかった。それで票が伸びなかったのだ。

「わたしはそれを知ったとき、気が高ぶって止まりませんでした」

和彦は言った。

「結局、いちばんは『駒』の長田《ながた》そば焼きだったんですよ。オマールやトリュフや割《かっ》烹《ぽう》が出店した屋台の味もよかったけど、大会を勝つだけの瞬間ワザで、再現性がありません。同じ品質と価格でやれと言われてもできない。B級の理念から外れている。『駒』のそば焼きだけが、再現性のあるレシピなんです」

山中は感情を剝《む》き出しに話した。

「これも親分さんや山崎さん、みどりさんの情熱のおかげ、感謝のしようがないです」

山崎はこの話にどう反応すればよいのかわからなかった。ただ、これでみどりはやっと、まっとうな社会人になれる。限りなく喜ばしい話だ。

そんな山崎の気持ちを見越したものか、山中は山崎に向き直り、姿勢を正した。

「お誘いしたいのはみどりさんだけではありません」

和彦は山崎の目を真正面から見つめた。

「山崎さん、ぜひともうちの新規事業担当部長に就任いただきたい。オリーブソースとの合弁事業ですよ。あなたのような人はまずいません。あなたの持つ人間力は尋《じん》常《じょう》ではない。わたしなんぞは足下《あしもと》にも及ばない。近い将来は事業を分離し、願わくば社長になっていただきたい」

「な、何をおっしゃるのです。新規事業で、将来は社長？」

「新規事業と言ってもあなたには新規じゃありませんよ。オリーブソースの再生は、既《すで》に担当されていた仕事じゃないですか。今後はわたしが資金を調達します。エンジンを点火して、回してくださればいい」

「そ、それは」

和彦は言った。

「甚三郎親分さんは、やくざ組織に反抗してまで、地元企業の再生を信じました。途中、さまざまな事件が挟《はさ》まりましたが、親分さんの意志は関わる人間の気力と想像力を引き出し、オリーブソースは見事に立ち直ったのです。大野社長も、山崎さんなら後を託せる、とおっしゃっております」

山崎は言葉がなかった。みどりは山崎を見ていた。頰には朱が差し、黒い瞳からはいまにも涙があふれそうだった。

和彦の顔は風呂上がりのように上気していた。和彦は尻のポケットからハンカチを取り出し、首筋に流れる汗をごしごし拭いた。

芳子はそれを見て目尻を下げた。

「みなさん、熱いですね。冷たいお茶でもいかがです」

「わたしが淹れます」

みどりが電光石火で台所へ走った。

電光石火だったにもかかわらず、茶はなかなか出てこなかった。のれんをくぐったその場所から、みどりのすすり泣く声が聞こえていた。

「しかし、なんですねえ」

芳子は言った。

「まさかとは思うけれど、全部あの人の作戦なのかしら。昔からいたずら好きな人ではありましたけれど」

芳子は額装された遺影に目を馳《は》せた。

甚三郎は笑っているような神妙なような、微妙な目で芳子を見ていた。

第三章　それぞれの春

一

みんなに持ち上げられ、芳子《よしこ》からは「親分の遺言」と諭され、山崎《やまざき》とみどりは結婚することになった。

「そこまで言われちゃしかたがない。嫁にもらってやるか」

誰かに訊《き》かれたときはそう答えよう、山崎は胸の中で言葉を組み立てたりしたが、そんなせりふは、結局誰に言うこともなかった。本心でもない。自分でもわかっていた。みどりと一緒になる。それこそは、自分が心から求めていた理想なのである。

ここまで来てふたりは、お互いがお互いを求めていることを改めて意識した。

振り返るまでもなく、ふたりの人生は厳しいものであった。生きるだけで精一杯。

愛だの恋だの、そんな感情が心に染み込むことを拒否し続けていた。しかし事態は一変した。まわりの干渉もあり、ふたりははっきりと意識したのである。この人しか伴《はん》侶《りょ》はいない。

これを機会に、山崎はみどりと小豆島《しょうどしま》へ行こうと決めていた。みどりと実家を絶縁状態にしてはおけない。

みどりの両親が自分をどう思うか、決して容易な面会ではないだろうが、すべてのことを正直に、心で話すしかない、そう思うのである。

そして山崎にはもうひとり報告すべき人がいた。新開地《しんかいち》演舞場の安藤夏夫《なつお》社長である。幼い頃に引き取られ、十五歳まで育てられた。その縁続きで山崎は甚三郎《じんざぶろう》の子となった。

新開地演舞場は安藤組が創業の母体として運営した組織のひとつで、夏夫は安藤組初代春男《はるお》の甥、山善《やまぜん》組の井野《いの》組長にもつながる。足を洗った山崎が夏夫会長と会うのは紙一重のきわどい行動かもしれなかったが、恩を忘れて人間は生きてはいけない。

山崎はみどりを伴い、新開地へ向かった。

新開地は昭和三十年代、関西を代表する繁華街のひとつであった。戦後の都市計画で神戸《こうべ》の中心が元町《もとまち》・三宮《さんのみや》へ移動するに従い、新開地は所得の少ない労働者の町になった。しかし大衆演劇を続ける演舞場には今もファンがいる。かつての隆盛はないものの、商売をたたむことなく、興業を続けているのである。

夏夫も存命であった。ただしこの年九十五歳となり、寝たきりの生活になっていた。ときどき意識を失ってしまう情況も繰り返されていた。

ふたりは劇場の裏手に建つ、小さな前庭が付いた一戸建てを訪問した。

玄関の間を抜けると、山崎が暮らしていた部屋もそのままあった。

夏夫は床の間と仏壇のある座敷に介護用のベッドを置き、そこにいた。看護師が付き添っている。

山崎とみどりは畳に正座し、ていねいに挨拶《あいさつ》をした。夏夫はベッドの電動スイッチを押した。ベッドの背がせり上がりはじめた。山崎が立ち上がって手伝おうとしたが、夏夫は手で制した。夏夫は山崎とみどりを見おろした。しわが深い顔に、喜びのしわも刻まれていた。

夏夫は言った。老歳と思えぬ、通る声である。

「進《すすむ》、達者にしておったか。いろいろあったとは聞いたが、立派な男になったものよ。ひょろひょろともやしみたいだった子供がのう。見違えるわ」

「ご無沙汰して申し訳ありませんでした」

「わたしこそ不義理で申し訳ない。甚三郎に線香の一本でも上げに行かんとあかんのやが、この有様でな。まあ、あいつとはあの世で会うわ。わたしもじき行くさかいな」

「いえ、長生きなさってください」

山崎は言ったが、夏夫は苦しそうな咳《せき》をした。看護師が夏夫の口に吸い口付きのガラスコップを当てた。夏夫は水をちゅうとすすった。しわと老人斑で埋まった細い顔、寝間着からのぞく手首は棒のように細い。しかし、水を飲んでひと息つくと、夏夫はふたたび、しっかりとした声で言った。

「あなたがみどりさんか。噂通り美しい娘さんや。進をよろしくたのむで」

みどりはまた両手を畳に付けた。

「はい、こちらこそ、末永く、よろしくお願いいたします」

「はは、ふたりそろっておべんちゃらはいらん。ほんまにもうあかんのやさかい」

夏夫は言った。

「陰気くさい部屋で老人と話すのはもうええ。ふたりで劇場へ行ってくれるか？　実は今から二時間、あんたらの貸し切りにしてあるんや。進、劇場もなつかしいやろ」

山崎は訊《たず》ねた。

「なつかしいです。しかし、貸し切りとは」

「映画や。ふたりが座ったらすぐはじめる。真ん中にどーんと座り」

「それはいったい、何の映画です」

「ええから行け。観たらわかる。みどりさんも、これは観とかなあかんで」

行け行けと夏夫に急《せ》かされ、ふたりは玄関を出てすぐ隣にある劇場に入った。

舞台には映画上映用のスクリーンが下ろされていた。はっぴ姿の男性がふたりを招いた。

「進さん、お元気でしたか」

「西村《にしむら》さん！」

西村は孫をいとおしむように山崎を見あげた。元々背が低かったが、腰が曲がって、さらに低くなっていた。

「奥様になられる方ですね。はじめまして。支配人の西村と申します」

大入り満員の時も、閑古鳥《かんこどり》の時も、西村は劇場を守ってきた。山崎は懐《なつ》かしさでいっぱいになった。西村は言った。

「さあ、はじめますよ。わたくしも席を外します。ここはおふたりだけ」

「何の映画ですか？」

西村は答えず、

「終わりましても、わたくしはあいさつにまいりません。そのままお引き取りください。懐かしい話はまたの機会に」

西村は言い残し、後方の映写室へと去っていった。

山崎とみどりは並んで、中ほどの座席に座った。

ブザーが鳴り、照明が落とされた。非常口にある緑の光も消えた。

完全な闇の中、スクリーンに「大映」のロゴが映《うつ》った。ロゴがフェイドアウトし、真っ赤な牡丹《ぼたん》が現れた。

オープニング音楽が流れた瞬間、山崎は座席の肘《ひじ》を強く握りしめた。

タイトルが出た。

「暴れん坊姫さま　日本お直し伝」

山崎には、一緒に暮らした両親の思い出はない。父の陽蔵《ようぞう》も母の満代《みつよ》も時代劇の役者であったことは知っている。

小学生の頃、この劇場で一度だけ両親の出る映画を観たことがあったが、幼い自分には内容が理解できなかった。

ただ夏夫社長が画面を指さし、言ったことは記憶にあった。

「あれが進のお母さんや。べっぴんさんや。ほんであれがお父さん。死に方が上手なんやで」

いま、その映画が目の前に映っている。

勝ち気な姫様が町娘に扮し、お忍びで町へ出て市井《しせい》の人の難儀を智恵と勇気で助ける。

匕首《あいくち》を抜いたならず者とも立ち回りを演じ、見事にやっつける。

母が大写しとなり、裾《すそ》をはしょって啖呵《たんか》を切った。

「下郎《げろう》ども、あの世へお往き！」

「何を小娘が！」

うらぶれた浪人者が抜き身を突き出す。それが父であった。

母は牛若丸のように跳ぶと、浪人の肩を手刀で撃って匕首を奪い、返り討ちにしたのである。父は死に際、唇をゆがめて笑った。一瞬、母と父の視線が交わった。

かつて観客が「ええぞ、満代姫！」と画面に向かって喝采《かっさい》を飛ばした場面だ。しかし山崎はそこに、父と母の心が通い合ったのを見たのである。

山崎の瞳から涙があふれた。それは止めどなかった。

エンドロールが流れはじめた。山崎はスクリーンを向いたまま、ただ泣いていた。

「完」の手書き文字が出て、画面は静止した。

文字の白抜き部分が白く劇場を照らしている。音は止《や》んでいた。

「ご両親だったのね。とってもすてきな役者さんじゃない」

みどりは山崎の肩に頭を預けた。山崎はまだ泣いていた。

みどりは両腕を山崎の首の後ろに回し、額を合わせた。

「ねえ、泣かないで」

みどりは山崎の頬《ほお》を伝う涙を、細く白い指でなぞった。そして言ったのである。

「わたしたちは『完』じゃない。これからはわたしをお姫様にしてね」

山崎はみどりを強く引き寄せた。

そしてふたりは、むさぼるようにくちびるを重ねたのである。

二

劇場の前に、武藤《むとう》とタケシは郵政カブを停《と》めた。二台ともぴかぴかのC110型である。

「茶でも行くか」

「そうですね」

武藤は最近、すこぶる機嫌がいい。

タケシは言った。

「今度のボーナスは上がりますよね」

「ドバッと上がることはないやろが、期待できるな」

「課長も、来期は部長ですね」

「それを言うな」

新規事業はプロジェクト扱いでスタートしたが、たちまち黒字事業となったので、部に昇格することに決まっていたのである。

「お前も係長になれるかもな」

「ホントですか！」

「給料上がったら、いつでもキャバクラへ行けるな」

何を言うか。あの時のことは忘れない。課長のせいで十二万円も払ったのだ。

しかし恨《うら》みはなかった。もうキャバクラへは行かない。行く必要がない。

いま、女性警察官と付き合っている。あの時の「ユーミン」である。

これをいつ課長に言ってやろう。きっと腰を抜かす。

武藤は言った。

「しかし、なんやな。マイナンバー配達みたいなクソッタレ業務も、いまは懐かしいわ。そう思わんか？」

「行員矢のごとしですよ。行員じゃない、局員か」

「小さいことは気にせんでええ」

桜のつぼみが開きかけていた。

空は青空。新しい季節がはじまっていた。

あとがき

神戸《こうべ》の長田《ながだ》を舞台にした物語を書きました。物語は虚構《きょこう》ですが、いくつかの事実を下敷きにしています。地震にびっくりして家を飛び出し、メガネを取りに戻った瞬間、家が燃え出したのは、当時私が勤めていた会社の、入社一年目の女性でした。

書き進むほど、想いは二十年前に戻りました。私もその日の早朝、JR垂水《たるみ》駅のホームに立っていました。震源地から一キロちょっとしか離れていない場所です。地面が緑色に光り、明石《あかし》海峡に現れた「何か」がものすごい揺れと共に、背中へ抜けて行きました。

物語を書くために、何人かの方には登場人物として、その時のその場所へ戻ってもらいました。それぞれの方の、その後の、頑張って生きた人生を語りたかったためです。

人は何で生きるのか？

物語に登場する、あらゆる職業の人たちは私の愛する人たちです。虚構の中だからこそ正当化できる職業もありますが、だれも、みんな、魅力的です。

なぜなら彼らは、懸命《けんめい》に生きているからです。

人は生まれを選べないけれど、人生をどう歩むか、道を選ぶことはできる。

人生を困難から救うのは勇気と信条です。信じたことを粘《ねば》り強く、くじけず、繰り返し続けるのが人生。倒れそうになっても、正しい道を進めば仲間が現れる。きっと誰かがどこかで見ている。出会いは人生最大の喜びです。


そんな登場人物たちの前に「おいしいもの」のをいっぱい出しました。

「さあ、みんなで食べよう」

関西のおいしいもの、庶民がおいしいと思う食べ物、他の町より個性的なもの。

なんと言ってもポン酢味とソース味でしょう。

特にソース味は、小さい頃から食べ続け、舌に、喉《のど》に、胃袋に、記憶に、心に染《し》み込んでいます。

今回はそんなソースのお話です。破産の危機にあるソース工場のため、みんなが智恵を出し合い、究極の焼きそば／お好み焼きを作ります。工場は再生できるのでしょうか？　関わる人たちの人生は、どうなっていくのでしょうか？

鉄板の上でじゅうじゅう焦《こ》げるソースを嗅《か》ぎながら、物語をたどってください。

きっと幸せな気分になります。


この物語に登場する住所は神戸市長田区までが事実、それ以降の町名は虚構です。長田という町は、取材すればするほど深過ぎる話が多く、具体的すぎる場所の表記はできない、そう思ったからです。

震災前、飲食店や商店が軒を寄せ合っていた地域に、兵庫県と神戸市はオフィスビルを建て、千人規模の職員が働く町にしようとしています。方法論についてさまざまな意見があるようですが、町が元気になる一助になればと願います。

「ホルモンと薔薇」（まぼろしのパン屋に収録）
「さすらいのマイナンバー」
「まぼろしのお好み焼きソース」
は、ゆるやかな三連作になります。全編通して登場している郵便局員さんは実在です。路地の隅々まで町案内をしてくれる、頼りになる方です。

これからも「おいしいもの」の話は続きます。

次作は何にしましょう。

明石のタコ、日本海のカニ、ふぐ、クエ、松茸にトリフに、フォアグラ。いや、高級じゃなくていい。オムライス、串カツ、ラーメン、いちご、桃、アップル、パイナップル、パイナッーポーアッポー？

二〇一六年

松宮宏

この作品は徳間文庫のために書下されました。
なお本作品はフィクションであり実在の個人・団体などとは一切関係がありません。

徳間文庫

まぼろしのお好《この》み焼《や》きソース

2016年12月15日 初刷

著者 松《まつ》宮《みや》宏《ひろし》

発行者 平野健一

東京都港区芝大門二—二—二 〒105—8055

発行所 株式会社徳間書店

電話 編集〇三(五四〇三)四三四九 販売〇四八(四五一)五九六〇

振替 〇〇一四〇—〇—四四三九二

印刷 製本 大日本印刷株式会社

20C05b

ISBN978-4-19-894179-6 (乱丁、落丁本はお取りかえいたします)